[葡萄牙] 茱丽叶塔·蒙吉尼奥 著 / 卢春晖 译

孤 岛 高 墙

花城出版社
中国·广州

图书在版编目（CIP）数据

孤岛高墙 /（葡）茱丽叶塔·蒙吉尼奥著；卢春晖译. —— 广州：花城出版社，2022.7
ISBN 978-7-5360-9735-3

Ⅰ.①孤… Ⅱ.①茱… ②卢… Ⅲ.①长篇小说—葡萄牙—现代 Ⅳ.①I552.45

中国版本图书馆CIP数据核字(2022)第104340号

合同版权登记号：图字 19-2021-221 号
Copyright ©2018 by Julieta Monginho

出 版 人：张 懿
责任编辑：欧阳佳子
技术编辑：凌春梅
封面设计：迟迟工作室

书　　名	孤岛高墙 GUDAO GAOQIANG
出版发行	花城出版社 （广州市环市东路水荫路 11 号）
经　　销	全国新华书店
印　　刷	佛山市迎高彩印有限公司 （佛山市顺德区陈村镇广隆工业区兴业七路9号）
开　　本	787 毫米 ×1092 毫米　32 开
印　　张	12　1 插页
字　　数	195,000 字
版　　次	2022 年 7 月第 1 版　2022 年 7 月第 1 次印刷
定　　价	59.00 元

如发现印装质量问题，请直接与印刷厂联系调换。
购书热线：020-37604658　37602954
花城出版社网站：http://www.fcph.com.cn

我们每个人能做的太少，但重要的是去做。

——塞莱斯特

"宙斯养育的墨涅拉奥斯，有两位客人，
两个男子，仪容有如伟大的宙斯。
请你吩咐，我是把他们的骏马解辕，
还是让他们另寻乐意接待的恩主。"

金发的墨涅拉奥斯不满地这样回答说：
"波埃托伊斯之子埃特奥纽斯，你从未
这样愚蠢过，现在说话却像个傻孩子。
想当年我们曾经受过许多其他人的
盛情款待，才得回家园，但愿宙斯
从此结束我们的苦和难；现在你快去，
给客人的马解辕，然后好好招待他们。"

——引自荷马《奥德赛》（王焕生译本）

到了这一刻，只剩两个选择：
穿上战袍，或流离失所。
阿米娜，我和你的儿子在一起。
他在所见空白之处画上一片绿洲。

——曼努埃尔·里瓦斯《母亲的文身》
载于西班牙《国家周报》

人　物

阿米娜：描绘梦想的女孩
阿斯玛：怀孕的女孩
莎伊玛：形单影只的女人
　　J：芸芸众生之一
艾莱妮：希腊女人
　　安：英语老师
沙　特：未与父母道别的小男孩
奥米德：选择爱情的男孩
迪米特里斯：难民营临时主管
胡　安：翻译

目 录

笔记本(阿米娜篇)   001

耳环(阿斯玛篇)   041

T恤(莎伊玛篇)   090

凉鞋(J篇)   124

香烟、侦探小说、一无所有

(艾莱妮、安、沙特篇)   176

笔记本电脑(奥米德篇)   229

洋乳香(迪米特里斯篇)   272

咖啡杯(胡安篇)   318

写在最后   363

译者后记   365

事物似乎从我的眼中诞生。当我闭上眼时,世界只剩下噪声和不好的记忆。

人们说,时间随着旅程向前推进。当旅程过半时,时间也刚好过半。

我问我自己想要什么,更多问题却接踵而来,我在他人的声音中寻找答案。当奥米德回答时,我睁开眼睛,使其出生。

话语从他的眼中诞生,这些话语让世界变得完整。

我和他借助话语的翅膀起飞,飞向岛屿之外的天地。

流离过后笔记本留存了下来。笔记本上的时间记录了一半。

笔记本(阿米娜篇)

你好!我是阿米娜,她是阿斯玛。

阿米娜在签到本上写下两人的名字,在边上写下入场的时间——无须看手机——下午两点,雅典娜妇女中心的开放时间。这是一个隐蔽的地方,几乎看不到行人。摩托车频频经过,发出锈蚀般的噪声,人们对此习以为常。对于那些生活在隆隆声和恐惧中的人来说，这点噪声可以算得上是音乐了。中心的名字让人联想到智慧女神。这里专门收容女孩和妇女，给予她们在难民营中所缺乏的隐私权。石地上成堆支起的帐篷和集装箱，这就是二十一世纪欧洲难民营的图景。在妇女中心，她们聊天、跳舞、自拍、洗热水澡，不会遇到令人讨厌的目光。对于那些流离失所、两手空空的人来说，这里就是家。

这位女志愿者是新来的。在英语课开始之前，本该由她将她们领到休息室。结果却恰恰相反，是她们告诉她该怎么走。

阿米娜坐在地板上，准备自我介绍。她的英语水平已经很不错了，可以讲述她朋友的故事。她自己的故事很简单，那就是抛下一切去德国见她的兄弟。

哥哥？

他二十四岁，在那里工作，一家汽车厂。

你们俩做朋友很久了吗？

快一年了。你知道阿斯玛给我的生日礼物是什么吗？是她剩下的一只耳环，另一只在旅途中弄丢了。

没错。直到晚上我准备把它们都取下来时，才发现一只已经丢了。

她们俩时不时把头靠在对方的肩上休息。阿斯玛对她隆起的肚子很是自豪,整张脸——从酒窝到萤火虫般的眼睛——都充满着笑。这个安然无恙隐藏在她身体中的孩子是前往欧洲的通行证,是申请家庭团聚的保障,当轮到她的时候……可是谁又知道那是什么时候?何时才能轮到名单上她的那串编号?不过,没有人敢打击这位年轻准妈妈的无边自信。阿米娜刚满二十岁。她没有隆起的肚子,将在岛上滞留更长时间。她将会看着她的朋友离开,悲喜交加,万般思念。请振作起来吧!很快就会轮到你了。我想象两人告别时的场景:头巾相互靠在一起,几乎分不清彼此。黑色的是阿米娜的;另一块头巾印有色彩柔和的曼陀罗,是阿斯玛的。她们的手在对方的背上滑动,再见了,你是在笑还是在哭?

她们是在阿勒颇[①]还是在这里认识的?为什么年龄小的阿米娜戴着黑色的头巾?

为什么你的头巾是黑色的,阿米娜?

因为好看。我喜欢黑色。

黑色跟她很配。当时我还不知道,黑色在叙利亚并不是哀悼的颜色。我更不知道,在恐惧将她们冻结,痛苦令她

---

① 阿勒颇,叙利亚北部城市。

们衰老，暂时的解脱使她们麻痹之前，眼泪不过是很遥远的东西。

手机是聊天的中枢，一切沟通都通过它进行。还使用即时翻译器，这是一种穿越错乱的句法建立相互理解的奇妙手段。中心提供无线网络，密码由志愿者保管。整个世界的画面，无论是真实还是扭曲，快乐还是危险，都在指尖呈现。

第一天走进雅典娜妇女中心时，我完全不知道该如何与她们相处。我不能像看外星人那样盯着她们，也不能像对待有缺陷的人那样，对她们善意地微笑，等待时机不失礼貌地移开目光。我反复告诉自己：她们和你一样，区别不过是年龄、语言罢了，没有什么是你不习惯的，深呼吸。没有什么比这更虚伪了。

她们的笑容让我尴尬。

我从一开始就明白，我不能像对孤儿那样，用那种笨拙的假声对她们说话。她们不是孩子，更不是孤儿。她们是幸存者，安然无恙。她们经历了一次极度危险的旅行，却也称不上是勇敢者的旅行。她们从地狱中逃出来，就像电影里的人物冲破了银幕，跟跟跄跄地奔跑，仿佛一场马拉松障碍赛：地面上跳动的瓦砾、尖角、遗落的子弹、滑溜的血液；夜晚和它的呻吟、陷阱、畸形的身影、低声的交易；远方和它隐秘的道路、颠簸、拥挤的车厢、迷失在荆棘丛中的房屋；饥饿和它的爪子首先翻搅着胃，然后在孩子的抽泣声中折磨着耳朵，接着是心脏和整个被奴役的身体；天空和其无尽的黑雨；大海和其反复无常的本性，与狂风和海流争斗；躲藏在浓密深处的生物。流水般的夜色中，万籁俱寂，没有丝毫征兆。

她们从地狱里逃出来，仿佛撕碎银幕后到达了此岸的沙地。她们想家，但未来召唤着她们。她们学明星的样子交男朋友、化妆、在Facebook和Instagram上发布自拍照，幻想成为模特。承诺，梦想，音乐。

我非常非常非常漂亮。

这是在一次临时的葡萄牙语课上，阿米娜和她形影不离的朋友阿斯玛学的第一个句子——非常非常非常。

她们带着灿烂的笑容向其他女孩重复这句话。这笑容与在场的妇女们形成鲜明对比：她们受困于支离破碎的过去，沉没于现实的僵局。那些母亲重复着：我非常非常非常累……

阿米娜坐在地板上，品尝着她的咖啡奶昔。她不跳舞，似乎也没在听音乐。她没有动身旁的纸，没有像其他人一样画画，然后贴在墙上展示。她对指甲油、化妆盒，来来回回走动的人视若无睹。有人来到阳台，从那里可以看到街道、红绿灯和车辆。红灯下，汽车或是加速通过，或是紧急刹车并发出一声嘶吼，声音在城市中回荡。除了阿斯玛和社交网络上的朋友，她不跟任何人说话。我坐在她身边，沙发边缘。我低下头靠近她。我接到的任务是分散她的注意力，让她不去想那片满是废墟的土地。

我试着了解她的过去。在阿勒颇的天空电闪雷鸣之前，在匆匆合上笔记本从露天咖啡座传来尖叫声之前，她是一个怎么样的人？我对逃亡的过程已经不感兴趣了，因为已经读过、听过无数次了：蛇头[①]、破损的发动机、志愿者穿的那种光滑的马甲背心——他们无力挽救一个又一个的生命。她的房子变成了银幕的一部分。邪恶长期以来积累的、难以解除的饥饿感又将银幕吞噬。在此之前，她是一个怎么样的人？

我想知道，但我不能问。这段建立在受难者和渴望理解他们的人之间的不平等关系中，唯一重要的是获得阿米娜的亲密关系。只需等待她开口。不会太久的，女孩子需要听众，而我急切地想倾听她们的故事。

---

① 蛇头，指专门组织非法偷渡，并从中谋财的人。

笔记本（阿米娜篇）

在等待的过程中，我决定将分钟想象成天数来计算。等待对于她们来说意味着什么呢？即使是在等待这件事情上，我们也是不一样的，我知道。阿米娜一定感觉到我充满疑问的目光落在她头巾遮盖的脖子上。对她来说，我的目光更多是一种入侵，而非善意。她决定给我一个机会。

你想看一样东西吗？

当然。我什么都想看，还想看那一切背后的东西。我想要知道和理解，邪恶是如何抓住这些女孩的手，使她们屈服，将她们赶出正常的生活。她变魔术似的摘下了头巾，里面露出两个小小的黑色垫片。她展示着这两个垫片，一手一个。幸好我是近视眼，不然大家一定会注意到我因惊讶而鼓起的双眼。

一团黑色长发——除此以外，我不知道该如何形容。她一定觉得头发稀疏而脆弱，尤其在二十岁左右，很容易被夸大缺陷。我没来得及细看，因为我被阿米娜狡黠的笑声和带有蜘蛛腿形状钩子的垫片吸引住了。大家都以为头巾下是浓密的头发，闪闪发亮且充满神秘感。所有人都错了。

这也是头巾的作用，用来假装完美。我想说但没有开口。

你明天还会来吗？

我会的。

我当然会来,阿米娜。噢,我已经准备把你称作山鲁佐德①,就是那个貌若天仙、擅长讲故事的女人。请放心,我不会把你的家乡和她的家乡混淆。

离开前,阿米娜去洗热水澡。这对于住在营地的人来说是一种奢侈,因为他们只能洗冷水澡,水到了冬天还会结冰。她自由地晃动着闪闪发亮的头发,我远远地看着,竭力控制自己不去说服她放弃戴头巾。当她来向我告别时,头巾已经像花瓣一般环绕着她的脸庞,她的脸就像长着浓密睫毛的玫瑰花瓣。

我喜欢听女孩们熙熙攘攘的声音,她们准备离开了,只是还未穿好鞋。厨房已经被收拾得干干净净,一排排弗拉贝②咖啡杯在水槽里晾晒,蛋糕碎屑也已清扫干净。为了避免引起外面的人的不悦,她们用丙酮擦洗了鲜艳的指甲,却没有擦去各处留下的指甲油,因为压根没有留意到这一点。这项疏忽却相当令人愉快,志愿者们擦拭污渍时都是笑眯眯的,

---

① 《一千零一夜》中宰相的女儿,用讲故事的方式吸引国王,最后讲了一千零一夜。
② 弗拉贝(frappé),一种在希腊很流行的咖啡。

仿佛回到了青春年华。

女孩们拥有极致的快乐，母亲们却饱含无尽的悲伤。梦想被掠去，她们一点点向深渊屈服。在精疲力竭之时，她们最终选择逃跑。每一段距离都是悬崖，每一个小小的跳跃都会致命，每一个外语单词都令人发狂。

当所有人都离开时，妇女中心的大房子看起来就像一具被遗弃的骨架。空荡荡的房间充满人们留下的回音和香气：洗发水中的青草味儿、咖啡、指甲油、切成块供大家分享的苹果。打扫妇女中心的洗手间既不费力，也不必戴口罩。里面飘散着洗发水和沐浴露的味道。打扫淋浴间最难的部分是清除散落的长发，将它们和水一起冲进下水道。

第二天，阿米娜一直在玩手机，而我则保持沉默。我扫了一眼，只知道她在浏览Facebook，而快速滑动的屏幕和阿拉伯字符对我而言是一个无法解读的世界。

我想要分享一条动态。你能在这里写下你的名字吗？

我设置了好友申请限制，因此知道她无法成功，但我没有勇气告诉她。我写下名字，希望不让她失望，因为我想得到她的信任。只有彼此信任，感情才能进一步发展。

我两次输入自己的名字,两次都失败了。"因为是阿拉伯语的缘故",她辩解道。

其实是因为我不了解你,我不会成为你真正的朋友。我没有能力同时照顾这么多的生命。我不过是个路人,阿米娜,我没有必要假装会与你一起前行,假装会在未来的道路上向你伸出援手。我们在此偶遇,之后便各自消失在自己的生活中。你奔向你的未来,我带着我的过去。此时此刻沉默的交流中,我们的谈话就像爆米花一样从谷歌翻译中蹦出来,令我们发笑,这就足够了。你不可能明白我在想什么,你才二十岁。而且你非常非常非常漂亮。因此我选择缄口不言,或者说几乎沉默。没必要表现出遗憾的样子,也没必要刻意摆脱那小小的伪装带来的愧疚感。

我在谷歌翻译中输入:"你的哥哥"。她前去投奔的那位在德国的哥哥应该是个不错的话题。

翻译的结果是"ˈakhuk"。

我试着去拼读它。阿米娜大笑起来,她明白我想说什么,于是重新读了一遍,听起来像"ahrruki"。我用两个"r"拼写,为了接近阿米娜的发音,但没有成功。她重复着,我试着模仿她的发音,却总也模仿不好。"ˈAkhi,我的哥哥。"她说道,用食指指向胸口。我意识到,说话的人不同，话语也会发生改变。接着，我又意识到她不想谈论她的哥哥。我想象，也许她觉得自己的哥哥很烦人，专横而令人讨厌。她假装重新看起手机，并移开了目光。我坐在沙发上，她坐在地上，映入我眼中的是她的黑色头巾，干净、优雅。最终，她开口了。

我曾有一个男朋友，叫哈尼夫，我们是邻居。他学医，喜欢去医院学习。有时，为了能收到他离开医院时给我发的信息，我会熬到很晚。如果他能早点从医院出来，我们就可以在傍晚见面。但他就是那么喜欢去医院，有那么多人要治疗，那么多伤员。哈尼夫有一个大鼻子，一些女孩以此取笑他。我却不在意。他的鼻子让我感到痒痒的，很柔软。他晚上在医院时，我也会很晚睡，爸妈因此责备我。我坐在床上，耳朵里塞着耳机，在笔记本上写东西，发短信。即使他没有马上回复也没有关系，他会弥补我的。他叫我小燕子，我们是在春天的第一天开始恋爱的。有一次直到天亮他还没给我发信息。我只得去上学，信息却迟迟没有来。我冲向医院。医院已经不复存在，只有成堆的碎片和烟雾，大大小小的手臂和脚散落各处。哈尼夫的朋友们出现了，其中有阿斯玛的丈夫艾哈迈德。我不知道我们中谁哭得更厉害。两周后，艾哈迈德逃走了，去了德国。我哥哥跟他一起走的。

抬起眼睛吧,阿米娜。我会保存好我的眼泪,我保证。我会把眼泪系住,打一个结,你看看吗?我把我的眼泪和你的眼泪系在一起,小燕子。我们别再哭了,我保证。

红色的小桌子上有纸巾,用于离开时用丙酮清洗指甲。我尽量不伸手去拿,假装什么事情都没发生。阿米娜刚才在给我讲了一个故事,就这样,结束了。结束了。我努力克制自己不去抚摸她的头,在黑色头巾下就像燕子的脑袋。如果我这么做了,她就会蜷缩到我的怀中,仿佛回到童年,像孩童般号啕大哭。我在这里不是为了让她哭。头巾的布料起了作用,我想象它是一块脏兮兮的、粗糙的破布,没人愿意摸它。我只能"换个话题",就像塞尔吉奥·戈迪尼奥的歌曲里唱的那样。①

你到德国以后要做什么,你想过吗?

哦,我哥哥给我做了规划。他希望我找一个好丈夫,这样我就可以安安静静地待在家里,像阿斯玛一样。但我想重新读书,我的梦想是成为一名演员,或者设计师。我的爱好是在笔记本上画我的梦想。

---

① 塞尔吉奥·戈迪尼奥(Sérgio Godinho,1945—),葡萄牙作曲家、歌手。有一首歌曲名为《我们换个话题吧》。

"她是个疯子。"阿斯玛打断了我们的交谈。她用食指在自己的太阳穴附近转了转。阿米娜和她亲密对视了一下,转而微笑着看向我。亲密的对视如同头巾,可以隐藏危险的梦想和难以显露的愤怒。

绘梦者?那个女孩有一个笔记本,她在上面描画梦想?好奇心神不知鬼不觉地取代了我的保守和谨慎。阿斯玛证实了笔记本的存在和表演的癖好,她说阿米娜有时以模仿营地里的人为乐,惹得大家哄堂大笑。谁能想到,与那些花半小时化妆,再花半小时自拍并上传到社交网络的人相比,这个瘦小的女孩如此不同。那本笔记本里藏着怎样的奥秘?

我真想看看你的笔记本。

笑容使她的脸变圆了,变得像个孩子。她从长袖衫——尽管屋内很热,她还是穿着——一个隐蔽的口袋中取出一个粉红色纸张的笔记本,与我居住的城市或任何其他一个地方的文具店里陈列的那种笔记本毫无二致。她飞快地翻动,发出捉弄人的笑声。我看得眼花缭乱,甚至分不清图画和字迹,甚至那些字迹也像是绘画作品。

你现在想画画吗?我想看。
我没有带笔。

这太容易解决了。只要在那些曾经盛放咖啡、现在放着彩色铅笔和水彩笔的罐子里找出一支黑色铅笔就可以了。我把铅笔递给她，但阿米娜把笔放在手指间转动，似乎有些抗拒。

我可以用别的纸吗？

当然可以，一张单独的纸。笔记本是她珍贵的世界，包含了她的梦想，她的一切：她所失去的，她所希望的，她所记得的。她告诉我，她把笔记本带上船，而在上船之前，在车里，在逃跑的路上，都藏在她隐蔽的口袋里。我想象着，在不同灯光下——或者没有灯，只有看似平静的星光，她在笔记本上写写画画；也可能在月光下，这月光虽与家乡毫无差别，却让她感到陌生而不安。我也不过是个异乡人，自私地微笑着，只希望看到她的手画出那些细致的符号。

我不画画，我读一读笔记本的其中一页，可以吗？

当然了。我真傻，还以为她想在这样一个缺乏亲密感、挂着其他人画作的房间里画画。我的善意还不够，对阿米娜的同情也不到位，贪婪地打探她的个性和脆弱并不是理解她的正确方式。若我连她的衣服里、她的皮肤下、她的微笑以及被泪水注视的眼睛里隐藏着什么都无法猜测，我如何帮助她?

对不起,阿米娜,你想读什么就读什么,把铅笔给我吧,我们先把它放在这里,下次再说。

于是她读了,然后翻译出来:

"阿斯玛拉着我的一只胳膊,迫使我站起来。我生气了,开始踢她。要不是艾哈迈德帮她,我一定能赢。为什么不让我守在哈尼夫尸体旁边?我肯定那是他的脚,在玻璃下面。我对那些脚趾再熟悉不过了。他们拼命地拉我,拖我经过石头和金属碎片。我设法脱掉鞋子并踢向远处,将脚插在碎石中。只有这样,我才能将我的血和到处流淌的血混在一起,和哈尼夫的血混在一起。"

阿米娜停顿了一下。她没有将眼睛从笔记本上抬起来。我有些慌张,担心她会要求我做出回应。我的喉咙和胃之间感到一阵突如其来的疼痛,不知该如何用语言表达。我去寻梦,却找到了一个噩梦,一个真正的噩梦。我不会去抚摸她的头发,因为中间隔着头巾。即使没有摸过,我也可以感觉到黑色头巾的粗糙面料。

为了减轻负罪感,阿米娜将这种沉默理解为我想继续听下去。她翻过两三页,继续念道:

"今天我不能写很多东西,因为只有手机的光,连星星的光都很危险。蛇头来了,开始安排我们上船。那些船跟玩具似的,就像亲戚家游泳池里的那种充气船。我无数次摔倒,无数只手臂扶着我,将我的头浸入水中教我游泳。我不会再见到他们。现在我要和大约五十个从没见过的人上船。如果掉进水里,我不会做任何挣扎,也许被鱼包围着死去挺不错,天晓得会不会遇到美人鱼?我想要将头靠在阿斯玛的肩膀上,但不可能,她会先靠在我的肩膀上。好了,就是现在。再见,笔记本,如果你不掉到海里,我们下次见面时就已经安全了。"

她翻过一页纸,继续念道:

"我们在黎明时分到达。八小时过去了,还在等车。身上的衣服已经干了,沾着盐粒,我好想冲个澡。我再也无法忍受孩子们的哭闹和他们父母的叫喊。一个女人晕倒了,另一个快要窒息,还有一个在爬坡时受伤了。一位比我年龄稍大一点的女志愿者把他们送去了医院。我从来没见过拥有如此金发的女孩,哪怕在电影中也没有见过。我困得要命,也饿得要命,晚餐只是一个金枪鱼三明治。但我们必须感恩,因为已经差不多二十四小时没吃东西了。我不明白他们为什么给我们一顶这么小的帐篷。我们必须请人帮忙才能把它搭起来，我们两个女孩完全做不到。我们想念艾哈迈德和哈尼夫，想得不行。如果有哈尼夫在，这个时候我们已经睡着了。我多么希望今晚能梦见他。"

亲爱的阿米娜，小燕子，我该对你说什么呢？我内心最自私的部分只是想闭上耳朵，或者让飞机经过，这样你的声音就不会传到我这里。但飞机不会经过，它们只在上午到达，然后带上一点点人返回，不包括你。这一点我可不能用谷歌翻译向你解释。

谢谢你，阿米娜，谢谢。你写得很好。那个梦并不完全是一个梦。我可以把这个故事讲给朋友听吗？

她微笑转向我。那个明亮的微笑几乎将我俘获。

你可以把这个故事讲给你国家的每一个人听。那个梦太糟糕了。之后我会告诉你好一些的梦。我可以帮你吗？我可以问我的朋友们一些问题，然后把我们在这里的一切都记录下来。

第一天，我走遍整个苏达难民营[①]，从北部的酒吧一直到

---

① 位于希腊希俄斯岛东海岸中部。

南部城堡大门附近的营地出口。返回时，我看到阿米娜坐在一把破旧不堪、缺了一个扶手的沙发上，身边是两位年长一些的女人。

这一刻较为清闲。日常卫生工作和早餐的分配在十点左右结束，距离分配午餐还有一段时间。清洁帐篷不需要太多时间。孩子们还会组织一些活动，用极为有限的资源自娱自乐。许多男人无事可做，就干脆坐在地上，或坐在充当床垫的海绵上，咒骂着永无止境的时间。一些人搞到了破旧的塑料椅或绳椅。不少帐篷的入口处放着残破的沙发，看起来没少受过子弹的惊吓，就跟它们目前的主人一样。这一令人羞愧的画面源于欧洲的态度和排外主义的兴起。假设未来某天，人们回顾这段历史，若某位有识之士从欲望世界抽身而出，并置身于这个毁灭后残留的世界，他将从众多照片中一眼看中这些残破家具的照片。欲望世界属于生活在一等大陆上的人，距离贫穷的南部海岸越远，就越是高傲。谁若想进入欲望世界，必须把幻想留在门口；如果他们坚持，最多只能保留从出生就被赋予的二等公民地位。这些残破的扶手椅对他们来说就已经很好了，他们可以坐在上面等待悬挂着"请勿打扰"的高墙另一头的消息。

阿米娜在沙发上，和那两个女人在一起。阿斯玛不在。

笔记本（阿米娜篇）

看到她时，我想要好好抚摸她，但当我走近时，她的反应比我想象中的更谨慎。我描述过阿米娜的笑容吗？没关系，我再描述一遍。当她微笑时，她的眼睛眯起来，只剩下睫毛，世界随之消失；或者说世界从我眼中消失，因为我已被她深深迷住。这件来自上天的馈赠仿佛在说：我是阿米娜，我所遭受的一切与你不相干，你看到的只是我一瞬间的光芒。这一次她的笑容微弱而牵强，坦白地说，仅仅表示认出了我。那两个女人穿着长裙，双手放在大腿上，她们到底是谁？

与阿斯玛分开后，这两个女孩之间的对比更加明显了。此刻，失去了笑容的阿米娜不再显得轻盈。这个一米五出头、不到四十五公斤的女孩像是从一个古老的画框中剪下来的，穿着黑布，样子笨拙。而阿斯玛，虽然肚子越来越重，宽松衣服勾勒出已婚妇女结实的体态，却显得越来越轻盈。当现实抛弃我们时，过去便将我们接管。现实将这两个女孩引向两个相反的方向。当她们俩抱在一起窃窃私语时，对比并不强烈。此刻，在那张沙发上，阿米娜与她的闺密成了两个世界的人，反而跟那两个女人看起来没什么差别。

这两个女人是谁？那本记录梦想的笔记本在经历过无数死亡和逃离，横渡远洋后幸存下来。阿米娜为什么一直把它藏在口袋里？只有坚持寻找它的眼睛才能看到，比如我的眼睛。

阿米娜看起来很消沉，这令我担心，但无能为力。我继续一边走一边拍摄照片。这些照片能够见证欧洲领土上对人权的侵犯，不仅仅因为营地里毫无尊严的生活条件，最主要的是这里的人遥遥无期地等待行使一项最基本的权利——庇护权。我拍的照片不会冒犯营地的居民，也不会伤害他们和我的关系，却会使看到它们的人感到震撼。众所周知，媒体没完没了地传播着平庸的照片，要想找出几张有深度的太难了。居民们担心"展示的图像不够令人不安：不够具体，不够精确……怜悯……似乎被恐惧冲淡和忽略；这种恐惧通常会盖过怜悯"。他们清楚，照片传递着"矛盾的信号。它一边呼吁着'快停下'，同时却又发出感叹：'多么壮观！'"[1]居民们渴望展示营地的每一处角落和每一个补丁，正如我渴望发现它们。到处都有人喊我的名字。不少人请我喝茶以换取我的倾听，也有人什么也不图。

有一次，我受邀坐在一个帐篷门口，恰好阿米娜就在附近坐着，双手扶着绳椅。我承认，相比于阿富汗人穆罕默德即将跟我讲述的多年逃亡的故事，我对阿米娜更感兴趣。

---

[1] 引自苏珊·桑塔格的《关于他人的痛苦》。——原注

战争和塔利班,然后是"达伊什"①,然后又是塔利班。他们继续谋杀所有人。难道你以为这就算结束了?

逃亡和驱逐,途中失去了他的妻子塞曼,如今他不知该去向何方。更重要的是,面前都是叙利亚人,他的焦虑似乎是通过距离——而不是危险——来衡量的。我注意到阿米娜的眼睛躲闪着奥米德的眼睛。奥米德在营地里已经小有名气,他的视频广为流传。视频里的他风度翩翩,用一口流利的英语为他人伸张正义。

奥米德和阿米娜。他们的故事将被口口相传,来来回回地讲述,而爱情却不会被打断。相反,现实比故事更为精彩。

我现在明白了那两个女人为什么会在那里。她们像黑色雕像般注视着年轻躯体才有的微光,等待机会,用复仇的怒火打击这对陷入情网的男女。

阿米娜希望在德国见到她的哥哥。她曾跟我说她的母亲留在阿勒颇,那两个女人到底是谁?我得出结论并确认:哈尼夫——那个在医院爆炸中死亡的年轻医学生的阿姨。与此同时,阿米娜不再继续在笔记本上写写画画,而是关在房间里,

---

① 达伊什(Daesh),即"伊斯兰国"组织。

把头靠在膝盖上，身体因恐惧而颤抖。

两名监视者的古老沉默让她害怕。整个希俄斯岛的温度高达四十摄氏度，而那些盲目的身体内，痛苦已经冻结成冰。

奥米德明白了发生的一切。他继续在中央的集装箱群和最大的帐篷之间来回踱步。帐篷背靠城墙，挤着好几户人家。每次经过道路对面的那张沙发时，他都会不加掩饰地停一会儿。

我想我必须和阿米娜或营地主管迪米特里斯谈一谈，或者去找奥米德。在这一触即发的冲突中，那两个女人还只是先头部队罢了。哈尼夫家族的男人们不会让哪怕是一个眼神玷污殉难者的名誉。

穆罕默德对我讲述他在土耳其风餐露宿，讲述他十岁的儿子留在地窖里做织工，他与儿子离别时偷偷地哭泣。惭愧的是，我当时的注意力完全在阿米娜和奥米德身上。他们之间的若即若离仿佛是编排好的舞步，她所在的地方是一座骄傲的、即将迎战的城市，一座地面布满石头的悲伤岛屿，一个处于开荒阶段的影影绰绰的世界。

这时，阿米娜起身向我小步走来。我以为她终于想找我谈谈了。我错了。经过我身边时，她绊了一下，我伸手扶住她，她始终没有抬起眼睛。我听到她轻声说:"请帮帮我,读最后一页。"她把几天前为我读过的那个粉色笔记本塞到我手里,然后飞快跑开并消失在我视野中。

她仿佛给了我一个魔盒。我把笔记本匆匆收进包里。神秘兮兮的。我将最后一口阿富汗茶一饮而尽,与穆罕默德道别,然后向出口走去,迫不及待地想找一个隐蔽地点打开笔记本。这并不容易。周围既没有阴影处,也没有什么小角落。附近所有的矮墙和灌木丛中都聚集着年轻人,还有一些团聚的家庭,他们曾被大海分隔两地,或被安置在别的营地。一些人从维亚尔①前来苏达,拥抱他们的亲人,吃志愿者提供的剩余的食物。营地的周围也没有私密的空间,那里挤满了来来往往的人群,围着咖啡聊天,送来日常用品或暗中监视营地。

我决定穿过与营地平行的大道向南走,最后在一家电器店停下,靠在窗边。玻璃的反光使我看不清笔记本上的页面,但若转个身面向阳光则更糟,光线会令我头晕目眩。

我能读懂的只有她用英语写的几个句子,我想是专门写给我看的:"奥米德想带我去欧洲。我想和他一起去。请帮助我。"

---

① 维亚尔(Vial),希腊希俄斯岛官方难民营。

在强烈的日光下破译那几个句子之后，我对于阿米娜的笔记本要做出的第一个艰难抉择是，就这么到此为止，还是再看看前面的内容？我想，对于两种选择我都有体面的理由。诚然，侵犯隐私是我最不能容忍的事情之一。将笔记本放在某张空桌子上是首选，也是最明智的。但我很快对此产生怀疑。阿米娜既然把笔记本交给了我，她就一定做好了我阅读它的准备，我甚至可以说这就是她的真实愿望。否则，她为什么要把这句话写在笔记本上，而不是像在妇女中心时那样，另外取一张散页？她为什么非得写下来，而不是在假装绊倒的那一刻偷偷告诉我呢？我把笔记本远远推开，这个下意识的动作表明它对我来说是一种诱惑，而我不想陷入这个诱惑。阿米娜，你为什么让我落入诱惑？你希望我做什么？我试图阅读侦探小说使自己分心：阿萨德刚刚受了重伤。他会被杀吗？我不信。作者阿德勒-奥尔森[①]不会在小说刚过一半的时候就杀死一个主要人物，况且这可能是构思得最好的人物，也是最具神秘感的人物。在书中，阿萨德是一个坚强、无畏的叙利亚人。我很想知道是什么原因使得阿德

---

① 尤西·阿德勒-奥尔森（Jussi Adler-Olsen，1950 －　），丹麦著名犯罪小说家。

勒-奥尔森将这个具有明显象征意义的名字①赋予这个让读者忍不住心生好感的人物。

我读了几页，起身走到窗口。我试图将希俄斯岛芬芳的夜晚吸入腹中，思考着这一切是多么奇怪：整个宇宙对我们来说似乎是静止的，对人间的骚乱无动于衷。也许正好相反：整个宇宙处于持续不断的动荡之中，相比之下人类的情感则显得太微不足道。我看到他们正在为一个聚会布置桌子，乐师们正在调试他们的乐器。很快，夜色就会笼罩在集体的歌声中，令人想起雅典卫城的一个难忘的夜晚。那时，我听到成千上万的声音在"三驾马车"②占领期间合唱爱国歌曲。在阿连特茹，在保加利亚或伊拉克库尔德斯坦的山区，合唱再次显露出世界上最强大的力量。

风吹动无花果树的枝叶和废弃房屋的花边窗帘，这魔术般的力量加强了使我情绪不宁的神秘感，仿佛将我带入了一个古老的故事，在那里，我意外地成为故事的角色和读者。

而在所有的谜团中，最高声呼唤我的是房间一处隐蔽角落桌子上的笔记本。没必要抵抗。自从我将它放在一串吃剩

---

① 此处应暗指与小说人物同名的巴沙尔·阿萨德（Bashar al-Assad，1965— ），叙利亚政治家，2000年当选叙利亚总统，于2007、2014和2021年获连任。
② 即欧盟、国际货币基金组织和欧洲央行。

的葡萄和一包饼干旁边后，我所做的一切都不过是寻找能够合法翻阅它的理由。我的结论是：如果我们不屈服于某些诱惑，我们最终会屈服于其他更糟糕的诱惑，我想做的是抵抗理性的暴政。

就这样，阿德勒-奥尔森的小说被换成了阿米娜的笔记本。

我翻到最后一页，就是她写给我、向我求助的句子那一页。决定性的论点：只有我从本质上完全了解她的愿望后，我才能帮到她。

我真是太傻了。我甚至不能准确地看懂那些日期。笔记本上写满了优雅的字迹。阿拉伯文，如同完美的图画却无法破解。这些文字几天前曾让我着迷。阿米娜的内心依然是朦胧的、难以窥视的。我把我所犯的错误——我已因此受到惩罚——归咎于香水、声音和矛盾情感的综合作用。我的矛盾情感最终将我带到一个由自身欲望构建的隐秘世界，绕了一圈又回到了原点。"在纸页面前束手无策"，首先划过我脑海的是这个英语句子。那晚之后，这句话在不同场合出现在我脑海中。显然，作为日常交流的通用语，英语已经开始传染我的思想。

合上笔记本之前我再次翻了翻。那些难懂的图形——头几页是绿色墨水的，后面是蓝色墨水的——令我眼花缭乱。入侵行为最终得到了回报。对于天不怕地不怕的人，正义会对他们挤眉弄眼，将他们绊倒后再伸手将他们扶起。而对于其他人，它则保持冷漠，耸耸肩膀，任凭他们栽倒在第一个坑里。我在笔记本里找到了各种肖像画，主要是面部特写，多为年轻男孩女孩的脸庞。线条严谨、规则、简洁，各种水彩颜料点缀的曲线。那些面孔有的熟悉，有的陌生。梦想，阿米娜描画的梦想既有凡人的欲望，也有神圣的奇思妙想。耳朵上挂着红色水滴或巨大的耳环，花瓣、子弹、眼泪、鱼、翅膀交织在一起。在一些画作中，我认出了男女演员的肖像，如杰克·格里森[①]、艾玛·沃特森[②]、爱莉安娜·格兰德[③]。另外还有虚构的人物，或是一些太年轻而我不认识的名人。所有人的眼睛都比真实的要大，但不是日本漫画中的那种样子，而是艺术家那种杏仁形状、长长的睫毛。所有肖像画都陈设在一个理想中的画廊，那是阿米娜梦想的画廊。

---

① 杰克·格里森（Jack Gleeson，1992 －　），爱尔兰演员，代表作《权力的游戏》。
② 艾玛·沃特森（Emma Watson，1990 －　），英国演员，代表作《哈利·波特》系列电影。
③ 爱莉安娜·格兰德（Ariana Grande，1993 －　），美国流行乐女歌手、影视演员。

在写给我的那句话前面还有另一个英语句子：如果你遵守承诺，我愿意。我相信是写给奥米德的。因为他的母语是波斯语，需要翻译成英语。看到这里我依然不明白，我能为这位梦想家做些什么。

紧接着不眠之夜的第二天上午依然漫长，我在仓库里按性别和尺寸给捐赠的衣服分门别类。在那个两层楼的空间里，气温至少达到五十摄氏度。屋内堆满了装着捐赠品、有待开封的纸箱。我急不可耐想见到阿米娜，了解她的愿望。我想告诉她，尽管不知道她希望我做什么，只要能将她从痛苦中解脱出来，我都愿意帮她完成计划。

今天我的白色凉鞋在妇女中心入口处的鞋柜占据首位。过不了多久，柜子就会装满鞋子，大部分是颜色鲜艳的人字拖。我走到朝向楼梯的窗户前，等着看熙熙攘攘的女孩们三五成群地走来。她们上楼梯的时候显得那么漫不经心和朝气蓬勃，仿佛是走在一所学校的台阶上，在那里她们可以学习对她们有用的知识，只学她们感兴趣的。

我看着第一批人到达，在签到本上登记，没有注意到阿米娜和阿斯玛的出现，直到这位准妈妈搂住我的脖子，因受到丈夫艾哈迈德的威胁而大哭。

阿米娜一直保持沉默，而我则忙着处理她朋友的问题。

这些问题迫在眉睫，需要赶紧止住她的泪水。她的头靠在我的胸口，我的感动战胜了作为一名志愿者的理智——我不会在此久留，很快我们就将告别。

阿斯玛去厨房准备弗拉贝咖啡时，我去取阿米娜的日记。递给她之前，我提出了那个从昨晚到现在一直困扰我的问题：另一个英语句子是什么意思，是写给谁的？

首先，你得回答我你是否愿意帮助我。

我试图评估这一要求的合理性。毫无可能。在那短短的一瞬间，在那个十字路口，理性似乎比无条件接受更唐突。

我能给你什么帮助？我毫无概念。

我需要你带给我男孩的衣服，两条长裤和衬衫。我没有其他人可以求助了，这是秘密。

我不明白。你是想让我从仓库拿衣服吗？是奥米德要用，对吗？

是我要用。我有一个逃跑计划。在这里等下去没有任何结果，我们都是囚犯。

这个我明白。但我不明白你为什么需要男孩的衣服。

我要打扮成男孩，这是我唯一的机会了。我还需要你帮我另外一个忙：分散那两个女人的注意力，她们一直盯着我不放。

难怪阿斯玛说她很疯狂。"她是个疯子。"那个怀孕的女人重复着,为她感到羞愧。难以想象,获得难民资格竟然比女扮男装更难,其中的原因无须多言。这个阿米娜称之为计划的东西实在是异想天开。二十岁、笔记本、高温、梦想、电影……我的脑子里飞快运转直到发热且头晕目眩。

你?伪装成一个男孩?你有多高?一米六?

一米六二。我这边我会搞定。难道你不知道未成年人有优先权吗?帮帮我吧。

阿米娜,你让我做的事情很简单。但你的计划很疯狂。还有奥米德,我不明白,我以为他应该更理智些。你想跟着他逃跑,而如果你是一个女孩,他们就不会让你们一起走。

奥米德很好。他不像阿斯玛的艾哈迈德。我还不知道我对他是什么感觉,我经常把他和哈尼夫做比较。也许我没在做比较,而是应该这么做。我不知道。

你瞧瞧自己这颗小脑袋多么混乱。你怎么能冒这样的险,阿米娜?你们要去哪里?

她即使想回答也没有时间了,因为阿斯玛拿着满是咖啡泡沫的杯子回来了。如果她知道我们忙着讨论她的朋友的疯

笔记本（阿米娜篇）

狂计划，她一定会发火，然后再次号啕大哭。阿米娜从我手中抓过笔记本，藏在口袋里，闷闷不乐。

第二天，我看到阿米娜来中心时比平时更匆忙。跟我简单拥抱后，她就径直去了房间，那里已经有一些穿着吊带T恤的女孩坐在地板上，妇女们穿得严严实实地待在各自的角落。有人在YouTube上放一首法拉·尤塞夫①的歌，大家都想跟着唱。

阿米娜大声说话，希望自己的声音可以盖过音乐声。她似乎在说一些稀奇古怪的东西，成功将女孩们的注意力从偶像歌手那边吸引过来，这令我目瞪口呆。这可不是我几周前认识的阿米娜。没错，当时的她也很机灵，但沉浸在单身女性的伤心和羞涩中。

发生了什么不可思议的事情吗？她是不是带来了某个消息，可以让艰难度日的同伴们解脱出来？真令人恼火，我完全听不懂她在说什么。当然，她是故意这么做的，又一次利用语言障碍惩罚我的不合作。我再次感受到身处异域、语言不通，身边又没有翻译的痛苦，胡安要是在就好了。胡安来

---

① 法拉·尤塞夫（Farrah Yousef, 1989 － ），叙利亚歌手。

自"无国界译者"组织,我几天前刚认识。

阿米娜讲完后,音乐也关了。女孩和妇女们笑着,各自在垫子上找到了舒服的位置,为接下来的活动做准备。看起来阿米娜要给大家上课,什么课?她从奥米德那里学到了什么,想传授给其他人?也许我的猜测毫无道理。我凭什么认为奥米德是阿米娜背后的老师?也许阿米娜并不是要上课,只是要讲一个故事罢了。讲故事可是个好主意。我多希望能听懂这个故事,倾听这位被复仇国王威胁的山鲁佐德。对于这位国王,成千上万人装聋作哑。

我的猜测都错了。阿米娜记录梦想的小本子已经被换成了一个更大的笔记本。她打开第一页,拿起一支圆珠笔,然后开始。我记不清她们的名字,也不知道先举手的那个女孩是谁,只知道她有一头自然卷的金发(我通过她的头发来辨认出她并非偶然,头发作为身份象征的重要性是其他外貌特征无法比拟的),丰满的身材从T恤和紧身裤中呼之欲出。对话开始了。阿米娜问,女孩回答,阿米娜记录。

我完全被迷住了。我承认那天在中心几乎没做什么事。我坐到实木门后的一个小角落里,风扇运作下快速旋转的空气扑面打来,但这种不舒服是值得的。当时有多少女人?十二个?十五个?她们每个人谈论梦想,谈论痛苦,谈论忧虑。其他人听着，比较着，回想着，反对着。时而有人举手表示不同意，引起一场小小的讨论；如果有其他人加入，讨论的规模就会扩大。那是年轻声音组成的交响乐，年长的妇女简短的话语穿插其中。欢乐的喧闹声，从个人的悲剧开始，最终构成悦耳的舞曲，一种罕见的和谐孕育而生。一个即将开放的茧，准备向世界传递它的多姿多彩。

我参与这场对现实生活的解读，全然不知道过了多久。与世界的无限毁灭相比，现实生活是多么低级和微不足道。遗憾的是我没有把那场简短的音乐会录下来。不然，当妄图控制人类、愤怒、具有毁灭性的声音盗走我的希望时，我可以重温这音乐会。

过了多久？我不知道。我只知道，在某个时刻，阿米娜转过身对我说：

这里有她们每个人的声音，你可以写下来，告诉你国家的人。我答应过你，会帮你写作，不是吗？

哦，阿米娜，我完全被你捉弄了。现在我该怎么做？继续认为你请求我做的事是疯狂的，然后拒绝帮助你吗？逃离这里和把你的故事写下来，到底哪件事更加疯狂？你过去每日上学必经的街道突然间变为深渊，你年轻的生命就此坠落。我该如何讲述你被切断的命运？如何组织语言，才能既不贫乏又不多余？事实证明，在人类发展的过程中既无法避免走入歧路，也无法避免邪恶的产生。如果可以再次选择，地球绝不会允许人类居住。如果大自然可以将人类驱逐出它的栖息地，我相信它一定会这么做。

我没有对阿米娜说这些，相较于我对人类的失望，她有更迫切的事情要做。其实古老的文本早就告诉我这一点，因为它们从不掩饰残忍。福音书传来的回声和马克思的历史乐观主义激起了幻想，汇流到这项"美丽"的工作中。当发现没有足够的时间去做出改变时，幻想破灭，最终结果是难以承受的负担。我没有告诉阿米娜，我来到岛上是为了认识那些逃亡者，帮助他们走法律开辟的道路。法律是人类在数百年的生活和磨难中修筑的人道主义思想堡垒，如果我连法律的力量都不相信，那么我将彻底迷失在纷纷扰扰的世界中。我只对她说，在你的帮助下，没准我真可以为她和其他女孩的梦想写出点什么。谢谢。

我以一种简单的方式告诉阿米娜，类似于："我来帮助你们，清除你们的障碍，让你们的权利得到认可。"或者更简单："我来帮助你们踏上通往和平家园的旅程。我是来认识你们、帮助你们的。"我不觉得我能做到。我既无法真正认识她们,更别提帮助了。

我还带着另一个愿望,那就是你们中的一些人可以去我的祖国接受庇护。但这个岛上,找不到任何与葡萄牙有关的机构。我的声音孤立、无足轻重,无法到达决策者那里。况且,你们也不想去葡萄牙。阿米娜,你不想去,是吗?

我哥哥在德国,那是我要去的地方。德国有供我们居住和学习的地方,就像在阿勒颇那样。这里什么都没有,不是吗?只有糟糕的营地,遍布虫子和疾病。我要和奥米德去德国,我们已经计划好了一切。

阿米娜把她的笔记本和笔放在一边,准备跟我聊天。

好吧。明天我会把衣服带给你,我会向艾莱妮要的。你认识艾莱妮吗?

没人不认识她,她经常出现在营地,一根接着一根地抽烟。我从没见过哪个女人像她那样说那么多话,还那么大声。我喜欢她。她很容易成为榜样。

那你为什么不直接向艾莱妮要衣服呢?

她会搞得人尽皆知,她守不了秘密。不要告诉她这些衣服是给谁穿的。你直接把衣服从仓库里拿出来就行了,不需要去征求许可。

这不光彩，不是吗？说一半实话对我来说已经很不容易了。在给你裤子和衬衫之前，我需要你做两件事：第一，告诉我你的计划；第二，明天早上让我看看你男孩的扮相，让我信服。我今天看到一个聪明的女孩，梦想着那些人物。很好。明天这个女孩将变成一个小男孩，并持续一个小时。我已经迫不及待了。

阿米娜不安地退缩了一下。为了她好，我不能在这些要求上做出退让。

不要推到明天了，现在就告诉我那个万无一失的计划。

这个计划是奥米德想出来的，我只知道我的部分。

唔……那么，你们通常聊些什么呢？阿斯玛说你们总是没完没了地说话。

聊关于我的部分。关于我做好准备是多么重要。

我决定帮你并不意味着我赞同这种冒险。你为什么要把自己变成男孩呢？

阿米娜叹了口气。她看起来那么瘦，像一轮残月。

你应该已经注意到了，因为女孩和男孩是很不一样的。女孩不可能独自从叙利亚来，但男孩可以。许多父母让儿子先过来，然后申请团聚。

这种想法有一定的逻辑。我以前怎么没有想到呢？归根结底，我和那两个老影子之间有什么区别？她们在营地入口处的沙发上，也可能在其他任何一个地方监视她。阿米娜何时才能摆脱"寡妇"的身份，不再做另一个人的附庸？

你是对的，抱歉。我可以抱抱你吗？

她伸出手臂，把头靠在我的肩膀上。我想做她的妈妈，但我不能。

你别以为我不害怕。其实我非常害怕。

我知道，我知道。但你不能一直这样下去。你已经失去了你能够失去的一切。

仔细瞧瞧，如果阿米娜学着收起笑容，也许她真的可以被当作一个小男孩。

好吧，我们今天就不说这个了。我会相信奥米德，他不会让你卷入任何危险。他很喜欢你，你知道吗？

你这么觉得？

难道他没有经常对你说吗？

他从来没有对我说过。他给我讲了很多故事，我也给他讲了很多故事。谈话总是自然而然地进行，似乎永远不会中断。这很奇怪。他跟哈尼夫不同。我非常佩服哈尼夫,他跟我说的事情都是那么神圣,我永远都接不上话。我还是无法相信奥米德。

相信他。现在你不要担心了。感谢你的采访。现在我没有理由不写点东西了。

哦,那些采访也没什么特别的。那些女孩想的事情与全天下的女孩没什么区别:男朋友、出名,尽是这些无聊的事情。你想看个东西吗?

我还没来得及回答,她就已经展开了她的头巾。你们猜头巾下是什么?垫发片已经不见了,映入眼帘的是被剪短的头发,完全是小男孩的头发。

如何?

我一向不善于掩饰情绪。我当时惊讶的表情一定很夸张,使得她大笑起来。

你是在哪儿剪的?
在莎伊玛去的理发店。你的那位理发师。

她用一根手指指着我的胸口,笑个不停。

现在我来模仿男孩是怎么走路的,想看看吗?

她夸张地走了几步,大摇大摆,趾高气扬。这回轮到我大笑了。

房间里似乎只有我们两人。街上一个人都看不到,仿佛整个世界都沉寂了,窒息般的沉默。仿佛房子的外面和里面是两部默片,相互之间没有交流。交通似乎奇迹般地暂停了。女孩子们都去上英语课了,只有阿米娜没去。

不只是阿米娜。仔细看看,角落里,莎伊玛坐在宽大的沙发边缘,怀里抱着一个粉色的绒布垫子,看着,笑着;笑着,哭着。在那一刻,她做出了决定。她准备把她最宝贵的财产,那件T恤衫,也就是她的小儿子死时穿的那件,送给阿米娜。

她清洗T恤衫的时候,希亚尔的血从她的手上滴下来,血和水。清水可以浸透、洗净一切,洗掉回忆,有时候还能洗掉未来。血滴在欧洲边缘的土地上,和无数战争——经过时间和故事的洗礼后属于我们的战争——的血混合在一起。黑色T恤上印着白色的英文单词:"今天"。

秋日那一天,阿米娜与阿斯玛在港口告别。两人中,阿斯玛将首先离开这个岛屿。阿米娜是小男孩的扮相,穿着那件T恤,从港口到营地,一路上宣扬着"今天"那个词。没有任何人靠近她,或向她提出无法回答的问题。

今天我是。

今天是我的出生之日。

今天我既是贾米尔,也是贾米拉;既是伊本,也是伊本娜。①

今天是一个运动中的身体,我的身体。

当她和奥米德坐在那张长椅上时,看起来像是两个偶遇的朋友,年轻的那个"小男孩"一定是个勤奋的学生,因为"他"已经能用流利的英语说个不停了。

奥米德怀中的电脑屏幕上正在播放一部老电影:两根手指,一根细小,另一根巨大,当它们触碰到一起时,天空中出现了新的光芒,圆形的,像一个充满生命的星球。在那道光的指引下,它们飞入黑夜。

---

① 贾米尔、伊本为男名;贾米拉、伊本娜为女名。

当他出生时，会叫我妈妈。

我？妈妈？

我上一次跳舞……已经过去几个月了？

外面是冰冷的夜，大厅里热气闪耀。低胸的长裙，闪亮、合身，看不出小腹。头发刚刚染过，从发梢到颈部是深色的，往下到腰部则是黄色的。

还好我已经不能出现在照片里了。

我喜欢隆起的小腹，因为里面的小东西可以把我带去德国。

他将叫我妈妈，就像我以前叫我妈妈一样。现在我只能在脑海中叫她了。

我从被夷为平地的房子里带出了一对耳环，奔波途中掉了一只。一定是在水涌入时掉的，当时船上的人相互抓在一起。

我只有一只耳环和一粒会叫我妈妈的种子。我在倾听，倾听这粒种子。它去哪里我就去哪里。

耳环（阿斯玛篇）

第一天，还没来得及坐下，阿斯玛就指着她的肚子。

宝宝，两个月两个星期，昨天在医院。

她用拇指在手机上轻点几下。超声波图片，宝宝就在上面，将会在德国出生。

我去德国，我丈夫在那里。

两个半月前你们是怎么见面的？在哪儿见面的？我问。

阿斯玛的英语不够好，没有听懂我的问题。她打着手势，寻找词汇，发出过于柔和的"r"和过于开放的元音。这一次轮到我没听懂了。

她决定用图像代替文字。她在手机上精确地点击、搜索，找到了。虽然没有直接回答我的问题，但足以解释一切。

团团烟雾如同灰色群山在世界上方坍塌。倒塌时，它们将街道、房屋和居住在其中的人们一同卷走。尘土和火焰交织在包裹着残缺尸体的裹尸布上。无数碎片：裙子的一角，一只抬起的手臂，落下的肩膀，双手伸向眼睛想要把它们弄瞎。孩子死亡时大人们口中发出尖叫，一个身体轰然倒下，压在一个更小的身体上。天空和大地浑然一体。爆炸将黑夜撕成了光的碎片。

阿斯玛一直把她的手机对着我，以便我以最好的角度观看照片，从而明白，战争对她曾经生活的街区做了什么，以及她为什么会来到这里。手机戴着粉色的塑料壳,屏幕上沾满指纹,黏糊糊的,我猜测是因为炎热的天气以及巧克力甜甜圈的残渣。那举着手机的手腕强壮,缠着三串手链,点缀着彩色的小珠子。

她坐在地板上,眼睛盯着一排小瓶的指甲油,没有看向我。我被战争的画面吓坏了,不敢相信眼前看到的一切。阿斯玛决定到此为止。她把这段故事讲完了,没有战地记者那种多余的话语。

无数街道塌陷,在这混乱破碎的世界中,我无从分辨哪个是她生活的街区。她的沉默在我耳边吼叫,恳求我的帮助。但这也让我镇定下来,我的回答很简单:我在这里陪着你,除此以外,我也不知道该做什么。

阿斯玛,谢谢你。谢谢。

我在电视上看到过这样的照片,但我不知道那就是你的家,对不起。抱歉。

阿斯玛,我不需要你告诉我在这场战争中是否有人是正确的,拜托,不要告诉我。请不要告诉我,上帝以他的名义让人类自相残杀,让小孩子拿起武器。不要跟我提阿萨德,别跟我提俄罗斯人、美国人或法国人,更别提"达伊什"。什么都别说。那曾是你的家,你的房子,你的学校。欧洲不知道你的房间、你的床、你的枕头、你的棋盘、你的数学笔记本曾经在哪里，也不知道你画在历史笔记上的心形图案曾在哪里。

"阿斯玛，你非常非常非常漂亮。""我非常非常非常漂亮。"她微笑着，露出戴过牙套才有的完美牙齿。

你从哪里学会说这句话的？

就是这里的英语课。

在叙利亚不能学英语吗？

他们不允许。

哦，我明白了。没关系，你现在已经在学了。

阿斯玛会学下去的。她有展示的欲望："看看我的头发。"她高兴地给我看她手机上过去的照片。金发碧眼，头发散落在后背和年轻的胸部，姿势像个艺术家。

她迎着我惊讶的脸大笑，然后用手示意我，仿佛在说：稍等，这都不算什么。

她用谨慎的指尖开始慢慢展开头巾。头巾从脸上揭起，露出没有耳环的耳朵、高高的额头和乌黑的发根。没有人在看我们。甚至阿米娜也假装低头看手机——这已然是全人类普遍的姿势了。阿斯玛展露了她的秘密，这是她信任我的信号，令我感动。我避免直视她的眼睛，害羞得像是盯着一个裸体的人。我想我已经开始脸红了。

当头巾完全摘落后，阿斯玛用手松开头发，甩一甩头，就像YouTube上的那些女歌手那样。长发自由地甩动着，呼吸着。从颈部到发梢的部分是金色卷发，从发根到颈部的部分是深色的、暗淡的，就像阿斯玛的眼睛一样，沮丧地面对无尽的等待。这个岛给予她的，不过就是没有尸体的地面和没有炸弹的天空。女孩耸了耸肩，笑了笑，无声地告诉我：这就是我要给你看的，忧伤的、等待的长发。

她以同样谨慎的动作戴上头巾，将它恰到好处地压在太阳穴周围，刚好看不到发根。

太不公平了，阿斯玛。这场战争多么丑陋，它把你的家乡、你的房间和你的头发视为目标。天知道你什么时候能离开这里。

但我没有这么说。我说的是："很快你就会到德国，和你的丈夫及孩子在一起。你得跟你的孩子说话，隔着肚子抚摸他，听舒缓的音乐。"

阿斯玛完全听不懂我所说的话，或许她甚至都没在听。我和她待在一起，跟其他人在一起，仅此而已。如果我不去帮助她们，那么留在这里又有什么意义？

我猜想,她头发深色部分的长度与她怀孕的时间刚好吻合,也就是从婚礼结束到现在的那几个月。你愿意告诉我发生了什么吗,阿斯玛?我多么渴望听你的故事。

但她已经去厨房了。我听到了机器调制咖啡奶昔的噪声,这里的人把这种饮料称为"弗拉贝"。她回来时拿着一个高脚玻璃杯,伸手递给我,里面是类似奶咖的饮料。

"好喝。"我说道,嘴唇沾满泡沫。我微笑着感谢,尽管我知道下午过半时分喝咖啡可能会导致失眠。"谢谢你,阿斯玛,谢谢。"

出乎意料的是,那晚我睡得很好。

几天后,阿斯玛出现了呕吐的症状。

我去了医院,他们让我做"生物测试"。

噢,他们让你做了"临床分析"。

他们需要了解你的整体情况,监测母亲和胎儿的健康。至少这里的医院是完好的,不像在阿勒颇,随时可能因轰炸而突然倒塌。橙色的救护车在医院周围的空地排得整整齐齐,数量合理。医院靠近弗隆塔多斯①,那里的风车常常出现在风

---

① 弗隆塔多斯(Vrontados),希俄斯岛的一个小镇。

景明信片上,是城市的主要旅游景点。面对不断增长的人口,医院已经不够大了。医生和护士们努力使其运作下去。

来这里之前,我看了一些报道,也读了一些书,了解到在叙利亚,医院是最先被攻击的对象,投炸弹一方的理由是不管哪家医院都会收容敌方的人。在这个岛上,医院至少不会拒绝病人,也不会因为他们的来源地而把他们赶走。

你想来杯茶吗,阿斯玛?

她苍白的脸色令我担心,她可能会在这里晕倒的。她拒绝了茶,但要了一杯加糖的咖啡,然后又吃了一根香蕉。

在上英语课之前,她已经开始侃侃而谈了。她乐于谈论她的丈夫,却不愿意给我看他的照片。

他是一个非常英俊的男人,非常美丽。

非常帅气,阿斯玛。对男人我们说"帅气",对女人我们说"美丽"。①

如同贾米尔和贾米拉的区别。非常非常非常帅气。我是在一个舞厅认识他的。

---

① 葡萄牙文中形容词分阴阳性,修饰男性用阳性,修饰女性用阴性。原文中,阿斯玛描述丈夫时使用了阴性形容词,"我"对此进行了纠正。

是吗？

由于是已婚妇女，阿斯玛不参加这里的舞会。音乐含情脉脉，西方风格的节奏和含糊的阿拉伯语混杂在一起，女孩们的臀部和手臂完美起伏。最年轻的那个姑娘阿玛尔还不到十三岁，但嘴唇上已经涂了口红，尽情笑着。她是最有天赋的舞者，仿佛就是为跳舞而生的。而我则天生长一双灌铅的脚，最多只能听出音乐是斯汀[①]的《沙漠玫瑰》，那是我年轻时经常听的。她们说之前都上过舞蹈课。其中一位还补充说她的母亲曾是舞蹈老师。当她说到"老师"这个词时，脸上露出兴奋的神色，仿佛回到了突然中断之前的校园生活，毕竟在学校的日子并不那么枯燥，被迫放假才是最糟糕的事情。

阿斯玛双腿交叉坐在垫子上，此时的我准备好做《一千零一夜》的读者。

我是在一个舞蹈班上认识我的丈夫的。当时我每个周末都去那里。我喜欢阿拉伯舞，但没那么喜欢。我更喜欢嘻哈。你知道嘻哈吗？

我当然知道。我只是无法想象阿斯玛跳嘻哈舞的样子，

[①] 斯汀（Sting，1951— ），英国歌手。《沙漠玫瑰》是他2000年发行的歌曲。

尽管我知道她并不总是怀孕和戴着头巾的形象。她给我看过她金发的照片，具有斯嘉丽·约翰逊①的魅力，但这不足以给我充分的想象力。

嘻哈和探戈。你知道探戈吗？

阿勒颇的布宜诺斯艾利斯？

你当时还穿那种开口很高的裙子，以便高高抬起双腿？

不是两条腿。就一条。一次一条。我没有那么大胆，别误会我。

我只觉得阿斯玛是个快乐的女孩，一个早熟的母亲。而且，与预期相反，我和她在一起时觉得很开心。

我最喜欢的是嘻哈和探戈。你知道那个女性舞者的头发扫过地面的动作吗？我用我的金发做过这个动作，非常成功，大家都拍手叫好。

我可以想象，大厅光亮的地板和阿斯玛的长发，一颗旋转、上升、辉煌的行星，战胜了重力。

只有老师能跟我一起跳舞，其他人都不行，他们无法扶

---

① 斯嘉丽·约翰逊（Scarlett Johansson，1984 — ），美国女演员、歌手。

住我。直到艾哈迈德到来。我不是指艾哈迈德·朱达[①]，你认识艾哈迈德·朱达吗？不认识？一会儿我给你看。我说的不是这个人，但名字一样，而且和他一样帅气。比他更帅气。"帅气"，我说对了吗？

当念出丈夫的名字时，阿斯玛的眼睛在笑，闪烁着，如同她的头发在舞厅地板上闪闪发光。甚至连她的鼻子都在笑，这种快乐可以在不经意间改变世界。我想起了童年看过的电视连续剧《家有仙妻》[②]。阿斯玛是萨曼莎[③]，但只对她的爱人是，只有在她念出艾哈迈德的名字时才是。

艾哈迈德开始不会跳舞，是我教他的。我怎么可能错过那个机会？我教他如何握住我的手腕，就像这样……

她将右手放在左手手腕上模仿那个动作。她的手肉乎乎的，不像艺术家的手，手指也不会飞舞。也许她是在跟我开玩笑吧。但故事本身是好的，我很乐意听她讲完。

我们跳啊，跳啊，跳啊。有一天，他给了我一个吻。在

---

① 艾哈迈德·朱达（Ahmad Joudeh, 1990— ），叙利亚舞蹈演员。
② 《家有仙妻》（Bewitched），美国喜剧片，于1964首播。
③ 萨曼莎（Samantha），《家有仙妻》女主角，身份是女巫，与凡人达林·斯蒂芬斯（Darrin Stephens）相爱并结婚，两人生活得很幸福。

脸颊上，你以为在哪里？

她笑得更厉害了。她拿起咖啡杯，低头看看里面是否还剩下什么。她的眼睛完全隐藏住了，我无法看到里面是否藏着恶作剧。

我们双方父母都互相认识，他们安排了婚礼。阿米娜的男朋友死后，他不得不逃去德国。他决定让我晚点也过去。你喜欢这个故事吗？

如果你给我看他的照片，我会更喜欢。

我明天给你看，今天不行。你想看看艾哈迈德·朱达吗？你怎么会不认识艾哈迈德·朱达？为了走芭蕾舞这条路，他吃了不少苦，因为他的父亲不同意。战争期间，他不得不逃到阿姆斯特丹。你看，这是他在跳《沙漠玫瑰》，你不是一直记得那首歌吗？

她用手机打开YouTube。年轻人灵活的拇指总是让我惊讶，这些拇指不再用于拿取工具、使用钢笔或是在智能手机上打字。它们是跳舞的手指，嘻哈和踢踏舞的粉丝，十人剧团的演员。

首先，我还是要给你看莱娜·查马扬[①]。你也不认识莱

[①] 莱娜·查马扬（Lena Chamamyan, 1980 — ），亚美尼亚裔叙利亚歌手。

娜·查马扬？她的音乐很悲伤，但也很美。

仅最初的几个和弦就令我惊叹。"不可思议。"当时阿斯玛没有用谷歌翻译，我不确定她是否听懂了我的话，因此又重复说了一遍。

这就是艾哈迈德·朱达，你看，很帅气。

噢，是的，非常帅气。他就是贾米尔，我读得对吗？如果他是女的，就应该叫贾米拉。在葡萄牙有许多女孩叫贾米拉。现在我知道这个名字是怎么来的了。阿斯玛，你就是贾米拉，非常非常非常。

那么艾哈迈德就是贾米尔，很帅气。我是说我的艾哈迈德，不是朱达。朱达也帅，但没那么帅。

一直都很安静的阿米娜此时用手肘碰了碰她朋友的胳膊，打断了我们。

比较艾哈迈德·朱达和你的艾哈迈德，简直就像把茉莉花和黄瓜拿来做比较。但没关系，反正你喜欢沙拉。

我们三个人都笑了起来。杯子里一滴咖啡都不剩了。

感觉好些了吗，阿斯玛？

好多了，宝宝也是。

耳环（阿斯玛篇）

阿斯玛在第二天就恢复了。没有晨吐，孩子给了她喘息的机会，让她至少在那个上午再度做回女孩。她心情大好，因此愿意跟我多聊一些。才刚进门，她就宣布有事情要告诉我，但首先要去厨房看是否还有昨天剩余的苹果，她很喜欢。她的眼睛和胃都被"史密斯奶奶"[①]吸引住了：绿色、多汁，就像年轻男孩的嘴。她说，她可没有想象其他年轻男孩的嘴，只是在戴头巾的时候想到了丈夫的嘴。今天她戴着珍珠色的头巾，使她古铜色的脸颊更明显了。这种肤色可是不少欧洲女人大量流汗才能得到的。

这次她一定会满足我的，给我看一张她的艾哈迈德的照片。若她有兴致的话，说不定会给我看好多张。也许是婚礼的照片，谁知道呢。我不知道叙利亚的婚礼是什么样的。对于这对夫妻，我想象他们跳舞跳得累倒在一边，吃着我从未听说过的美味佳肴，都是家里的女人们忙碌数日准备的。

当阿斯玛咬苹果的时候，我搜索了叙利亚的婚礼。我感到茫然，因为我发现所有的搜索结果都与战争和其破坏性的影响有关：女孩在青春期甚至更小的年龄就被强迫成婚；以结婚为目的的约会网站，一种蓬勃发展的贸易，其实就是

---

① "史密斯奶奶"（Granny Smith）是一种澳大利亚青苹果，首先由一位名叫玛丽亚·史密斯（Maria Smith）的老太太繁殖，因此得名。

人口贩卖；年轻的寡妇被孤零零地抛弃，或者带着怀里的幼儿，没有家，没有财产，什么都没有；父母们被迫交出——也就是卖掉——女儿，跟什么人非法结婚。

我的目光定格在阿斯玛身上，仿佛不是用我自己的眼睛。抑或，我此时注视着的是另外一个女孩。她腹中的婴儿和她的头巾会不会是某个意志或者命运的安排？她肉乎乎的、苍白的双手，是否会讲述一个被抛弃的故事？而她告诉我的关于舞蹈课、探戈和她的舞蹈王子故事是真的吗？她不愿给我看那个人的照片，他真的是她的王子吗？

我知道你在想什么，但我还是不能给你看艾哈迈德的照片。我昨天问过他，但他没有同意。

她耸了耸肩，哈哈一笑，鼻子皱起来形成一个滑稽的表情。她似乎为丈夫没有同意而感到自豪。一个已婚女人，丈夫正在等着她，这就足以让她骄傲了。

我想告诉你他5月来看我时我们做了什么。

也就是两个半月前。我笑着指了指她的肚子。

阿斯玛脸红了，但她还是继续讲下去。

在尼娜的帮助下，我是去机场等他的。

尼娜是一名挪威志愿者，年龄比我小一点，身高却是我的两倍，总是愿意帮助别人，尤其是受到威胁的妇女。

我待在车里，关着车门，躲在后座。他上车后，我抬起头。他惊讶得不知道该把手往哪儿放，也不拥抱我。是我搂住他的脖子，亲吻他。尼娜只是在那儿笑。艾哈迈德把我双臂放下来，一副不安的样子。我不知道该说什么语言，我和尼娜两人就这样待在那里。接着，回到帐篷，他们为我们安排了一个小角落，在周围支起绳子和布。就这样。

你喜欢那个夜晚吗，阿斯玛？

我非常喜欢它。艾哈迈德不停地说"我的女人，我的女人"。我们埋下种子，我很快就感觉到它在长大，当时很疼。

疼？后来还一直疼？

后来艾哈迈德走了。

我不想破坏他们夫妻关系。我只是因为她这么容易满足而忧虑。我突发奇想，打开YouTube，播放埃拉·菲茨杰拉德①的歌，"让我们陷入爱河吧"②。没有比这更傻的了。

---

① 埃拉·菲茨杰拉德（Ella Fitzgerald，1917－1996），美国黑人爵士乐歌手，被公认为20世纪最重要的爵士乐歌手之一。
② 埃拉·菲茨杰拉德的歌曲《让我们陷入爱河吧》（*Let's do it*）中的歌词。

"即使是讨厌的小鸟也会做这事。"你知道指的是什么事吗?

阿斯玛又红了脸,脸上出现了笑眯眯的酒窝。

你看到了吗?这是一个女人在庆祝"做这事"。

接着,我又突然想起似的播放比约克①唱的《多么安静》。这下她笑个不停,又让我重新放一遍,喊阿米娜一起过来听:"快来看这个因纽特人。"

必须得有人教你如何去喜欢,我想。必须得有人教这个艾哈迈德以你喜欢的方式去做。"要不我和艾哈迈德谈谈?"我试探着说。

和艾哈迈德?你打算跟他说什么?不行。

我可以的,阿斯玛,我想跟谁说话就跟谁说话。我在我曾经工作的地方和一些"艾哈迈德"们聊过。与他们交谈并不容易,尤其是关于女人的问题。但我还是要说,他们必须明白。

他们必须明白?如果他们不愿意呢?他们可以走出去,留你一个人自言自语。我的艾哈迈德不会同你说话。

打赌吗?

打赌?什么是打赌?

---

① 比约克(Björk, 1965 —),冰岛女歌手。

我跟她解释之后,阿斯玛同意打这个赌。

没问题,我已经赢了,就用À la Crème①的一个大冰激凌……你刚才说的那个词是打什么来着?

我告诉她,如果我输了,我会给她买一个香蕉圣代。相反,如果她输了,她必须得阅读一篇关于女性生殖健康的英文文章。她不知道的是,无论输赢,她都会得到香蕉圣代,也必须读那篇文章。

我可以借助谷歌翻译阅读吗?

可以。但是你还是得去上所有的课。嘿,快点,老师已经叫你了。

我最终还是没能和艾哈迈德交谈,阿斯玛一直不给我他的联系方式。她没有读那篇文章,而是去上了一节志愿者医生的课程,外加一个冰激凌。艾哈迈德存在的唯一证据是阿斯玛不断变大的肚子。我拍下了照片,留作纪念。

拍照那时真是太有趣了。首先我征求她的同意。我很难猜测,这个孕育着另一个生命的身体部分——尽管被双重遮盖着——是否也会像她的脸一样禁止拍照。那是展现一个女

---

① 原文为法文,意思是"有奶油的",是营地北部一家面包店的名称。

人最本质身份的画面：处于怀孕的辉煌时刻，那是上天赐予她的最高功能——孕育和分娩。我想，阿斯玛太年轻了，不会明白我在想什么。我甚至没有尝试问她任何其他问题，仅仅说："我可以拍照吗？"

阿斯玛思考了片刻，在展示腹部的欲望与矜持之间，她很快选择了前者。首先是一张与头巾尖头的特写，就像耳环一样突显出年轻的圆润躯体。我展示给她看后，她主动要求再拍一些，并对构图提出建议。结果变成了写真现场：她像模特一样摆出各种姿势。不知不觉中，她展现出来的，更多是童年时代那个模仿电影和粉色杂志明星的骄傲的小女孩，而不是如今的母性气质。

尽管她在这些照片中不露脸，人们却很容易猜想她的容貌。我已经做过试验，有人说："大胆的眼神、细细的鼻梁、挺起的下巴。"一些人认为："脸上有酒窝，额头微微皱起。"还有一些人这样形容："闪闪发亮的眼睛，肆无忌惮的笑容。"大家都猜得没错。即使知道她的脸不会出现在照片中，阿斯玛还是摆好微笑的表情盯着镜头。

"可惜戴着头巾，"我的朋友们评论说，"她那么年轻。"当我告诉他们头巾下是接近金色的头发时，他们感到更加遗憾。接近金色是因为自她逃离后就再没有染过。当然，还可能更早。某种意义上来说头巾还起到一些作用，它掩盖了头发缺乏打理的事实。

"天呐！"我的朋友们说，"头巾真让人讨厌，它象征着屈服。"

无法接受，我同意。我永远不能理解那些妇女与头巾的关系。我不知道是否大多数人愿意放弃戴它，以及背后的原因。她们从不谈此事，我也不敢问。有段时间我留意她们的反应，一些人一踏进中心，脱掉鞋子后就立刻把头巾摘了下来；另一些人则继续戴着，哪怕周围只有女人在场。我观察这两类人，却无法从年龄、情绪、是否戴孝以及丈夫是否一同在岛上等方面区分她们。她们几乎都来自叙利亚，她们的国家并不强制佩戴头巾或别的什么，因此这是一个个人问题，取决于每个人看待以及处理穆斯林传统和戒律的方式。当然也跟时尚有关，就像其他配件一样，头巾的款式和花色反映了佩戴者风格。只要在网上搜索一下，就能找到不少令人惊叹的头巾图片。

阿斯玛看着拍出来的照片，继续发明新的姿势：一会儿左手放在臀部，一会儿换成双手，接着手臂做成弧形，而后右腿弯曲交叉放在左腿上，随即又变成探戈的姿势。

她刚好穿着黑色的衣服，宽松的长裤和长袖衣服。她的身体部分仅仅露出手和脚。赫然出现在照片上的是一只老虎。如果我是在写一个故事，我一定会从印在衣服上的巨大虎头开始讲起，它就位于腹部正中，保护着人类的幼崽，使他不受野蛮的同类所伤害。人类的幼崽需要和平，他生活的空间随着腮和尾巴不断扩大，四肢正在成形。老虎张开血盆大口，在没有植被，没有低噪，没有黑暗的丛林中吓退猎手。但愿它一直留在那些攻击同类的人的脑海中。

"那个女孩的全部力量都汇聚在老虎的目光中。老虎替她看，替她咬人，替她吼叫。"我的朋友们这样说。

"可惜看不到她的脸，都怪那条头巾。你不想把它摘掉吗？"他们问我。

我希望它能通过魔法消失，希望我们两个可以坐着飞毯旅行，头巾则飞向遥远的地方。当我们到达她一心想去的德国时，会发现艾哈迈德就在下面，站在一个高高的脚手架上。阿斯玛一定会在人群中把他区分出来。我们在他身边降落，阿斯玛会说："是我，就是我，我把我的爱给你，这是我能给你的全部。"

在这个故事中，老虎一定会咆哮着、应和着，然后向艾哈迈德伸出爪子打招呼。

我问道：

你不想把这些照片发给艾哈迈德吗？

她显示出困惑:

我每天都给他发照片,但不是这些照片。

那他可曾见过你没有脑袋的照片?

说这句话的是阿米娜,她一直陪在边上,笑着为她朋友翻译。

他是不会想看我没有脑袋的照片的。

这倒不假。

我附和道。

那么就没必要给他发这些照片了。

你再想想,阿斯玛。正因如此你才更应该把照片发给他。

阿斯玛皱起眉头。她不理解,或许不想理解。也许我走得太远了。我们的语言不同,甚至都不属于同一个语言系统。我想象艾哈迈德,那位舞者正稳稳站在由奥迪公司或德意志银行赞助的大楼的脚手架上。他从手机上收到了无头妻子的照片,上面只有一个气势汹汹的虎头,而非阿斯玛的头。老虎——而非阿斯玛——准备跳向摇摇欲坠的脚手架。这是一段我无法跨越的距离,即使有飞毯也做不到。甚至我看向阿斯玛的目光都无法到达。

不久前，在参观马拉喀什的一座小宫殿时，导游绘声绘色地描述后宫女人的共处以及各显神通的勾引技巧。遮盖和揭开总是同时存在，好比男性性冲动强于其他任何力量，与人类社会正常运作的规则相混淆。这种规则要求妇女在隐蔽的、男人看不到的地方做祷告。同样的规则也限制可怜的男人们：女人与真主对话，将头伏到地上，若男人不巧看到她们抬起的浑圆的臀部，那么他们距离罪恶就近在咫尺了。最近由一群大胆的女人提出的"男女混合清真寺"的倡议至今未引起反响。

遮盖和揭开是文明的大分歧，例证之一就是尼斯的野蛮恐怖袭击[①]后，流传于法国和社交网络关于"布基尼"[②]的争议。尊重、说服和强加，哪一种才是正确的态度？

我甚至没有时间思考这个问题。在我看来，我所面对的就是女性的屈服。它越是令人无法接受，就越是被一位年轻的女孩当作骄傲展示的对象。她曾在阿勒颇一整个下午地跳舞，现在却被禁止这么做；她曾在阿勒颇染一头金发，

[①] 法国当地时间2016年7月14日深夜，尼斯市法国国庆日庆祝活动中一辆大卡车撞向正在观看巴士底日烟花表演的人群，导致86人丧生。随后"伊斯兰国"（IS）表示对此次袭击负责。

[②] "布基尼"是一种专为穆斯林设计的女装泳衣，能够遮挡住身体的大部分部位。自尼斯市恐怖袭击后，法国与穆斯林群体关系进入高度敏感时期，不少海滨浴场禁止穿着"布基尼"。

现在却被禁止示于他人；她曾在阿勒颇眼睁睁地看着原有的生活离她而去，为此漂洋过海寻找，如今却放弃展露自由的脸庞。

无数战斗在阿斯玛、在她出生的世界以及在她改变、成熟和枯萎的世界之间激烈地展开。我清楚地看着战火在眼前几厘米处蔓延，但我几乎无法帮到她。既然虎头取代了她作为自由女性的头颅，头巾在她的身份认同中又占据何种位置？我带着西方观点的说辞如何寻缝钻入她的自我认同？

至少给他发一张照片吧。看这张，多棒，艾哈迈德一定喜欢这个舞步的。探戈舞步，可以回想起你们刚认识的时光。

如果他生气了怎么办？

他不会生气的。如果有必要，我可以和他谈谈，向他解释我为什么拍这张照片，并保证不给其他任何人看。

但很明显，阿斯玛没有把照片发给她心爱的丈夫。她牢牢盯着我的手机，我看出她想把手机抢走，然后删除她摆拍的、没有头但很有造型的照片。如果我想保留照片，则必须让她相信我不会给其他任何人看，她和她的孩子不会有任何危险。

我遵守了我的承诺,其结果是,我心心念念想要讲述的这个逃离束缚的故事没有了女主角。也许若干年后阿斯玛能真正实现自由,毕竟时间在加速前进,欧洲一定能抵制住野蛮的浪潮,停止散播恐惧,告别恐怖和愚蠢。到那时,她大儿子已经长大,小儿子在学前班,她可以从妻子和母亲的身份中抽身出来,把头发染成她喜欢的任何颜色,去柏林的俱乐部跳舞,不管是否有丈夫陪伴。

我看着第二次世界大战难民的照片,几乎个个蒙着头。妇女们戴着印花头巾,在下巴部分打结。毫无疑问,大多是犹太人。问问他们的孩子,或他们孩子的孩子,问问我们自己吧!那疯狂的年代已经过去,留着短发的玛琳·黛德丽①时代已经过去,在二十世纪中叶先进的欧洲,女性应服从于谁?今日的西方女性如何过不屈的生活?

那一刻,我决定不再与阿斯玛坚持。在她的一生中,注定会听到无数来自不同戒律的说教,例如"在陌生人面前你得遮住头发,一个正派女人只向丈夫展示她的头发";"在这里生活,你不要遮住头发,一个受西方庇护的女人不能宣扬她的信仰和屈服"。如果偶然有人问她内心的意愿是什

---

① 玛琳·黛德丽(Marlene Dietrich,1901 – 1992),德裔美国籍演员兼歌手,二战时期最受欢迎的艺人之一。

么，阿斯玛不会知道该如何回答。她所受的教育要她服从别人高高在上的话语，而她自己的声音那么低微，音节短促、结结巴巴。我试着安慰自己，在她找到自己被压制的声音之前，希望那只印在她充满力量的腹部的老虎代替她发出坚定的声音。

当阿斯玛转移话题，谈及对孩子的梦想时，她脸上的表情完全变了。并不是多么伟大的梦想，数量不多，也没有被好好地画下来。事实上，就像是随手取一张纸，在上面乱涂乱画罢了。但有助于找回世界旋转的轴心，如同曾经在舞厅打蜡的地板上旋转的脚。

我们会叫他尼米尔，跟我们爸爸的名字一样。

你自己的爸爸？

不，艾哈迈德的爸爸。我自己爸爸的名字排第二。

如果是个女孩呢？

不可能是女孩。

又来了，我暗想。关于性别认同，我们观念的差异如同一条鸿沟，比爱琴海还要宽。要如何沟通才能避免这种冲突？这个女孩的脑袋中存在怎样的幻想，认为在不经历痛苦的前提下，自身建构的文化基础可以与西方文化大厦相融合？当她离开手机屏幕进入真实的生活，接触真实的冬天、超市、公园、学校、海滩和真实的邻居时，她本身就是一个爆炸性的混合物。

她的头发介于金色和原来的棕色之间，这已经说明了一切。她无法轻易隐藏自己的头发，未来还将面临众多艰难抉择：服从谁的命令？为什么要服从？究竟是我身体中的哪个部分在要求服从？我是否有能力决定？

在那个铺着地毯、没有窗户的房间里，令人窒息的炎热使谈话变得更加困难。有人把其中一台风扇搬到了另一个房间，只有办公室里有空调，但我们进不去。我若与她坚持下去，结果将是一场屠杀。即使问她为什么必须是男孩而不是女孩也毫无意义。我再次转移话题，问她如有可能的话是否愿意回到阿勒颇。但阿斯玛假装没听懂。她对阿米娜低声说了几句什么，她俩就溜进了厨房。一分钟后，我听到了制作奶昔的声音。

我想，今天就到此为止吧。在经历了恐惧驱使的灾难之旅后，她全身心投入新生活。然而，我所寻找的女主角并不在阿斯玛的身体里。我期待的女主角会和我对话，而不是回避问题；她会倾听、反思和反驳；她随时准备在讲述、思考和生活中进步。此时阿斯玛感兴趣的是手中的弗拉贝，以及对其他女孩和她们网络恋情的戏谑。对于诸如"你愿意回到阿勒颇吗"的问题,阿斯玛不会像我理想中的女主角那样回答:"我到哪儿,哪儿就是我的家。欧洲人害怕的就是这个。"

我在平时上课的房间浏览社交网络,四周空无一人。一阵咖啡的美妙气味扑鼻而来,一只手向我递来一只杯子。就像往常一样,我不会表示拒绝。就像往常一样,我也没有说明在下午那个点摄入咖啡因所带来的坏处。我喝了一口,期待疲倦和夜晚会带给我睡意。休战吧,我想。我们谈话中某些东西触动到了她,改日再说。

第二天,她一进门就用胳膊搂住我的脖子,我立刻意识到这事情不简单。果然,是艾哈迈德发来了一些反常的短信,令他年轻的孕妻惴惴不安。我脖子上痒痒的泪水不会撒谎。我很熟悉这种泪水,它们曾来自女人的其他痛苦。不,痛苦是相同的,不同的是其折磨人的方式。

阿斯玛,究竟发生了什么?

艾哈迈德。

艾哈迈德怎么了?他生病了吗?

我猜想不是。满面的泪花更让人联想到一个小女孩的痛苦，而不是一个女人的担忧，是只有男人才能造成的痛苦。男人通过在男性隐秘之地学到的技巧把一个女人带回童年某个受惊的时刻，例如额头上的磕碰，或是对黑夜的恐惧。

艾哈迈德不同意那些照片。你必须把它们从你的手机中删除，求你了。

冷静点。你向他解释一下事情的经过就好了。你不是跟我说你不会发给他吗？

后来我想发那么一两张应该没有问题，毕竟那些照片那么美。

是的，很美。他应该感到骄傲。

他在电话里对我吼：不管是否露脸，一个已婚女人都不能这么做，更别说把脚露出来了，诸如此类。还说如果我不想办法删掉它们，我就会有麻烦，他甚至不会到雅典接我，让我自己一个人想办法。删除这些照片吧，求你了。

我内心对这个艾哈迈德的谴责自不必说，他似乎在他的新欧洲同胞那里什么也没学到（也许他们也没有什么可教他的）。我当然不会删除照片，因为那正是这个世界所缺少的。同样，那个独裁者显然也不会把威胁变为现实。他只是想让妻子远离半开放的思想（自由思想更别提了），最好是什么都不想,就像世界各地的穴居人一样。他以此为乐,照片不过是借口罢了。令人担忧的是,那些来自千里之外的威胁竟能产生这么大的效果。这更加激励我努力将阿斯玛从这种邪恶力量中拯救出来。

好了,别哭了,我会删除的。但作为交换,你必须答应我一件事:不要再相信你丈夫拥有超人那样的力量。你知道超人吗?

没人不知道超人。甚至还有一个"伊斯兰国"组织的蠢货自称是超人。他觉得叙利亚太冷了,就离开了这个国家。当他到英国就被逮捕了,干得好。

看到了吗?电影、漫画、玩笑,有些是好的,有些是糟糕的,但现实是另外一回事。你的艾哈迈德没有权利影响你在这里做的事情。即使你到了德国,他的权利也仅限于你允许的范围内。你的意愿是什么?我是说你自己的。你真的想让我删除这些照片吗?

我的意愿是不要惹恼艾哈迈德,惹恼他的事够多了。你把照片删掉吧。

你不想先和它们道别吗?

我在手机上查找。就在那里:明星造型和老虎,老虎咆哮着阿斯玛无法说出的话语。

你看起来非常非常棒,你不觉得吗?我能留一张作为纪念吗?就一张。我会想念你的,你知道。

那个哭鼻子的小女孩又回来了。阿米娜去取了一张纸巾并递给她,什么也没说。我没有拍下那一刻的照片,也没有必要。照片总是被高估,实际上它们并没有我们想象的那么必要。我将手势的画面留存在记忆中:双手的每一根手指紧紧地靠在一起,形成一双翅膀,阿斯玛用它们擦拭眼睛深处的泪水,然后拿着纸巾擤鼻子。这双僵硬的、带着悲伤和感激的翅膀寻找着属于自己的飞翔方式。没必要与阿斯玛坚持。但是有必要打扰一下艾哈迈德,给他发一条信息,让他好好想想。

说到阿米娜,有必要了解一下她跟奥米德之间怎么样了,以及他们的逃跑计划到了哪一步。我注意到,自从把笔记本交给我之后,她时不时用眼角的余光瞥向我,等着我找她谈谈。不过她的个人观点对我来说是不够的,我需要阿斯玛的看法作为补充。

这位准妈妈已经振作起来了。她试着在阿米娜讲完某句俏皮话后露出微笑,还准备跟她一起去厨房再取一杯弗拉贝。机会来了。

等一下,阿米娜可以做两份弗拉贝,对吗,阿米娜?

她的黑色头巾已经被换成一条黑灰色的,同样光滑和优雅。有时我会想,她们俩的友谊怎么会持续这么久?在我看来,她们简直是来自两个世界的人,唯一的纽带就是共同的语言。在这片土地上,不同类型的人很难共处。

阿米娜今天很沉默。发生什么事了?

仿佛点燃了导火线。

她是个疯子。那个女孩是个疯子。

"她是个疯子。"她重复着。很多人都喜欢使用"疯"这个词,但阿斯玛说的时候带着一种未知的愤怒。

她想和奥米德私奔。那个人整天在营地大门口跑来跑去。他已经接受了不少记者的采访。YouTube上有很多他用英语演讲的视频,他出名了。阿米娜已经被他迷住了,她也想在她的节目中采访他。

她的节目?

她没告诉过你?阿米娜有一个臆想的电视节目。有时她会突然开始录对话,用杯子充当话筒;有时她扮演受访者,双腿交叉，目光出神。这是个危险的信号。她说她想成为一名演员。她是个疯子。她哥哥在德国等她，总有一天她会被批准前往雅典。她完全不需要搞这些事情。她根本不了解奥米德。这个疯子。

阿斯玛反对她朋友的计划这一点并不令我惊讶，然而我没想到的是她会如此激烈。她在沙发上晃动，双腿时而伸出，时而缩回去，不断用手指擦去泪水。那些手指在我看来仿若忘记飞翔的羽翼。我很难安慰她，因为不知不觉中我已经站在阿米娜一边了。我与阿斯玛谈话的目的是找出目前有哪些障碍，然后帮忙解决。

来吧，别哭了。这不是世界末日。阿米娜和奥米德一起走会有什么问题？

有什么问题？你说有什么问题？要跟她结婚的那个男孩才去世不久，她不能就这样将他忘了。她的家人不会让她这样做，哈尼夫的家人更不会。她走到哪里，他们就会追到哪里。

你认为她会有危险吗？

她就是危险本身。毫无疑问。所有人都会想抓住她，政府机构、家人、所有人。你不准插手，我感觉到你已经有什么主意了。是我怀着孩子,我才需要帮助。

她将一根手指放在腹部,似乎在擦拭未出生孩子的眼泪,仿佛孩子被那个堕落阿姨的疯狂行为吓到了。门口,阿米娜听着,双手各端一杯弗拉贝。她没有用翅膀般的手指擦拭眼泪。阿米娜的泪水与阿斯玛的泪水亲如姐妹,但已暗藏芥蒂。如果这一幕继续下去,我也会泪流满面,而这是不合适的,太不合适了。我不断对自己重复,一个成年人不应该在孩子面前哭,你必须克制自己,这些女孩需要的是能帮助她们的人,而不是一个哭哭啼啼的人。

过来吧,阿米娜。我们不要在这儿哭了。喝下你的弗拉贝,振作起来。这种情绪毫无用处。

阿米娜走到我们跟前,垂头丧气的。她坐到地板上,蜷缩着身子,把头靠在我怀里,这只小燕子。我暗自自语:看你干的好事,你没有保持必要的距离。你太投入了。你已经在扮演临时母亲的角色,你会为你的失误付出沉重的代价。另外,那些头巾也实在令我气愤。我无法抚摸她们的头,而这正是她们所需要的。我也无法尝试说服她们摘下头巾,如果那么做一定会带来一场灾难。她们曾主动摘下头巾给我看她们的头发。阿米娜还让我看那些垫片。其功能类似假臀,只不过作用是增加头发的厚度,而不是用于那个与性相关的女性生理部位。有意思的是,在今天的文化中,头发也具有重要的象征意义。我想起了奇玛曼达·恩戈齐·阿迪奇埃的《美国佬》①,以及贾伊米莉亚·佩雷拉·德·阿尔梅达的《那头发》②。很巧,第二位作家的名字带有阿拉伯语的痕迹。"贾米拉"意思是"美丽",这是我跟阿米娜和阿斯玛以翻译问题开玩笑时她们教我的。那天下午我们玩得很开心。如今,仅几日之隔,一切都变了。泪水犹如入侵者闯入几位新朋友的私人谈话。泪水就像那两个在营地入口处的沙发上,坐在阿米娜身边监视她的黑衣女人。随后我又想:微笑可以很自然地作为初识的介质,而眼泪则不同,只会出现在朋友之间。泪水意味着要求安慰和爱抚,可以取代相爱的人之间多余的话语。我想起在第一天,那双被重重危险折磨的眼中竟没有丝毫泪水,当时我还觉得很奇怪。如今泪水出现了,这是关系亲近的标志。

---

① 奇玛曼达·恩戈齐·阿迪奇埃(Chimamanda Ngozi Adichie,1977—),尼日利亚当今最著名的女作家之一。《美国佬》(*Americanah*)是她2013年出版的长篇小说,体现了对美国种族政治的思考。
② 贾伊米莉亚·佩雷拉·德·阿尔梅达(Djaimilia Pereira de Almeida,1982—),作家,出生于安哥拉罗安达,在葡萄牙里斯本郊区长大。《那头发》(*Esse Cabelo*)是她2015年发表的处女作。

我落入情感之网既出于失误,又源于主动,如今已经无法从中逃离。

阿米娜,我们一会儿再聊,好吗?现在我们必须先照顾一下这位准妈妈,不然孩子就会生我们的气了。还有艾哈迈德,他不太喜欢我们的那种消遣方式。他在哪个城市?

斯图加特。

做什么工作?

汽车发动机。他把它们取出来,修好,再放回汽车里。

阿斯玛一边回答一边模仿丈夫的手势,就像一个孩子在玩扮演大人的游戏。这似乎让她放松一些。

是吗?我还想象他在脚手架上跳舞,甚至表演音乐剧。你到了德国后做什么?

做什么?我到那儿后就把孩子生下来。

距离孩子出生还早呢。如果顺利的话,你会提前到达那里。

那我就有充足的时间准备孩子的东西。我在那儿把东西购买齐全。

生完孩子以后呢?

生完孩子后,我就照顾他。

再之后呢？

再之后我继续生第二个。我想要很多孩子，我想要五个。艾哈迈德想要六个，和他的兄弟一样多。能要多少要多少。

她向我伸出五个手指，然后加上另一只手的食指，耸了耸肩。

你可以少生一些的，你知道吗？你可以把更多的时间留给自己。

她笑了，脸颊上的酒窝使她看起来像个快乐的孩子。这是她摆姿势拍照片以后第一次显出放松的迹象。

我知道，但我不想。我喜欢满屋子的孩子。我怀念孩子们挤满屋子，一家人在一起，我的兄弟姐妹、我，还有表兄弟姐妹们，加起来有三十个。你信吗？

双手手指的三倍。她展开手掌对着我，手指相互分开，此刻更像木桩而不是栖息中的翅膀。

阿米娜仍然把头靠在我的怀中。当听到她朋友的规划时笑了，笑容来自她的遥远世界。她没有做评论。

我倒觉得你可以继续学业，然后找一份工作，就像德国女人一样。你难道不愿意像她们一样吗，阿斯玛？

有什么意义呢？总有一天我会回到我的故乡。我的父母在那里。当他们老了就会需要我。等战争结束后。

那么你不想做一名演员吗？就像阿米娜想成为的那样？或者做一名舞者。你过去那么喜欢跳舞。

两人都表现出了惊讶。阿斯玛又变得严肃了，摇着头。我不明白她究竟在对什么说"不"。是对我的问题，对她朋友的愿望，对西方人的癖好，对分离的可能性，还是对每个人选择生活方式的无力感？要不是咖啡因方面的问题，现在就该轮到我去制作冰咖啡，让她们俩独自待着了。

阿斯玛开始陪着阿米娜一同外出。阿米娜总是以参加艺术表达课为借口溜出去，这其实是我编出来的，为的是让阿米娜和奥米德见面更方便。

这位准妈妈没有掩饰她的居心不良。阿米娜有几天怒气冲冲，时常埋怨："她几乎不给我和奥米德好好聊天的机会。"阿斯玛有时会在电话中大喊或大笑（我敢打赌那是假装的），有时自言自语，抱怨天气热或想念什么东西，有时又会从角落站起来，用一些虚构的消息或无关紧要的问题打断那两个密谋者的谈话。她甚至以怀孕的不适为由缩短他们的见面时间。

有时我会和他们一起去公园,试图打乱阿斯玛的注意力。这对每个人都有好处,包括我。虽然我更偏向于站在阿米娜那边,因为她选择了一条自己的道路,但我同样被阿斯玛的天真、孩童般的热情和对生活中简单事物的坚持所深深吸引。

阿斯玛总是抱怨个不停。

完全疯了。她是怎么想的,把自己的事情做给全世界的人看?不是这个梦想就是那个梦想,越来越多,笔记本从不离手。这就是她想要的,你发现了吗?她管那些叫作电影和节目,目的是要上电视。还有接受那个奥米德的帮助,你觉得合适吗?

我试着给她熄火,说什么奥米德是个聪明的男孩,有头脑,会帮助阿米娜,另外他非常喜欢阿米娜。

喜欢一文不值。喜欢和结婚是两码事。和哈尼夫在一起时,阿米娜爱得如此狂热,她画爱心,写小纸条;哈尼夫死后,她哭得死去活来。而现在却跟那个人形影不离。你看到他的新发型了吗?那是一个男人该有的样子吗?那么纤弱,连胡子都没有。

直到有一天,她抛出一个问题。显然受到冒犯,牢骚满腹。

为什么他们都不邀请我和他们一起走?

这样的问题是没有答案的。对待生闷气的孩子,拥抱和安慰足矣。

你不需要,阿斯玛,你有你的孩子和你的丈夫。早晚他们会批准你去找他。不需要等太久。

你觉得孩子会在这里出生吗?

我本应该这样回答:"怎么可能!你的宝宝将在斯图加特——也就是你说的'舒加特'——最先进的医院出生。宽阔的走廊闪耀着整洁的光芒,房间整整齐齐,工作人员无可挑剔,从助产士到新生儿护士都穿着如墙壁般洁白的制服。你会觉得自己在云里,婴儿们用他们自己语言发出的哭声来自尘世之外,来自属于新生儿的隐秘天堂。母亲们可以进去,当然父亲也可以。父母们走进去,抱起婴儿,就像捧起黄金点缀的水晶珠宝,闻起来像用牛奶和内心深处记忆做成的花朵。"

我终究没这么说,而是问了一个愚蠢的问题:你希望孩子在哪里出生？她回答道：

在哈尼夫曾经工作的医院里。当时我和阿米娜时不时一起去看望他，在他问诊的间隙。我们一直往里走，当看到他时才停下来。他穿着白大衣，挂着那个东西……那个东西叫什么？

我忘了听诊器用英语怎么说，只能傻傻地沉默着，用微笑代替回答。在那个女孩眼中，我一定显得特别无用。至少她在现实世界中还有一个简单易懂的使命——生一个孩子，而我则什么都没有。逗她开心？仅此而已。我无法给她希望，也无法告诉她现实，更无法试着将希望变为现实。

叫什么不重要，反正就是那个聆听心脏的工具。他多么英俊，我是说哈尼夫。我这里有照片，你想看看吗？

不不，我不想看。不要让我看一个死去的男孩的照片，他的年龄可以做我的儿子。我不评价战争，也不评价死亡。如果你把照片给我看，我就不得不评价那个男孩，这会使我心碎，甚至比在这里看着你们更伤心，你们如此年轻。我不想看他，不要给我看照片。然而，她手机已经准备好了，就在我面前，就算闭上眼睛也没有用了。"是的，非常英俊。"我承认道。那张脸覆盖着灰尘和血迹，空洞的轮廓贴着被烧毁的地面，从照片上突显出来。

比那个奥米德英俊多了。我们连他从哪儿来的都不知道。你看到他那一撮头发了吗？那身娃娃一样的皮肤。阿米娜怎么会看上他？

你怎么知道她看上了他？奥米德会帮助她离开这里，这才是最重要的。

唔……我看远不止如此。她现在不怎么跟我说话，好像开始对我有什么秘密了。她变了，已经不是我认识的那个阿米娜了。有一天我看到她在翻阅一本关于发型的杂志，我不知道她从哪里搞来的。

但是，你们不是喜欢做发型吗？你自己不也给我看过你扎小辫子的照片吗？就像艺术家的一样。

是的，但这次她看的是短发。我甚至不相信她想剪头发。

理发是阿米娜计划的一部分。在小说和电影中，我们见过女孩把长发藏在帽子里面，但这种伪装在现实中通常很难奏效。为了伪装成男孩，女孩必须牺牲长发，扔掉头巾下为了增加发量的垫片，把头巾也扔掉，装成一个混混，并结识一群像"他"一样的混混。说实话，她倒真应该上几节艺术表达课,这可比找奥米德聊天有用多了。我无法想象在有关部门面前,阿米娜脆弱的小身板能变成一个货真价实的男孩,他们一定会干涉她的计划的,不管是什么计划。阿米娜最多可以扮演一个害羞的、没有冒险精神的、安静的小男孩。最好是哑巴,或者已经失声。但在我看来,她和她的新王子并没有意识到这些障碍,所以才会对这个大胆的计划兴奋不已。看来,她依然小心翼翼地对阿斯玛隐瞒逃跑计划中这个疯狂的部分。就算如此,对于阿斯玛而言已经够疯狂了。

疯了,阿米娜疯了。

这位准妈妈不厌其烦地重复着。

而我独自一人在这里。艾哈迈德在德国,像鸟一样自由。肚子里的孩子正在舒舒服服地长大。我的父母和我的兄弟姐妹,我的父母和我的兄弟姐妹……

话未说完,泪水已经夺眶而出。

阿勒颇的情况越来越糟。你听说了吗?

实际上,我听到的消息很少,仅仅是别人从葡萄牙给我发来的一些新闻链接。令人恼火的是,那个岛上一份外国报纸都没有。电视里的希腊语语调如此动听,却让我陷入无法理解的绝望中。哪怕是我有好感的阿莱克西斯·齐普拉斯[①]总理,也显得胖乎乎的,令人恼火。我一遍遍关掉电视机,表达对被排斥的愤怒。也许正是这些时刻使我更接近那些被剥夺身份的逃亡者。他们怎么能留在这样一个国家?尽管与欧洲其他趾高气扬的国家相比,它提供了庇护,却无力为他们带来梦境和语言上的安慰。

我没有听说什么大新闻,阿斯玛。发生了什么事?

轰炸越来越激烈,越来越近,永无宁日。我的父母不得不逃到北方,早晚他们会再次逃去别的地方。我的姐妹们随着她们的丈夫逃到了南方。我的哥哥和家人去了土耳其,但被要求返回原处。我已经三天没有他的消息了。

我向来不善于安慰别人。不是不愿意,而是不知道怎么说。我不会撒谎,脑中一片空白,那些句子吞吞吐吐,抗拒成形。最终说出的话残缺不全,没有动词,一次又一次欲言又止。我甚至无法握住阿斯玛的手默默地安慰她,因为她用手挡着泪水,仿佛徒劳的堤坝。

情况越来越糟,阿斯玛,我知道。但是你在这里,和你

[①] 阿莱克西斯·齐普拉斯(Alexis Tsipras,1974—),2015年1月25日至2019年7月8日担任希腊总理。

的宝宝一起，平平安安。而艾哈迈德顺利到达了目的地。他得学习一些东西，不仅仅是如何组装汽车零件。他得学着尊重你。我再给你拍一张照片，怎么样？带上你的微笑，像艺术家一样，好吗？

我的天，你不能对着脸拍照，你忘了吗？

她一边皱着眉，温和地责备我，一边面带微笑，手放在臀部，用脚跺着地面——更确切地说是公园里的青草地上。仿佛回到了几周前我初次见到的阿斯玛。

好吧，我允许你用我的手机给我拍一张照片。就一张。我教你怎么拍，按这里就行。

当阿斯玛指给我看相机图标时，我们开始听到骚乱的声音，离我们所处的公园很近。数十名身着深蓝色制服的警察持枪控制着迪佩特营地的疏散行动，营地毗邻市政厅大楼。运送难民的巴士沿着街道排成一列，相比庞大的难民数量而言显然不够。一个个家庭在人行道上排队，手里拿着袋子，里面放着他们的随身物品和生活必需品。孩子们狐疑地看着散发着油烟味的巨大车辆，想上又不想上，兴奋地跑来跑去，互相缠在一起。母亲们喊着他们的名字，孩子们不时转过他们黝黑的脸庞，清澈的眼睛里充满了疑问，用纤细的声音回答：妈妈，爸爸。这些孩子将去哪里？他们要被带去哪里？这个声音来自奥米德，语气坚定，盖过了喧哗声。

他从长椅上站起来，走向围绕着灰蒙蒙的帐篷区域的警戒线。这些帐篷即将被拆除，无家可归的人将前往另一片土地，不久后帐篷又会被拆除，人们将再一次上路，生活却永远停滞不前。一些志愿者帮助最弱小的人爬上巴士，把一瓶瓶水塞进孩子们的塑料袋和背包里，露出灿烂的笑容并点头示意，仿佛他们是出发去度假旅行。

我也站了起来，怯怯地想要走上前去做点什么，却不知该如何做。我应该观察现场，记录下来。观察，记住，然后报道出去。眼前是警察、难民、志愿者、深蓝色的制服、荧光橙色的马甲、各种颜色的头巾。没有两块头巾是完全相同的。这些颜色撞击在一起，几乎都是同龄人，二十多岁，出生在柏林墙倒塌之后，对和平充满无限的向往。写下这几行字时，我不禁悲伤不已，感叹自己缺乏绘画的天赋。这个画面应当被描绘出来：丰富的色彩层层叠叠，被愤怒地掷于画布上，波洛克①、毕加索、罗斯科②聚集在一片无情的蓝天

---

① 杰克逊·波洛克（Jackson Pollock，1912 – 1956），美国抽象表现主义绘画大师。
② 马克·罗斯科（Mark Rothko，1903 – 1970），美国抽象派画家。

下，在某个大陆以南，另一个大陆以北，被比海洋更宽的海峡分开。我不停地感慨时光的流逝，当时的我坚信梦想可以被兑现。我为他们在错误的时间出生感到遗憾。碰撞中的双手永远无法相互握到一起。

你们要把他们带到哪里去？

奥米德走向离他最近的那个警察，就是站在公园门口的那个。

我不知道，这不归我们管。

那我应该问谁呢？

我不知道，我们只是来维持秩序的，你最好赶紧走开，别惹麻烦。

麻烦？我只想知道你们要带他们去哪里。我有权利知道。他们是我的朋友。

奥米德的声音保持着平静。而警察的声音已经失去耐心。

我叫你离开这里，你们带来的麻烦已经够多了。

警察身材健壮，说话的同时伸出手臂，手指抵在奥米德的胸口。我看到奥米德收缩起拳头，停在上身附近。旁边的一个警察转过身,抓住奥米德的衬衫袖子。我看到三人的眼睛对视,力量分布不均。我喊着奥米德的名字,闭上了眼睛。只有魔法才能挽救,我知道,我当时就知道,不指望发生奇迹。事实上,黑暗的四周一片沉寂,我感到诧异。若不是太阳猛烈地打在我的身上,我还以为黑夜因这场事故而降临,带来短暂的和平。当我壮着胆子再次睁开眼睛时,看到阿米娜已经拉住奥米德,两人神情严肃,等待着两名蓝色制服接下来的举动。

就在这时,阿斯玛,那位准妈妈从我身后出现,冲上前去抱住她的朋友。我看到她露出老到的笑脸,双手叉腰,矫揉造作地对两个警察说:

别理他们,让他们赶紧走。这个女的是个疯子,疯得不轻。她真的会咬人。你们最好不要知道被阿米娜咬一口会有多疼。

她说完哈哈一笑,眨了一下眼睛。接着分别抓住阿米娜和奥米德的手臂。两人没有反抗,跟着阿斯玛离开了。警察互相看了看,耸了耸肩。其中一个人向前面的巴士示意开走。

阿米娜打扮成男孩出现在阿斯玛面前的那一天，风暴爆发了。虽然阿米娜保证，按照计划，人们只会远距离看到她，但阿斯玛并没有被说服。

你不可能假扮成一个小男孩，你完全是个疯子。

阿米娜争辩说，只消在黎明时分，上渡船之前伪装即可，那时大家都睡意蒙眬。阿斯玛并没有被说服。

她们连续好几天没有说话。如果阿米娜找她，阿斯玛就回答说，她不和男孩说话，更别说陌生男孩了。

我在中心轮流接待她们，今天这个来，明天另外一个来，这对我来说是件很难受的事情。我很怀念看到她们在一起、形影不离的日子，就像第一天，两人如同会移动的双人舞雕塑。我听过阿斯玛的理由，也同意她的看法，那场冒险可能会是一场灾难，阿米娜没有必要这样做。岛上空气闷热，坏天气还将持续很长时间，这影响了她的判断力。第二天，听了阿米娜的理由后，我又觉得无论做什么都比遥遥无期地等待要强，浪费的时间随时可能变成泥泞和绝望。

某一天，阿斯玛醒来时收到了通知她去雅典的信息。在弱势群体中，她占有绝对优势。婴儿将在岛外出生，幸运的话，孩子父亲将见证分娩的过程。

她想向全世界宣布这个消息。她跑了出来，一缕黄色的头发从头巾中跳跃出来。跑着跑着，脚步把她带到了阿米娜的帐篷。她在外面停了下来，注视着她的朋友。阿米娜瞬间明白了，上前拥抱她。

阿米娜告诉我，她感到喜悦而又悲伤。她心情一下子变得很糟糕，一整天都待在角落，甚至没有去见奥米德。

阿斯玛在离开前告诉我，当看到阿米娜眼泪的那一瞬间，她决定等计划完成再走，担心当阿米娜需要时她不在身边。但艾哈迈德坚持要阿斯玛立刻出发，即使相隔遥远也无时无刻不在催促着她，阿斯玛不得不改变了主意。

阿斯玛出发的那天早晨，我去跟她道别，并送她一袋婴儿用的衣服。许多志愿者在码头拥抱她，祝她好运。一个穿着写有"今天"的T恤的"小男孩"站在码头的尽头，双手插在口袋里。

大家都忙着送别那位准妈妈，没有人询问那个"小男孩"是谁，也没有人问"他"在那里做什么。事实上，甚至当"他"用英语喊"再见，姐姐"的时候也没有人产生怀疑。"他"用手紧紧捏着那颗镶着金线的透明小水滴——耳环，阿斯玛送的生日礼物。

我不知道自己是什么时候疯的,这没有任何意义。我继续思考,继续请求帮助。

我不介意头颅被光刃割伤的感觉,也不介意在血云间行走。我死去的孩子们的尸体已经回到我的身体中,在那里冻结。我喜欢感受他们用牙齿咬着我的心,我的声音,我的思想。

我喜欢抱着被希亚尔的血浸湿的T恤衫。除此之外我一无所有。

让我不安的是那张惊恐的脸;控制不住尖叫的嘴;被点燃的、乞求的、依然活着的眼睛。

镜中活生生的脸。

T恤(莎伊玛篇)

莎伊玛的故事,她讲得很简短。

都死了。三个孩子,丈夫,父母。只留她一人在世间。

我们可以用一百页纸重复这几个词,这样我们就会有一部小说,但也无济于事。

她从维亚尔营地过来,年龄未知。三十五岁?五十岁?我试着赋予她外貌年龄,再减去十岁,这是一道令人难过的计算题。她头发很短,如同钢丝球,用手指作剪刀状夹住发梢以表示绝望。她没有佩戴头巾。她没有丈夫。没有丈夫是少数女人向往的自由。天蓝色短袖上衣——她的丧服,牛仔裤,歪歪斜斜的眼线。她可以毫无顾忌地进入西方,因为她孑然一身。

从维亚尔营地到雅典娜妇女中心的路不好走。维亚尔是岛上唯一的官方营地,位置偏远,有近十公里崎岖、难以辨识的道路(至少对我来说是如此),我只搭车去过。从那边过来,首先得搭乘联合国难民事务高级专员公署提供的班车到达苏达,然后从苏达步行到此。所以莎伊玛进入中心时已是气喘吁吁。尽管如此,她还是想讲述她的故事,从不缺席英语课。

在她的故事中,每一句话都以"没有"作为开头。

没有孩子,没有丈夫,没有父母。没有食物,没有医生,没有答案。

什么都没有。

一个人可以依靠这个连深渊都无法定义的词语来生活吗?

她的倾听者能否就这样站在她面前,沉默不语?

没有话语，没有可供站立的地面，没有呼吸的空气。

沉默。我唯一能教她的词。我搞不清楚，同情心是掏空了我的愤怒，还是让我充满了愤怒？最糟糕的是无用的愤怒。

我看着她离开，走向英语课室。不久后，我了解到莎伊玛是唯一可以不用事先预约进入中心的女性。志愿者们为她安排了心理咨询。她很感谢这些心理咨询，正如感谢别人对她说的每一句话。

我想，这位心理医生必须非常专业，才能帮助莎伊玛缓解痛苦。她在欧洲没有可以投靠的人。她没有怀孕，没有孩子，没有年迈的父母。按照官方标准，她不算是弱势人群。她的庇护申请排在名单的末尾，仅仅排在二十多岁、失去家人的男人前面。这类男人被认为是潜在的恐怖分子。按照排外主义者的说法，他们就是恐怖分子，连"潜在的"都算不上。唯一成为弱势人群的办法是证明你已经因痛苦而发疯了。

我甚至不能要求你相信我。无论用哪种方式讲故事，你都以"没有"作为开头。这可不是一个好的开头。

但愿没有人会在雅典娜妇女中心哭泣。

除了莎伊玛。对于莎伊玛，一切都是允许的，因为她的一切已被剥夺，仅留下一线细如游丝的生命，几乎不可能将它穿在针上缝成一个梦。

莎伊玛可以在任何时候来,莎伊玛可以大声说话,哪怕打断其他人的说笑和电话也没关系。莎伊玛可以时不时去办公室吹吹空调,不必像其他人一样待在闷热的房间,电风扇效果有限。莎伊玛可以收到志愿者为她留下的礼物:凉爽的上衣、内衣和美容产品。

她在午餐前离开维亚尔,以便准时到达中心上英语课。她学得不错,勤奋而有天赋,无须谷歌翻译。她穿着牛仔裤和蓝色上衣,抱怨着漫长的路途和冷清的街道。要知道,夏日的午后没人出门,午睡时间延长,商店紧闭。

明天营地间的班车不运行,我不能上英语课了。糟糕,糟糕。医生已经三天没来了。也许他在休假,也没有人顶班。

她坐在沙发边缘,双手一起放在膝盖之间。

几乎不用手机。她无人诉说,也无人联系她。无事可回忆。就像一个被关在福利院里过圣诞节的孩子,笑声和亲吻属于别人。有谁在乎她?若莎伊玛被另一个莎伊玛,也许是萨米拉,或是其他什么人替代,有谁会察觉到丝毫的不同?

你来这里之前是做什么的?我鼓起勇气问她。我猜想她在阿勒颇不可能没有一个正经职业。回忆曾经的工作是连接过去和未来的一种方式，为她提供一条道路，一个方向。

设计师。我在一个小工作室上班，我跟两个朋友一起做广告设计。我与一家小出版社合作，做图书封面设计。那种罗曼蒂克的书。你想看看吗？那是我的画，在墙上，最上面，一颗心碎成两瓣那张。

画得不错。从贴在墙上的其他作品中脱颖而出。那颗心一半是紫色，一半是灰色，在地面碎裂，地面是两条不规则的红线。她的阿拉伯文签名是一串长长的字符，构成画面的一部分，位于纸张的左下角。

我猜对了，松了一口气。只要能离开那个不断消耗生命的该死的营地，她可以去任何地方做设计师。英语课对她来说必不可少。外貌对她来说也至关重要。继续前行。这是最简单，也是大多数凡人最容易忽略的事情，继续前行。

尽管她没有笑容，能看到她兴致勃勃地谈论工作我已经很高兴了。即便是表达感谢，或是向内心诉说梦想时，她也没有笑容。继续前行吧！她看起来就像一尊盐像，有人对她窃窃私语："来吧，动起来，路就在那边，你不需要眼睛或嘴巴，你只需要朝着我的声音的方向移动你的脚。我的声音即是你自己的声音。"

她仿佛是岛中之岛。与此同时,阿米娜和阿斯玛则面对面笑着,各自捧着手机。我想,要想让莎伊玛离开维亚尔,回归正常生活,唯一的办法是组建一个家庭。

我知道不能建议她做假证件。面对和平主义者奥米德和阿米娜,我已经不得不抵制同样的冲动。也许我可以促成一些非正式的关系,好让莎伊玛得到面试的机会。就目前的情况,等待面试可比幻想所能持续的时间长多了。如果我在组建家庭关系或亲属关系上做点文章,应该能帮到她。

阿米娜和阿斯玛就在我边上,她们没有母亲;莎伊玛坐在沙发边缘,她没有女儿。

英语课还没开始,我提议两位女孩去拿点苹果来,给莎伊玛也带一个。我不希望这些女孩老吃甜甜圈,于是在中心提供的点心中加入了水果。这个想法很成功。有苹果、香蕉和桃子,分三个时段食用。她们拿来一个削好皮的苹果,分成四块。我拿了其中一块(毕竟拒绝是最大的冒犯),享受汁水和维生素带来的喜悦。

莎伊玛缓慢地咀嚼着她的那块苹果。阿米娜、阿斯玛、莎伊玛和我围绕在青苹果周围,组成了一个小团体。我们通过日益增长的信任联系在一起,这是一种类似临时性家庭的产物。我不过是个路人,但她们三个人合在一起却如此完整。自从那时我便开始梦想将她们组合在一起。当阿米娜开始向莎伊玛提问时,我看到这个梦想有望实现。当莎伊玛将手指轻轻放在孕肚的那一刻,我想孩子可能会收获一位祖母,这正是孩子缺少的。我的喜悦是短暂的。阿斯玛拉着她朋友的手腕,把她带到房间最里面,毫不掩饰地背对着那个越来越孤独的女人。"我们不想和那个女人有任何关系,她连自己的孩子都保护不好。"我猜测两个女孩窃窃私语时是这么说的。

我讨厌我的表姐妹们和叔叔阿姨们。我讨厌所有留在阿勒颇的亲戚。我无法忍受他们。昨天,心理医生让我说出我最讨厌的人。我想了一会儿,回答说:那些投下炸弹的人。很快我意识到,不是这个答案。那个人可能是我的儿子,我的萨米尔。你能明白吗?如果他再长大两岁,如果他在欧洲生活,他们把他塞到飞机上派去和敌人作战,投下炸弹的人可能就是他。一个家庭,许多家庭会死去。也许他们甚至不需要派他去,因为仇恨会自然生长。我想到了那些武器,从一只手传到另一只手。我祈祷我十二岁的儿子不要长大。我的祈祷那么虔诚,最终被听到了。萨米尔不会再长大,永远不会拿起枪,永远不会扔下炸弹。我想,每个家庭都有男孩,都有祈祷他们不要长大的母亲们。有时祈祷会被听到。

有时男孩们会被带到永远和平的地方。接着我想到了我的表姐妹们和我的叔叔阿姨们。我的叔叔阿姨们已经老了。那片土地是病态的,将一粒粒小种子驱逐出去。我的三位表姐妹的儿子都没有长大。我羡慕他们,又恨他们。他们躺在永恒的安逸中,如同对世界无所期待的人,到了晚上甚至喷上香水,进入另一个世界。

自从参加心理咨询,莎伊玛变得更加健谈,仿佛咨询还在持续进行。泪水更放肆了,弄脏了她的眼线和睫毛膏。睫毛膏是她连同手机用一个塑料袋包好带来的,以免在横渡爱琴海时被弄湿。

心理医生会继续帮助她。腐烂的水在她血液里循环,随时可能涌出,在她周围形成一口深黑的井。她只能颤动着手臂、双腿和喉咙,靠别人的双手拉住她的衣衫,将她从井里拉出来。拉她的人会看到莎伊玛露出水面,身体出于求生的本能喝着空气。但不会看到她怀揣着对道路的渴望,用自己的脚走出去,除非赋予她对爱的念头。阿斯玛的心必须在身体之外寻找一个能用一丝干净、温暖的血液取代黑水的人。

莎伊玛有必要朝外面看看,而不是一味地与那些两三秒内毁灭了她生活的爆炸声抗争。镜子的碎片,儿子的碎片,家的碎片,信仰的碎片,生活的碎片。即使将这些碎片全部拼凑到一起，也无法组成一个完整的女人。

心理医生会帮着收集一些碎片，但不是她孩子的尸体。他会帮助重构一个使她可以呼吸的记忆。年复一年的咨询工作中，时针走得很慢，但分针却总是匆匆忙忙，还未来得及将病人带到一条狭窄的小巷就消失了，更别说带到一条康庄大道了。

我能做什么？一边是姑娘们，她们应该感谢一位母亲，同时也是阿斯玛用已婚女人长长的深色外衣保护的幼儿的祖母。另一边是一个女人，承受着剧烈的痛，无法从井中伸出手，更别说去触摸到一个人，视其为亲人，并说："小心，别死，拉着我的手站起来。"这个女人穿着牛仔裤和天蓝色上衣，没有戴头巾。

莎伊玛可以贡献出她的力量，用她在黑水中与死亡对抗时学到的东西。阿斯玛和阿米娜则可以提供对未来的希望。

我把三人叫来，给她们看葡萄牙难民援助平台①制作的难民收容宣传片。在视频中，一个传统家庭——男人、戴着头巾的女人、一个孩子牵在手上，另一个在肚子里——用阿拉伯语讲述在一个葡萄牙小城的快乐生活。朴素、干净的公

---

① 难民援助平台（Plataforma de Apoio aos Refugiados），由葡萄牙民间组织运作，致力于解决全世界，尤其是欧洲难民危机所带来的问题。

寓，客厅桌子上放着一个低矮的花瓶，里面插着塑料花（是雏菊还是金盏花？）。他是园丁，她在就业中心负责登记工作。女儿在学校。上葡萄牙语课。有家庭医生。

不错。

莎伊玛说。

你为什么给我们看这个？

阿米娜用眼神质疑道。

阿斯玛又咬了一口苹果。全无热情。

看到我们围着屏幕，一名担任瑜伽老师的志愿者走了过来。我向她解释了我们正在看的东西。我太想看到她们表示赞叹的反应了。也许我对葡萄牙难民庇护措施的赞颂过于夸张，有爱国主义的成分，但这些措施在欧洲确实算罕见了。莫妮卡，那位长得像三十年前的苏珊·萨兰登[①]的荷兰志愿者微笑着，没有表现出很大的好奇心。她吸了一口气想说话，旋即放弃了。一会儿又轻声开口：

对不起，我没有冒犯的意思。但我们都看到了报纸上的新闻。谁都听说过葡萄牙的经济危机。就算经济危机正在过

---

① 苏珊·萨兰登（Susan Sarandon，1946— ），美国女演员。

去，但此时的葡萄牙怎么会有接纳难民的条件呢？

葡萄牙队刚刚赢得了欧洲足球锦标赛，但一个戴着呼吸机、过分靠近炎热海洋的国家形象仍然存在。尽管还没她的肩膀高，我还是站了起来，以便更好地向莫妮卡捍卫我祖国的形象。我想跟她说"三驾马车"的退出，与希腊之间的差别和葡萄牙人热情好客的精神，但莫妮卡被走廊另一端的人叫去了，她甚至没有听完我的第一句话。也罢。我站在那里，手里拿着平板电脑，多么的渺小和迷茫。对于大海而言，我的祖国的唯一价值就是为持"黄金居留"①的退休老人提供海滩。

这种冷漠的态度延伸到了阿斯玛、阿米娜和莎伊玛三人组。哦，也许这个组合已经荡然无存。因为在我起身之后，两个女孩再次向着那个孤独的女人背过身去。

我依然希望把她们组合到一起。没过多久我就去询问她们为什么疏远莎伊玛。阿米娜一边解释，眼睛却始终没有移开手机屏幕。

你不知道吗？她让她的孩子们独自去一个离家很远的地

---

① 黄金居留，指的是葡萄牙黄金居留移民项目，针对希望长期生活在该国的投资者。其中最受欢迎的是购房移民计划。

方参加婚礼。她没有照顾好他们,所以他们才会死。

"我们生来就是弱者,我们脆弱地活着,我们将这种脆弱教给我们的女儿,唯有脆弱是我们死亡时的依靠。"这是多日后我跟莎伊玛见面时,她告诉我的话。这是她的智慧。大家找她找得快疯了:"她受不了了。""她发了疯。""她被驱逐出境了。""她就这么躺在地上,听着大地的声音。"每个人都以自己的方式思考,我们都无法想象以她的痛苦该如何活下去。请注意:他们已经掏出了莎伊玛的心脏,取走了最细小的爱的痕迹,并重新植入一块长满刺的肌肉,每一次心跳都带来疼痛。

她已经错过了两堂英语课和心理咨询。她在维亚尔的同伴最近都没有见过她。不接电话。该向谁打听她的消息?

雅典娜中心入口处衣柜的一个隔层里存放着为她准备的衣服,丝毫未动,充满期待。两件丝绸衬衫,其中一件是浅蓝色,带有灰色图案,另一件是海军蓝,领口的末端打有蝴蝶结。两条经典剪裁的长裤,一条白色,一条黑色。当看到镜子里的自己时,莎伊玛一定会对自己的优雅到惊奇。

我已经想好请她去一次美发店——不用花多少钱。城里金发碧眼、浓妆艳抹的女人经营着各种美发店,她们通常根据客户的外貌随意定价。阿斯玛已经消失数日,我在头几天的沮丧转为焦虑不安。她发生了什么事情?现在三点半了,她不会来了。

我没法不把她的失踪和两位女孩——阿斯玛和阿米娜——关于她的那些话联系在一起。她们说,在战争期间,孩子的死是对她的惩罚。她们已经背弃了她,拒绝她成为家庭的一员。金发,没有头巾,没有归宿,没有前行的道路。一个没有称呼的女人,一个束缚在两岸之间的女人,由一条线连着。那条线既不是桥梁,也不是连字符,更不是平衡点,只是一条想象出来的线,一条由呼吸证明存在的实线,就像她一样脆弱。

当丈夫离开,留下她独自带着孩子时,她已经是这个样子,还是比这更糟糕?她结婚时多大?她孩子死去时多大?阿斯玛和阿米娜几岁?她们三人在阿勒颇就已经认识了吗?她们是乘坐同一条船来的吗?莎伊玛是什么时候开始不戴头巾的?是出于自由还是绝望?抑或她从未戴过头巾?她们是从哪个时刻开始背弃她的?她的悲剧已经结束,还是仍将上演第二幕?

这些问题只有当她不在的时候才出现。在她面前我全然丧失了提问的能力。她的脆弱将我埋葬在痛苦之境,问题是不会到达那里的。在眼睛里,脆弱集中在眼睛里。巨大的眼睛,比命运计算出来的尺寸还要大。睁开的眼皮知道,只要一眨眼就会带来死亡或更深的折磨,因此它们像守卫的士兵那样一动也不动,在汗水和泪水的混杂下陷于模糊之中。

我的姐妹,我想过,我必须带你去美发店。

她在我们举办派对的那一天出现了,解释说前几天没来是因为两个营地间的班车停运。理由可疑。这个岛谣言遍布,居然没有人对班车停运表示抱怨,这很奇怪。

没人通知我,班车没有准时出现,那一天和接下来的几天都没有来。

她到达后和志愿者们拥抱问候,英语课即将开始,我来不及跟她聊聊了。莎伊玛在志愿者那边很受宠,却遭到其他女人排斥,这一点越来越明显。她和同伴之间既没有同乡关系,也没有用共同的语言交谈。莎伊玛的英语突飞猛进,这就像在过去和现在之间建立起一道屏障,一堵她可以依靠的、只为自己建造的墙。

我的计划是组建一个家庭,让她成为阿斯玛和阿米娜的母亲、未出生孩子的祖母,但这一计划正在付诸东流。相比之下,带她去美发店的计划就变得很紧迫。

莎伊玛,我刚才在想,你可以找个时间和我一起去美发店。我的头发需要打理一下,你的也是。

她疑惑地盯着我。虽然她的眼神没有表现出惊异，但却尝试着理解提议背后的含义。

你不需要现在回答，考虑一下吧。

正值关门时间，我们站在中心门口。蓝色的天空开始褪色，黑夜即将笼罩下来，将岛民团团围住，这里没有星星，也没有路灯。女孩们从我们身边跑过，有些人还在调整刚穿好的凉鞋，另一些人经过时人字拖拍打着石阶。她们很快就消失了，弹簧似的，像麻雀一样轻盈，仿佛不需要地面就能奔跑。

好吧，我会考虑的。

与女孩们不同，莎伊玛既没有精神也没有翅膀。我看着她迈着沉重的步伐离开。老人们至少还有回忆的馈赠，或能回归到一个幸福的年龄。但这个女人什么都没有。这个孤独的影子带着沉重的步伐走向不远处的大巴。大巴将带她去另一个地方接受看管。仿佛她不是因为战争，而是因为逃避罪责而落难于此。在门口，我注视着她渐行渐远，留下的是我的孤独。即使与她的孤独做比较，我也永远无法描述自己的孤独。

第二天，我试图通过寻找一些迹象来猜测她的回答。

很明显,我对她的姐妹情谊并未得到她的回应。对莎伊玛来说,我不过是一个志愿者,对她挺不错——因为我还请她去美发店——但并非稳定的关系。志愿者就是这样。他们都是有爱心的人,但来了又走,谈不上建立感情。她怎么会想到,我追求的正是她的陪伴,她的呼吸?

谢谢你,但我觉得我不能去美发店。

当英语课结束我去找她时,她这样说。我坚持道:

我和你一起去,会很顺利的。

她辩解说,离开难民营的时间只够用来上英语课。她不想缺课,也不想错过末班车。当我答应托人将她载回维亚尔的那一刻,我意识到自己是多么渴望带她去美发店,仿佛莎伊玛未来的成功和我自己的成功都取决于此。搭车的事情搞定后,她就没有了借口。一个星期五的下午,我们两个人出发去美发店。她犹豫不决,我对自己的坚持感到满意。

天气炎热而沉闷,城市狭窄的街道上空无一人,没有人看到我们。我们两个外国人看起来年龄相仿。如果有人注意到莎伊玛下定决心的眼神可能会被吓到,不过周围空无一人。城市的中央广场、咖啡馆的桌子和花园里的长椅都处于荒废状态。炎热的天气、人口迁徙、希腊的经济危机和黑皮肤的外国船难人员，这些要素综合在一起，使得当地居民不再光顾公共场所。每当我经过中央大街时，我都会踮起脚尖走路，以免我的脚步声在这令人战栗的寂静中发出回响。红色出租车在广场周围排起了长队。岛内打车的人很少，也很少有人去机场，出租车赚不了什么钱。

我们百无聊赖地在一些橱窗前驻足。说实话很无趣，因为一切都随意堆积着，从五金器材到女性内衣。最终我们到了美发店。一个小单间，两个洗发池，三张美发椅，一张用于等候者。

这位女士要染发和做头发护理，我只要洗头。

一位金发女郎用礼貌的微笑迎接我们。她夸大了染发的价格和预计所需的时间，催促其他女孩们赶紧开始干活。

陈列架上是一排丝滑而诱人的颜色，让人忍不住伸手触摸，难以抉择。我帮莎伊玛从中选择了一款带点铜色的棕色。莎伊玛做完头发去吃晚餐时定将与众不同。

我自己的头发在半个小时内就处理好了，于是开始阅读随身携带的侦探小说。平时很少看，因为日常工作之余很少有休息时间。我感到疲惫而满足。我读了几页，里面讲述了一群女人被关在精神病院的故事。阿德勒-奥尔森绘声绘色地描述医院的场景，侦探卡尔·默克的神秘助手、叙利亚人阿萨德在医院里活动。我不可能和莎伊玛或者任何一个寻求庇护者谈论这个人物，光提起这个名字就令人害怕。对我而言，这只是我探索的巨大拼图中的又一小块，我并不奢望看清原貌。

我从书中抬起头，看向莎伊玛做造型时所坐的椅子方向，着实吃了一惊。她已经睡着了，头靠在洗发池中，张开的嘴中露出几颗需要修复的牙齿，眼皮终于紧闭。这不是极度疲惫后休息时应有的温柔形象。她的眉毛看起来似乎更细了，两条细线消失在宽阔的、皱起的额头中。当我抱怨自己的眉毛缺乏厚度的同时，莎伊玛却故意把它们破坏掉，真是不可思议。莎伊玛不仅仅是逃离了阿勒颇，她逃离了过去的自己。她逃离了自己本身，却无法找到自己可以成为的那个人。谁会需要她做设计师？若她将自己幽闭在四面环海的监狱中，该于何处施展她的技艺？深色的头发跟原来几乎没什么差别，对此她会做何反应？在她现在的梦中，头发是什么颜色？

我试图回到那个侦探小说中。但是莎伊玛的角色对我更有吸引力。她在勇气带来的折磨中对脆弱做出短暂让步，放弃的那一刻她是如此真实，令人感动。阿德勒-奥尔森书中的阿萨德被敏锐地刻画出来：解决一团乱麻的本能力量，怪诞而又巧妙推理,还有体现其身份特征的配件——地毯、水壶和咖啡。我面前是一张被剥夺其本源的脸。那张脸就像孩童时期就折磨我的巨大问题那样吸引着我。这些问题可以归于一个,那就是人类的广袤和极限。我想成为一名电影导演,追踪她的梦境,捕捉她醒来的那一刻。

时间到了。美发师的大块指甲涂成橙色,带着黑眼圈。没有事先提醒,她就把水冲到了莎伊玛的头发上。莎伊玛的眼睛在一瞬间替身体做出防御姿态。为了安抚她,我对她点了点头,并笑了笑,但没有得到回应。我走到她身边,低声说"快了"。我感觉到她的头朝我的方向动了动。但"橙色指甲"却不给她休息的机会,继续抓揉她的头皮,仿佛在给刚刚捕获的动物剥皮。

她来到镜子前,毛巾已经取下。她反复转动脑袋,试图找到一个熟悉的角度。没有做任何评论。梳完头后,定型喷雾以"之"字形在她周围移动。依然沉默。我没敢问她任何问题。我结完账,然后我们就离开了。我走在前面,以免听到她的感谢,也避免和她那双会对我说实话的眼睛相遇。

我带她去一家我经常吃穆萨卡[①]的餐厅。那里的穆萨卡不

[①] 穆萨卡(moussaka),又名茄子肉酱千层批,流行于巴尔干、中东等地,是希腊美食。

放太多胡椒，算是罕见。每当莎伊玛把手移到头发上，就会用手指缠住并拉扯头发。她倒不是想确认头发是否还在，而是想恢复到原来的造型。随着我们距离餐厅越来越近，我的沮丧之情越来越强烈。

选择餐位是一项艰难的任务，尽管我知道选择权完全在我。是靠近无花果树，还是在柑橘树旁？或者干脆离树木远一些？若不是莎伊玛坐在我对面，我还会继续躲避她的目光。然而，此时我发现她的形象已经好多了。头发笔直、棕色、有光泽，一副准备生长的姿态。她本人也是如此。

谢谢你。头发看起来完全不一样了，很好。是我自己没法让自己心情好一些。我本该心情更好些的，但我做不到。抱歉。

莎伊玛的眼睛已经不是黑团团的，原先的深色眼线已经变成了另外一种。我点了白葡萄酒，我们需要喝一点。酒是餐厅自制的，味道糟糕极了。但在那个夜晚，重要的不是味道。在那个夜晚，我们中的一个人必须说话，滔滔不绝地说，直到穆萨卡在盘子里变凉而不得不请服务员重新加热。我打开了话匣子，我知道我必须做出选择。我跟她讲述我每天的工作和家里的生活。我告诉她，自己每天到家时都是筋疲力尽，瘫倒在沙发上。

最糟糕的是噪声，我受够了噪声。晚上的任何噪声都令我恼火。

我刚好相反，我不能忍受沉默。我知道，大多数人都用手捂着耳朵跑开，以免听到炸弹的爆炸声。而我的沉默开始得更早，更令人害怕。它开始于一个上锁的房间。你知道吗？我们生来就是弱者，我们脆弱地活着，我们将这种脆弱教给我们的女儿，唯有脆弱是我们死亡时的依靠。

我知道她准备要跟我说她丈夫和孩子的故事了。我深吸了一口气，喝了两口葡萄酒，准备倾听。

我的丈夫花了很多钱才娶到我。

莎伊玛开始讲述。

对于我的父母来说是一件值得高兴的事，尤其是那一年汽车零部件生意不景气。我是大女儿，事情就落在我身上。穆马达愿意提供一大笔嫁妆以换取扩大汽车进出口业务。谁能拒绝那么大一笔钱？婚姻结束了我追求医学的梦想。我曾以为我会成为一名医生。你瞧瞧，如果我真的成为医生，我的身体现在可能已经在废墟下腐烂了，或者在天堂安息，和我的孩子们一起。我参加了一个短期的设计函授课程，一直工作到第一个孩子出生为止。婚后不到一年我就有了贾米拉，然后是萨米尔，最后是希亚尔。没错，小儿子是最受宠爱的，他的哥哥姐姐们毫不嫉妒地爱着他，过度保护他，正是这种溺爱导致了悲剧的发生。

我对丈夫无可抱怨。他从未强迫我戴头巾或穿上罩袍。他支持我收藏T恤的癖好。感谢真主，我们从不缺钱。哪怕跟另外一个人结婚后，他也从未忽略过那三个孩子，从不打我，也从不无缘无故吼我。有时，他会在晚餐时间回家，令我措手不及。孩子们在吃比萨，而我则沉浸在电视中，甚至没有注意到时间。我每次会同时追两到三部电视剧，剧情中的生活和我的生活如此不同，却又如此相似，我不知如何解释。尽管生活在不同的城市，有着不同的习俗和截然不同的想法，却仿佛拥有同样的幻想，感受着同样的悲伤。我知道，我应该把精力更多地放在家庭上。电视上有心理学家和专家建议母亲与孩子交谈，让他们开心，但看着孩子们，看到他们彼此欢笑，我想我做得已经足够了。

女儿结婚后，我发现两个儿子越来越愿意待在她家。我想，如果他们自己喜欢，这也不是什么坏事。贾米拉会照顾他们。对我来说也是一种放松，我不用去购物了，可以轻松地看电视剧，了解那些跟我类似的城市和生活。可是，一旦我把注意力集中在脚下的地面，集中在从客厅到卧室之间的门上,或集中在电视机以外的空间里,我就会一味地陷入泪水之中。

我不知道他们是什么时候开始不正眼看我的,一开始我没有意识到。有一次,当三楼邻居的购物袋掉在楼道口时,我跑去帮助她,但她假装没有看到我,垂下眼睛,然后以疯狂的速度捡起蔬菜和水果,只是为了不让我碰到它们。是在那一刻我意识到了不对劲——是我的独居。邻居们一定注意到了穆马达长时间不在,还有他的那些大吼大叫,跟我说一个妻子不能抛弃自己的丈夫。他们一定编造了一些与现实毫不相干的理由,我不知道。也许说我已经搬走了,也许搬到了电视里面的城市。现在我明白了,当出现问题时,指指点点就开始了。第一根手指会带动另一根,最后带来更多的指手画脚。就是这样。

我的希亚尔陪同他的哥哥姐姐参加邻居婚礼的那个下午,导弹降落下来,从未离我们那么近,我看到贾米拉住的楼房的阳台倒塌下来,那天……

讲到这里,无论莎伊玛还是我都无法避免情绪的失控,甚至可能感染那些来餐厅准备和家人安安静静用餐的客人,以及餐厅的主人(一对六十多岁的夫妇,在我到达时祝我"晚上好",在我离开时祝我"晚安"。他们在一块私人屏幕上观看奥运会，时不时传来掌声和国歌的回声），更别说会打破夜晚的宁静。说实话，无论我如何同情这个流浪的女人，我都难以忍受她不断讲述着以精神失常的、不真实的各种形式与死亡共存的故事。死亡来自天空或剑刃，眼睛或是睁开，或是闭上；耳朵或是裸露，或是被无助的手护住。心脏和身体的所有肌肉都处于警戒状态，试图使被死亡咬住的身体保持生命力。

我必须打断她的讲述，以免疯狂在黑夜中危险地蔓延，再由激怒爱琴海的狂风传播开去。我可以起身去洗手间，但我无法留下莎伊玛一人自言自语，这会使她更加暴露在充满敌意的世界中。我可以招呼女服务生——一个极瘦的女孩，看起来忧心忡忡，甚至连礼仪性的假笑都没有。没错，我应该招呼那个女孩过来，向她要一个叉子，因为我的，呃，掉了。它掉下来了，我的叉子。或者说，被我扔到了地上。我竭力大喊，将大家的注意力吸引到我笨拙的手势上。餐厅外露天座位处已经找不到那个悲伤的女孩。不难想象，她一定在空荡荡的餐厅内，手指在手机屏幕上跳动，寻找只为自己留存的话语。女孩的消失帮到了我：我坚持大声重复"劳驾、劳驾"，同时抓起弄脏的叉子，向远处挥手，以引起注意。这场戏很成功，它分散了莎伊玛对她痛苦的注意力，而她的痛苦中的一小部分也是我的痛苦。

当干净的叉子送到时，已经不难把她从疯狂的世界中带出来。我有一些帮助她离开维亚尔的计划和提议。我已经决定对她直言相告。但要如何告诉她，在土耳其协议前提下，一个请求庇护的单身妇女若想得到积极回复，简直像阻止那场开始让岛屿发疯的风暴一样困难？

我跟她提了那两个女孩，阿斯玛和阿米娜，以及我是如何考虑将她们三人组合成一个当局认可的家庭。

我作为母亲收养她们，你想让我这样做是吗？

她虚弱的声音，不确定的英语，盘中冰冷的穆萨卡，不规则的眉线，所有这一切都在对我说：你这想法真傻。这个女人不能收养任何人，需要被收养的是她自己。她回到了某个年龄，当时的世界是巨大的，每条道路都是深渊，每个阴影都是怪物。她的每一寸肌肤都写着孤儿两个字，这样一个人怎么能成为母亲和祖母？

我不能，她们不想要我。我知道她们不想要我。我是最后一个登上充气艇的，每个人都像看一个危险的重物一样看着我，我靠在最边缘，不敢移动。当水涌入船内时，我所做的就是收起双腿和祈祷。像其他人一样祈祷，独自祈祷。当船靠岸，警卫向我伸手递来一条毯子时，我还在独自祈祷。

总有一天我会离开维亚尔,是的,连当局都不会希望我永远留在这里。但我会独自离开,带着箱子,里面放他们给我的衣服和我小儿子死时穿的衣服,希亚尔的裤子和T恤。我有没有跟你说过那件T恤正面印着"今天"这个词?

莎伊玛的新头发显示出腰果的棕色,新剪的发型闪闪发光,内心产生小小的冲动。想到她儿子的衣服完好无损地存放在一个旧行李箱里,我就感到一阵战栗。当时我还不知道那件T恤会对故事的结局起到某种作用。莎伊玛告诉我,希亚尔死时十二岁,一米五七的个头。阿米娜身高一米五八(踮起脚尖时有一米六二),我是通过手掌在墙上测量出来的。

做头发那天,我在餐厅里阻止的事情几天后还是发生了。看到阿米娜变成了一个小男孩的模样,莎伊玛走过来,拿着手机,上面是她儿子希亚尔的照片,穿着印有"今天"的T恤。

你们想看看我的希亚尔吗?他多漂亮。

我瞥了一眼,只是为了不让她感到不快。旋即我就将目光投向别处。我已经无法忍受看死亡孩童的照片。阿米娜也没有回答。她再次遮住自己的头,或许是因为与那个已经离开人世的男孩长相相似而感到害怕，也可能是为了强调她和莎伊玛是两类人。莎伊玛孑然一身，被囚禁在一个由大海、寂静和绝望包围的小岛上。

莎伊玛继续沉浸在兴奋中，这是一个人在哀悼期中逐渐好转的表现。她正在回到一个温暖的地方。在那里，T恤一尘不染，英文单词"今天"的每个字母都是一种肯定，一种信任的标志，一种可传递的力量。莎伊玛决定把这声自由的呼喊送给阿米娜，阿米娜后来也接受了。事实上，她更多是被这个词吸引，并非出于莎伊玛的馈赠。

第二天，我问莎伊玛，其他女人对她的新头发有什么看法。

在营地里我几乎不说话。我像隐形人一样进进出出，对别人说"早上好"和"明天见"，只是为了让别人听到我的声音，知道我还活着，没有在黑暗中迷失。没有人回应我。

我太了解莎伊玛了。我也曾多次有这种隐形感和不存在感。像所有极端的独行者一样，我明白同一类人并不意味着可以情同手足。我们永远不可能相互陪伴，面前放着饮料，度过一个漫长的下午。我们曾在一个特殊的夜晚共享一个穆萨卡，仅此而已。我再不可能邀请她去吃饭，也不会给她向我展示家庭照片的机会了。当她讲到我无法忍受的部分时,叉子总是会落下。

但我在这样的感情中无法平静。我必须做点什么,将莎伊玛的一条手臂,至少一根手指,拉到黑色的水平面之上。做头发是远远不够的。音乐?梦想?工作?丈夫?孩子?承诺?一本书?一个生命?所有这一切我都无法提供。无论我如何想象,我都无法将我的愿望嫁接到她身上。我甚至不能向她提供法律的帮助,因为法律已经不再保护她。

莎伊玛跟我说过,我也从报纸上证实了这一点。

到达后,他们给了我一大张纸。一边是希俄斯的地图,上面标有重要的地点:医院、药店、超市、居住的营地。苏达区域甚至还标注了免费的无线网络。营地位于一排小房子边,仿佛是现代酒店。另一边是我们到达岛上后应该遵循的指示,包括花三欧元车票去维亚尔做登记。我就在维亚尔住下了,因为我是单独一人。那张纸的底部是那些被认为是弱势群体的名单。我查看了名单,没有自己的名字。我不在十八岁以下,没有怀孕,没有孩子,没有残疾,不老,没有致命的疾病,没有受过虐待,也没有被强奸过。当翻译为我朗读名单时,我渴望下一个是自己:一个孑然一身活在世上的女人,失去了孩子、父母和丈夫。名单读完了,没有我。

我盯着翻译,希望他只是暂停一下,然后继续读下去,直到提到我的名字。但他走向我旁边的人,我不知道是谁,与我无关。我从前一天起就没吃过东西,即使这样我还是吐了。在等待巴士时,一名志愿者给了我一双拖鞋,因为我的一只拖鞋坏了。还给我一个塞满巧克力的蛋糕。翻译给我那张纸时我咬了一口蛋糕。然后我全吐出来了。我不断流汗、冷得发颤。有人走到我身边,给我一些水,然后走向其他人。我继续颤抖。我是最后一个上车的人,有人把我拉上去。后来什么事也没发生。

倾听她。要相信她很坚强,有能力克服磨难。要相信心理医生的能力,相信医生可以治好她,但不可着急,噩梦有助于她的苦难宣言,证明她属于弱势群体。不要去提醒她那张纸上最令人费解的指引。当翻译读给她听的时候,她可能根本没明白是什么意思。

"根据《欧盟-土耳其协议》,在你的案例得到处理之前,当局依法规定你不得离开该岛。维亚尔的登记和身份识别中心将提供更多关于处理进程的信息。"

数个月过去,没有进一步的信息。

莎伊玛想要将那顿穆萨卡和知心话组成的晚餐延续下去,但我已经没有继续听下去的心情了。我无法忍受她带给我更多的信息。阿斯玛和阿米娜则不同,她们的未来已经盖过了畸形的过去,不会使我联想到自己的境遇。莎伊玛似乎只比我年轻一点点,她所经历的和即将经历的一切与我产生共鸣,就像我自己的声音在黑暗时刻发出的回声。

我尽可能长时间地拥抱她。接着,我带她去见志愿者R,她是妇女中心的负责人,一个非常年轻的红发女孩,浑身上下充满了安慰他人的能力。

照顾好她,逗她开心。跟她谈谈天气吧,谈谈在这个流放者的岛屿上,炎热是多么令人难以忍受,岛屿每一个蜿蜒的角落都受到大海的监视。告诉她,在欧洲,炎热是习以为常的元素,不会扰乱开明思想的秩序。而在南部,在那些通过狭窄的通航水域与野蛮人隔开的土地上,炎热是一种结构性的弱点,或多或少带点摩尔人的怪异。跟她聊聊那些志愿者寄给她的信。志愿者来到这里,当她们回到自己的国家时,皮肤被历史悠久的阳光晒成棕色。她们没有忘记大写的、古老的"H"[1],如同一个失明的叙述者[2]。告诉她你因

---

[1] 此处"H"指前句中"历史"(história)一词。葡萄牙文中,"história"有两种含义:"历史"和"故事",作者用大写的"H"强调该词在此处为"历史"之意。
[2] "失明的叙述者",指古希腊诗人荷马(葡萄牙文:Homero),亦是以"H"开头。

为皮肤太白而伤神，因为更容易受到紫外线的伤害，甚至昨天傍晚在扔垃圾的路途中被晒伤了。一大袋有毒的垃圾，装着塑料杯和浸有丙酮及指甲油的湿巾，都是破坏生态环境和加剧全球变暖的罪魁祸首。告诉她，你感到遗憾，尽管你跟她死去的女儿同龄，但差别如此之大。"哦，这么年轻，我很抱歉，莎伊玛。你的小希亚尔，我懂。"安慰她，假装有很多人关心她，全世界都在关心她，包括那些喜欢使用转喻的人，他们将难民说成是恐怖分子并算计他们。

对不起，莎伊玛。对不起，R。我今天心情不好。我不应该在这样一个野蛮的大热天大谈团结和同情心，何况今年见证了恐惧和非理性的回归，后者总是追随前者而来。非理性是一种罪，罪名是不信任和对强权者的迷恋。

过来吧，莎伊玛，我很抱歉。我也是一位母亲。我会再请你吃饭的。我们再去吃穆萨卡，你喜欢吃，我也喜欢。我也是一位母亲。我可以在你的肩膀上哭吗？

一连串骚动的声音从入口处传来，打断了我孤独的宣泄。是温柔的R在尖叫吗？喊得更大声的又是谁？一个男人？我循声走去，看看是否能提供帮助。是一个中年男子在用阿拉伯语大喊大叫。在他身边有三个孩子，最小的还是个婴儿，一个胖乎乎的小男孩，睡意蒙眬，穿着一件蓝色的T

恤衫。我一见到这个男孩，就决定叫他卡勒弗，虽然我也不知道为什么。在可怜的、愁眉苦脸的R和女孩们的咯咯笑声中传来一个女人的抱怨声。她从里面走来，从头到脚都遮盖着，脸上带着愠怒。她手上拿着好几部手机，没有在签到本上登记离开，也没有和任何人说再见，只是跟在那个男人后面往楼下走。卡勒弗挂在她的腰上，另外两个孩子紧紧抓住她的裙子。阿斯玛笑得合不拢嘴，迫不及待地告诉我：这个女人从营地带来了家里所有的手机，一部都没有留下，准备在中心充电。她丈夫非但不理解她的做法，还训斥说她拿走了宝贵的工具，害他不得不费老大劲来妇女中心取回。

我们都笑了。莎伊玛也笑了，这是她绝望生活中的一次休息。我不知道该如何分担她的绝望。阿米娜一直保留着采访用的笔记本。她将如何继续？何时？在何种条件下？一切还是未知数。

这位年轻的"女演员"正在进行性别蜕变，尽管还不知道该如何伪装。这时，莎伊玛走向她。

如果你愿意，我可以教你小男孩是怎么样的。

她在她耳边说。

他们如何走路，谈论什么话题，喜欢什么，类似这样的

事情。我会把希亚尔的T恤送给你。当然,我会先洗干净。衣服上写着英文单词"今天",很漂亮,是他自己选的。你想要吗?

在这个问题之后的犹豫时刻,我看到——或者说我想象到阿米娜突然起身跑开,做出厌恶的表情或反复说:"不用了,你怎么会有这样的想法?我为什么要你儿子的衣服?"事实截然相反,似乎她已经决定同那个被抛弃的母亲和解,于是微笑着向莎伊玛伸出双手,仿佛是没有听懂这个问题,仅仅做了一个顺从的手势。

这是我第一次看到莎伊玛在其他女人面前哭,弄脏了残留的睫毛膏,然后带着婴儿似的哭腔道歉。阿米娜接受了那件T恤衫,以及其中包含的那声自由的呼喊。

在与阿斯玛告别的那天,阿米娜以一种运动员般稳健的步伐走过城市的条条街道,决心克服所有的障碍,无论是围墙、侮辱还是边境。

数月后,我得知莎伊玛已经在"救助儿童会"[①]工作,地点就在希腊。把喜悦与那一刻的和解联系在一起是件好事。我

---

① 救助儿童会(Save the Children),国际非政府组织,1919年成立于英国,目前在120个国家开展工作。

很兴奋,阿米娜终于接受了莎伊玛,也接受了她既是母亲又是孤儿的身份。更重要的是,她将这种细腻的心思通过一个简单却又大胆的姿势表达了出来。

我本想见证那件T恤从一双受到鼓舞的手到一双疯狂的手的交接过程。但那是她们两人间的秘密。这样就已经很好了。

我想认识他们。去踩他们到达时踩过的地面。找出阻碍他们前进脚步的石头,然后试着把它们移开。在他们应得的和等待着他们的东西之间寻找一条最短的路。

记录下来,让更多人看到。

找出救世的词语。

不浪费一分一秒,不遗漏一个手势。

在两点间行走,航行,拥抱。

我在商业街上买了一双备用的系带凉鞋,类似古代希腊妇女穿的那种。它们看起来无害,却折磨我的双脚,就像我从家里带来的其他鞋子一样。最后,我几乎天天都穿着同一双鞋,很快就穿旧了。

凉鞋(J篇)

埃莱娜·费兰特[①]在雅典机场书店橱窗的显眼处向我打招呼。我还有时间可以拍几张照片。我收集了费兰特在不同

---

① 埃莱娜·费兰特(Elena Ferrante,1943—),意大利当代匿名作家,国际畅销书"那不勒斯四部曲"的作者。

国家不同版本的照片。那不勒斯①获得了全球性的生命,所有人都把它当作自己居住的街区。它是一个超越城市本身的空间概念,住在每个读者的心里,永远不会离开我们。它可以是维罗纳、丹麦王国或都柏林。这个舞台能容下所有人。我们每个人都是勒努和莉拉②,如果可以自我分裂的话。那个地方也可以是希腊,但如果这样的话,我得把自己分裂成好多个,如同希腊的岛屿,如同岛民,如同来自不同时间和地点聚集在这里的人。

这就是作家的工作:一手拿显微镜,一手拿望远镜,从内部和外部观察生活中的事物。挖掘,挖掘,不断挖掘,仿佛皮肤就是灵魂。有时,皮肤就是灵魂。

现在是希腊时间凌晨四点半,葡萄牙时间两点半。我置身于世界的某处,点了一杯拿铁咖啡。机场里没有一样东西是希腊的,甚至连酸奶也不是,这与我平时吃的葡式早餐相反。所谓的"非场所"有其追随者,也有诋毁者。我倒喜欢这些"非场所",因为它们令我感觉自己是一个偶然性社区的一分子,其目的地就是旅行本身。

半个小时后,我将在28号门登机前往希俄斯岛。我逐

---

① 埃莱娜·费兰特的小说都发生在她的出生地那不勒斯。
② 勒努和莉拉都是费兰特小说中的人物。

级而下，终于来到了具备希腊性的地点。音乐般的语言。睡觉的人，或是早起或是晚归。没有光鲜亮丽的游客。很少有年轻人。带着小箱子或篮子的男人和女人。这些南部岛屿上的人看起来愁眉不展。我的蓝色行李箱，无论颜色还是尺寸都很扎眼。当我发现必须沿着狭小的楼梯拖着行李箱上飞机时，我知道前面的旅途更为艰难。

我的旅行和我寻找的人的旅行都始于荷马和《奥德赛》。然而，奥德修斯却消失了。此刻没有英雄和冒险。只有当故事被讲述出来时，英雄和冒险才会存在。现在还只是当下。正如希亚尔通过莎伊玛的母亲之手传递给阿米娜的T恤上所写的"今天"。那时我还未开始讲述这个故事。没有人能够安然逃离当下。

出租车路程很短，路面宽阔。太阳努力缓缓升起。现在是早上六点出头。我不停地拍照。我已经开始想念希腊的土地，在那里，来自不同故事、不同时空的脚与我们一起行走，它们载着沙子，准备翩翩起舞。

观察，然后讲述。用你的眼睛看，用你的眼睛诉说。此时此地，你的眼睛就是用来观察世界。只要你能直视前方，就不要转头。如果你转过头，邪恶就会在你体内生长，即使你不知道或不想知道这一点。邪恶知道如何控制你的手势，知道你眼皮的重量。它像病毒一样在你的身体里蔓延，像病毒一样使你虚弱，令你希望时间能快速流逝，就像什么都没发生过一样。

我看到比男人还高的铁丝网，是女性身高的两倍，儿童身高的三倍。

我看到扭曲的铁丝网上晾晒着衣服。红色短裤，黑色紧身裤，蓝色、白色和花色的上衣在光线下令人眼花缭乱。生命在每个清晨发芽，如同在第一个清晨。它需要养分和繁殖的欲望，仅此而已。清洁、和平、自由，都是常见却在过度生长的东西。它们将逃跑者和那些不需要逃跑的人区分开。铁丝网上晾晒的衣服是坚持尊严的象征，令人惊讶。

女人走过来，抚摸她的衣服，让它沐浴在阳光下。她用双手扶着铁丝网，看着前方。男孩们在外面的阴凉处攥着手机，耳朵被耳机传来的噪声所淹没。这一幕与西方的任何一个角落毫无差别。

这个女人没有得到离开的指令。去哪里？如何去？在那片空地上，连太阳也不放过她。没有屋顶的保护，阳光猛烈地打在她的头上。

他们不仅仅是逃亡者，还是囚徒。一个自由的人是不会逃走的，他们可以自由移动。逃亡者回归到了那样一类人：没有生活，只有绝望。

逃离死亡之后会遇到什么？围绕着牢笼踱步。做另一个世界的囚徒。他们被告知："关闭的门可以治愈欲望。关闭的门，关闭的门……铁丝网、木头、石块。"石头、黏土、铁丝网，一切都跟鲜血糅在一起。①

我的父亲曾和我一起游访这些营地。回忆。

C和我一起去一座房子找其他志愿者。那是一栋白色的房子，充满了阳光和清晨的喧嚣。向日葵，还有一棵大树。是什么树？C会教我岛上每一种树的名字，她还为我们建造果园。

真实的时间在向前推进，继续讲述故事。一条条短信出现在WhatsApp上，每分钟就有两三条。

一名男子被殴打了。被发现时他独自一人在街上。一名志愿者将他带到医院，叫来翻译。在急诊室等待的时候，他要求给他送一些衣服来。伤者的衣服已经被血浸透。长裤，短袖，什么尺寸？中号，我想。别担心，我去店里拿。但储藏室的钥匙在哪里？他们总是放在不同的地方。不，不

---

① 安东尼奥·蒙吉尼奥（António Monginho）的诗句。——原注

用了,我已经找到了,五分钟后我就去医院。谁代替我值夜班?我必须留在这里陪着伤员,我不知道他们是否让他出院,皮特,你可以帮我吗?如果能按时离开这里,我就直接去你那边,这样你就能稍微睡会儿,你应该要休息会儿。对了,我想知道望远镜在哪里,谁有望远镜?伊萨有望远镜,你去找她吧。我出发时会通知你。伊萨的望远镜还能用吗?瞭望塔上箱子里的那些不好用,得要尼康新款的那种大望远镜。瞭望塔上至少应该有两个,一个用来野餐,一个用来监视北方。明天我们去打扫仓库里的卫生间。

仓库。两层楼的结构,闷热如同烤箱,四周是围墙。应对各种计划中或是突发情况所需之物都储存在那里。这些箱子来自世界各地,从石头地面一直堆到高高的天花板。每个箱子都贴着标签,内容各不相同。必须对内容进行区分,分开放在大房子中央相应的隔间里。下午天气炎热,无人在此逗留。每天早晨,一个团队在这里重复同一项任务:打开箱子、分类、估计占地大小,放到合适的隔间里。这对于没有什么运动天赋的人来说是一种折磨,对于另一部分人来说则只是个游戏。其他时间段,当出现紧急任务时他们也会赶去,比如船到了,出现了疾病,或是有人要前往雅典等。他们总是在奔波,沿着夹道种着橄榄树、无花果树和葡萄树(果园已经建好了)的蜿蜒的道路飞驰。

志愿者们个个情绪激动,成群结队,打成一片。在仓库门口,在晨会上,有人在吃早餐,有人是第二次到这里来了,讲述着自己的故事,有人流泪道别。在塑料椅子上或木箱的残骸上,故事口口相传,关于危险、担忧、计划……

历史在这里交汇,在这一刻。"今天,一份爱,一个生命,姐妹们,兄弟们……"波诺[①]的声音从远方传来。

历史不会谈论这些人。他们从世界各地赶来,分享团结的喜悦。这是意志上的旅行,与物理上的旅行对称。

一个人离开着火的房子,跳进大海,到达一个岛屿。另一个人离开一所宁静的房子,坐上飞机,到达同一个岛屿。试问谁走得更快?他们见面时如何问候对方?如果第二个人去寻找第一个人,是否会更早见面?拥抱会更有力?如果他可以去帮助另一个人重获新生,给他一个新的家,一个新的礼物,为什么他只被允许递去一条裤子和一盘食物?是谁在

---

① 波诺(Bono, 1960—),本名保罗·大卫·休森,爱尔兰摇滚乐团U2的主唱兼旋律吉他手。

看护这些离家的人,确保其中一些人不会变成另外那些人?

一切都是那么自然而然。我们聚集在这里,在一个希腊的小岛上。很久以前,这里孕育的文化就开始为我们此番旅程做准备。这是通向平等人类的旅行。平等、自由、博爱,1789年之前遥远的过去和之后遥远的将来。今天。现在。

如此简单。从这个岛上可以看到土耳其的东岸。不同文化相遇,发生斗争,然后再相遇。它们注定要相遇,即使是在相互斗争的时候。

相遇时,它们甚至浑然不觉。

对立的双方认为,只要拨慢时钟就可以阻止时间前进。他们沉着脸,用手指指着对方。他们如此投入于"此刻",以至于无法真正把握"此刻"。

有人通过短信求救。"Help",这是全世界通用的语言,是我们每个人都在使用的词,它文在我们身上,陪伴我们行走在世间的迷途。有些是用透明墨水书写的小字,另外一些很大,用墨水和血写成。

发生了什么?出什么事了?我马上到。牛奶,马上就要,给一个希腊家庭的婴儿,他们穷得叮当响,无路可走。

当地的穷人和外乡来的穷人面对同样的苦难,没有区别。他们相互伸出了同样友好的双手，不分颜色，不分信仰。他们掌握的地理知识最多让他们不在旅途中迷路。

没有人在视线中迷失，更没有人在心中迷失。一个饥饿的婴儿会啼哭，这是世界通用的语言。喝完奶后他会微笑，这也是表达快乐的通用语言。

甚至连第一句话都是一样的：妈妈，妈妈，妈妈。

孤儿们坐在大巴上，从维亚尔营地出发驶向运动场。他们要在那里玩上一天，还有一顿野餐。一片喧哗，仿佛是学校的集体出游。但有一点不同：他们是从隔离中被放出来，而不是课后的放松。这里没有课，他们整天都被限制在一个其他人无法进入的空间内。每逢周六，志愿者们带他们出去玩，以释放被压抑的能量。柴油燃烧的气味盖过了老旧大巴车中那么多身体挤在一起散发出来的气味。

当我走近一群孩子时，我在阿拉伯语的间隙听到他们喊着妈妈，妈妈。他们不太认识我。他们已经是大孩子了，不需要收养，需要的是有人能引导他们走向正确的道路。像所有的青少年一样，有手机的孩子们浏览着社交网络。这些被隔离者难道都完全一样吗？他们斜眼看着来自北欧年轻的女志愿者，穿着超短裤。这是为他们预留的折磨：不能触摸女性身体。女孩子的折磨是与生俱来的，继承自母亲的血液，月月来临。真见鬼。

这些男孩有多少人？

我需要知道这里有多少孤儿，被隔离着，不上学，无处可去。我想曝光。

我不会找欧洲当局，因为他们已经忘记了这些人的存在。我要找那些可以帮助重新安置他们的人。找那些致力于倾听和呼应他们声音的人：志愿者、媒体、朋友的朋友……

但是没有人知道。

有多少人听说过葡萄牙？

在这里，没人知道。

有必要念出那个神奇的名字：克里斯蒂亚诺·罗纳尔多。

他们露出诧异的目光。无人关心这个名字和某个国家之间的联系。克里斯蒂亚诺很有名，但出生在哪儿不重要。

连志愿者们也一脸惊讶。葡萄牙人？这个国家真的存在吗？欧洲杯的胜利难道不是虚拟的吗？那不是一个手柄操控的电子游戏吗？CR7[①]是真人还是机器人？在那些矮小、棕色皮肤、带点疯狂的人们中，是否有人准备离开欧洲西海岸，

---

① CR7，克里斯蒂亚诺·罗纳尔多的别称，因其姓名首字母为CR，在曼联期间穿7号球衣。

去一个被众神遗忘的地方？

示威和骚乱，仅仅是传统或现代纳粹分子的专利吗？是否还包括那些易受排外思想影响、试图捍卫自己生存空间的人？没有什么比捍卫自己的土地更顺理成章的事情了。不久前他们还在安静地生活，外人尚未到来。当地居民和外国人之间的不信任滋生出仇恨的话语，遍布各地。话语在行动中得以证实，行动基于真实的冲突。

是不是得在营地放一把火，才能证明那里有一群人，搁浅于沉重的时间流里？

更糟糕的是，火被放了不止一次，但什么事情也没发生。欧洲的电视屏幕上出现火焰的画面和逃跑的喧闹声，谈论着斗殴、国籍和重新安置。三分钟，或是占国际版报纸半页的篇幅。电视和报纸上已经不再出现关于重新安置的新闻。只有关注相关网站的人，或是关注岛上朋友动态的人才会看到这类新闻。被隔离者、营地和岛屿本身都被沉默吞没。

接着，一切都变得越发明朗，越来越近，敌人开枪了。是一记震动，我们注意到，弹片最终伤害了一颗普通的心脏。

你觉得会爆炸吗?

来自挪威非政府组织"沧海一粟"的志愿者先是犹豫不决,后来确认了。

登陆以及船只靠岸时的必要救援正在进行。有人跳入水中,有母亲紧紧抓住孩子而失去平衡,有女人站在船尾一动不动,等待男人们下去,因为他们才是最重要的。有必要在岸上大喊"儿童和妇女先走"。需要安慰哭泣的孩子"妈妈马上就来了"。需要抢救溺水者,他们在发动机故障、船身倾倒时落入水中。远处,又来了一条船。呼叫救护车,用毯子裹住落水者,安抚焦虑的哭泣,统计到达的人和失踪的人。给小婴儿换衣服,解读他们的眼神和哭声意味着什么。安慰那些战战兢兢的人。铆足手臂的力量,把他拉到救生艇上,把他们拉上岸,帮助他们爬上斜坡,把孩子、老人和病人抱在怀里前进。要注意手,你自己的手和那些溺水者的手,必要情况下,用手指触摸在船边晕厥的手、颈动脉、手腕、婴儿的小脑袋。要把目光从呆滞的眼神中移开。否则,救援者的行动会被麻痹,想要减轻他人痛苦的人自己会被痛苦霸占,而那些大爱者则会被个人的小爱所禁锢。

这艘船满满当当地带来了五十多人。

请求食物增援。分发水、香蕉、羊角面包,每人一块,不多不少。给婴儿的牛奶是冷的,无法加热。借给那个不停发抖的女孩一件衣服。听着蝉鸣,想着早晨即将来临,一分一秒总会过去。时间总是要过去的。

每个人的名字,你们愿意说自己的名字吗?我叫罗拉,我是艾德,我是玛蒂尔达,很高兴见到你,皮耶罗,玛丽,阿敏,萨米娜。等待联合国难民署的巴士。"司机可能是睡着了,他不会来了。"看着孩子们在母亲的怀里睡着,注意到两个独自过来的女孩,各走各的路。去和她们交谈,问一些难以回答的问题。没有公共汽车,也没有太阳。恼人的蝉鸣将夜晚延长。但是,当然,时间会过去,时间总是会过去。

有些志愿者希望利用现有条件把岸边的区域变成一个游乐园,一个小小的塑料迪士尼世界。废弃的轮胎和箱子充当玩具,一个足球供一百多人玩,用彩纸做成公主耳环和王冠,草地上铺着毯子,上面散落着塑料编结的小珠子,毯子上印着蓝色的字母"UNHCR"[①]。

---

① UNHCR,联合国难民署(United Nations High Commissioner for Refugees)缩写。

凉鞋（J篇）

"当你们意识到搁浅的时候……"一名金发、手臂强壮的志愿者话音未落，一个身穿粉红色衣服的小女孩走过来，手里拿着一个比她还大的轮胎。那是她在穿越爱琴海时使用的救生圈，现在用于游泳课。

游泳课。

"今天的课结束了，明天还有一堂课，但你必须得报名。你妈妈在哪里？"

女孩皱着眉头，她尽可能地集中注意力，希望自己能听懂男孩说的话。他向她伸出手，希望她能握住。他带她去见负责课程注册的人。"你妈妈在哪里？"他再次问道。他微笑着向我告别，再见。

游泳课很成功。前一天，在妇女中心，F坚持要报名，尽管报名已经结束。

"明天没有名额了，对不起。" 温柔的R回答道。她来自瑞士，二十四岁，长着雀斑，因炎热的天气几乎晕厥。"你明天报名参加周五的课，可以吗？"

F噘起嘴，叠上一倍的笑意，用尽各种魅惑的手段。"我们有规则，规则就是用来遵守的。"

此时的海滨比有游客时更加拥挤，实在令人诧异。更加多姿多彩,仿佛是在过节。出人意料地和谐,大自然恢复了它的宽容大度。

而一年后,他们将会被驱逐出海边,带有联合国难民署标志的帐篷将被摧毁。首先是妇女和儿童,然后是男人。愿他们像帽贝一样依附在墙上,或者躲在月光下,或者游到爱琴海的土耳其岸边,毕竟他们不是已经学会游泳了吗?

这里曾经是一条普普通通的路,通往海滩避风处,一座酒吧在此经营。如今,孩子们与一名志愿者玩着球。这是一个没有哨子、没有界限、也许也没有规则的游戏,用脚踢和即兴发挥就行了。孩子们有无穷无尽的假期,无学可上。有些人会上一些非正式的数学和英语课,还有德语课。志愿者们为儿童和成人建立了一个学习中心,名为"儿童之家",这样他们就不用露天上课了,露天课在冬天是无法开展的。现在的问题是他们如何才能到达那里,因为他们要被送回维亚尔,那是一个距离城市数公里的无人区。传言说学校将向难民开放,但可能性不大,下个学年不会,甚至再往后一年也不会。孩子们能够生存下来已经很幸运了,上学则是他们无法承担的奢侈,一些声音这样说。即便如此,人们已经远远看到一些地方开始尝试引入常规教育。与此同时,也看到"金色黎明"[①]做了一个新纳粹集团会做的事情：入侵学校，攻击所有出现在他们面前的人。另一方面是警方脆弱的干预。

有些人给孩子们送来了书包。我希望分发的时候能够在场。没有人愿意在一个临时逗留之处完成学业。同样，也没有人愿意在此拓展基础设施，建造固定住宅。这个举措毫无用处，这不过是欧洲和世界其他地方的仇外骑士队带来的结果。

书包应该背在孩子们的肩上，去往快乐的目的地，把战争以及屈辱条件下的等待所带来的恐惧抛诸脑后。

被大家所遗忘。不是被遗忘，是被羞辱。被众人敌视。

有人低声谈论一些小规模冲突，传言逐渐被揭开，无论是目标、持续时间还是参与者都越来越大胆。8月15日，扎波拉克项目[②]下运作的巴斯克厨房遭袭。9月，多次企图入侵难民营，之后又发生多起。警察干预无力，是故意为之？

---

① "金色黎明"，即金色黎明党，希腊极右翼政党。
② 扎波拉克（Zaporeak）项目，自2016年3月以来为逃到希腊的难民提供食物。

没有人喜欢在家中或是在天堂般的海边受到打扰。希俄斯的居民都是普通人。没有豪宅，没有豪华酒店，至少表面上看是如此。他们都是简单的人，有一些小商店，或是小卖部。他们钓鱼，租汽车和摩托车出行，因为岛上道路蜿蜒，不利于公共交通。他们在周末和家人一起去海滩。没有人希望安静的生活被打扰。

交通混乱。在海滨穿过马路是一种冒险，没有司机会在行人过街时停车。摩托车飞驰而过。头盔？没人会戴。

孩子们不怎么哭。他们是有抵抗力的。他们每天下午在公园里跳绳，有些人可以数到一百，也有些人无法数到十。他们互相喊着，现在轮到我了，出来吧，不，你刚才已经跳了好多次了。对于"孩子们在任何地方都是一样的"这句话，首先我们得把"在任何地方"拿掉，然后去掉"都是一样的"。这样一来，我们只剩下"孩子们"了。因为没有哪个孩子和另一个孩子是一样的。但所有人都有一样的权利，这一点是确定的。

医生每周去几次维亚尔营地？

两次或三次，有时去得少一些。他们在一个多小时内打发完所有的事情,生病的人继续生病,没生病的则开始得病。

再谈谈维亚尔的伙食。听说在土豆里发现了蠕虫,这是真的吗?

蠕虫,垃圾般的食物,量很少,糟透了。

苏达营地的临时负责人T保证说,情况正好相反。用他的话说,没有比维亚尔的食物更好的了,由最值得信赖的餐饮公司制作和包装。什么都可以抱怨,除了食物。

据传言,有些人特意前往苏达,寻找志愿者们在固定时间分发所剩的饭菜。早餐有牛奶、面包、一块水果;午餐包括饭菜和水果;晚餐也是饭菜、水果。他们甚至靠在分发的茶水中加糖支撑旅途。四勺糖,是不是太多了?对于每日和饥饿做斗争的人来说,一点也不多。

如果志愿者们停止分发饭菜的话,他们连那些剩菜都别想得到。

秘密如此之多。这些事情会被掩盖吗?是谁想隐藏这里发生的事情?希腊政府?欧洲的强权们?T不惧怕记者。

"欢迎记者来,"他说,"他们有时会过来,但来的次数越来越少。做他们的事,然后回去。什么事情也没发生。

听着，这里没有人想把这些人撵走，如果我们想这么做的话早就已经采取一些措施了。但我们尚不具备条件。我们尝试过，但目前还不行。留在这里不是他们的宿命。他们不想留在这里。他们必须继续自己的生活。整个欧洲都有责任，不能把重担全部压在希腊人身上，他们已经背负得够多了。"

我所知道和看到的，是围墙四周的帐篷不断增加，至少持续到第二年年初。有些帐篷很小，搭建在海滩的碎石上，几乎只能容纳半个身体。第一场暴风雨来临的夜晚，它们被击碎，被大海吞没。抵达船只的残骸，临时住宅的残骸，生命的残骸。人们清理海滩，却无法把这些逃亡不止的生命的残骸清理干净。失事的橡皮艇会被送到德国回收，做成临时充气房屋，但这些生命却无法回收。

我们不能把这些生命从地上捡起来，假装它们从未在那里出现过，假装阳光重新普照，潮水上涨，等待游客的到来。需要吹一口气使这些生命起死回生，需要同情心、团结、众志成城——都是些过时的词语。

每天都有船只抵达。无论寒冬大雪，还是春去秋来；无论一再推迟重新安置，还是将申请者送回希腊，船只继续抵达。恐怖主义影响的不仅仅是欧洲人。叙利亚战争。伊拉克战争。阿富汗的灾难现状，"达伊什"与其他恐怖组织的势力相抗衡。日趋强硬的土耳其政权。恐怖主义的受害者和那些被称作恐怖分子的受害者。何处是他们的容身之地?

"我们正在输掉战争。"意大利律师S说。当时是傍晚,我们在苏达北部的À la Crème面包店见面,这是营地志愿者的大本营。与那些浑厚、响彻世界的声音相比,我们的声音如此微弱。若是欧尔班或勒庞这样的人去参观难民营——不管是出于消遣还是恶意——他们会怎么做?也许他们会把这些人捂上鼻子,踢到海里去。

因为他们的存在,难民营有股难闻的味道,这不假。闻起来有一股失落岛屿上炎热空气的味道,也确实如此。妇女们仔细打扫帐篷和周围的区域,仿佛是她们自己的家。抱歉,本来就是她们的家。她们洗着冷水澡,想着在冬天来临之前就会离开那里。她们走不了的。等到了冬天,在水龙头不结冰的日子里,她们还得继续用冷水洗澡。除非淋浴头坏了,或者临时淋浴房坏了,那么她们得走将近一公里的坡路才能到达最近的浴室。是的,这就是帐篷搬到维亚尔荒原后的情况。大海的气味消失了,只有下水道的气味在蛇、蝎子和人类之间弥漫开来。

说话的是父亲们和男孩子们。M说着。他打了发胶,一副男主角的样子。我想象他在一部以难民营的恐惧为主题的电影中扮演自己——一定会有人拍这样的电影。我不是在做比较。我不是说驱逐，没有人被驱逐到那里，尽管所有人都有这样的风险。但旧时的冲动又回来了，回到了受辱者的手中。无论多少百转千回，无论那些故事以何种方式在那么多天中被反复讲述，他们就堆积在那里，这与庇护法的基本准则背道而驰。欧洲的价值观还没有强大到可以容纳他们。总有一天，希腊将决定驱逐这些人。这一天一定会到来，只要欧尔班①的某个化身取得胜利，悲剧就会爆发，淹没在一片无盐的海水中，因为眼泪已经逃离了大海。活着的人会背过身去，而死人是不会哭的。

此刻，志愿者的到来让大家都笑开了花。孩子们跑到他们怀中，在他们口袋里翻找糖果。所有人都想方设法让这个封闭的、耻辱的、绝望的空间看起来像个神奇的岛屿。仿佛是一出《美丽人生》，志愿者扮演罗伯托·贝尼尼，小家伙们则扮演被蒙蔽的孩子。他们没有穿着条纹睡衣，却有同样惊恐的玩具：分配食物的蓝色碗（塑料上印着所属家庭的号码）。还有放水果的盒子、行李箱、女士包。这些女士包和其他实用的捐赠物混在一起，没有哪个女人愿意要。

---

① 欧尔班·维克托（Orbán Viktor, 1963— ），2010年第二次出任匈牙利总理，极右翼政治家。

顺便说一句：不要再捐赠晚礼服或是看歌剧才用得上的配饰了。营地里有人唱歌，但卡拉丝[①]是不会突然冲进来加入合唱的。这里缺的是长裤和内衣。

在这个神奇的小岛上，孩子们甚至可以观看华纳兄弟出品的电影。怀着奇思妙想的伊朗电影导演J和女友从伦敦赶来，为孩子们带来这些神奇的图像。

女孩们摆好姿势拍照。男孩们玩球，任由镁光灯在边上闪烁。

A从后面走出来，有点害羞地请求给我们拍一张照片。电影导演帮助他调整相机，催促他拍照。就这样，镜头记录下我们三个欧洲志愿者：两个葡萄牙人，一个挪威人（亲爱的E）。同样的意愿，同样的微笑，同样的无能为力。

希俄斯岛上忧伤的猫和风景在社交网络上很受欢迎。温柔的岛屿，盛放的果实，海滨的树木。橄榄树的枝条悬挂在狂涛之上。爱琴海如同带有咸味的特茹河[②]，将两个互不信任的海岸隔开。若把超载的船只去掉，倒也是值得凝望的海面。

[①] 玛丽亚·卡拉丝（Maria Callas, 1923 – 1977），美国籍希腊女高音歌唱家。
[②] 特茹河（Rio Tejo），伊比利亚半岛最长的河流，从里斯本注入大西洋。

切什梅是位于海峡那一头的一个土耳其小城,从岛屿的整个东海岸都可以看到它,就像从里斯本可以看到卡帕里卡海岸一样。由于其他航线的增加,这里二十分钟路程的旅游渡轮已经大大减少。土耳其人不再来岛上旅游了。荒凉正在蔓延。到处都是倒塌的房屋,窗帘在荒废的窗户上飘动,商店关门,一切都已过去,都已死亡,因为其他人,那些威胁我们的人,已经到达海岸并安营扎寨。而欧洲,真正的欧洲,已经抛弃了我们。

在关于希腊岛屿的作品中,劳伦斯·杜瑞尔①描绘的希俄斯岛,更多是一个令人失望的地方,而非一个吸引人的地方。"这个小城给人一种强烈的被遗弃的印象。我相信那些建筑珍品是因为地震而倒塌。种满橘子树、柠檬树、番石榴树、紫荆花树和柏树的花园尘土飞扬,将过去的繁华踪迹掩埋;城市中可嗅到来自商业活动的陈腐气息。"当生意萧条时,荒凉就会占上风。

我们远眺土耳其,听着渡轮的汽笛声(令人想起伊斯坦布尔海峡上渡船的汽笛声),但没有人愿意横渡过去。在埃

---

① 劳伦斯·杜瑞尔(Lawrence George Durrell, 1912 – 1990),英国小说家、诗人、剧作家和旅行作家。

尔多安①反军事政变后，从那头到这头变得更加困难。很少有人愿意从这头去那头，申请庇护者更不愿去。对他们来说，穿越意味着被驱逐。驱逐，就是这个词。情况越来越悲惨，因为土耳其正在远离欧洲，仿佛已经向东方迁移，就像一个石筏，带着石头的命运，由一个石人操控，居住着血和石头构成的人类。总觉得有一天早上我们将无法看到另一头的土地。到那时，我们可以虔诚地说，它已消失在浓雾中。

"卡帕里卡海岸，当时是你说的吧？""是的。"L确认道。他在黎巴嫩生活了八年，小的时候在里斯本待过。L学过多少种语言？恐怕连他自己都不知道。他用手指头数着，犹豫了一会儿才停下来。他要求用葡萄牙语聊天。感谢你，我已经厌倦了英语。连西班牙人和意大利人都没有放弃英语。

英语流行全球，发展出一千来种口音。这是我们教给寻求庇护者的语言。一定会有人疑惑，他们又不是要去英国或美国，为什么要学英语？

所有人都想去德国。这就是为什么他们不去其他任何地方的原因。

---

① 埃尔多安（Recep Tayyip Erdoğan，1954 — ），2014年就任土耳其总统。

如果我没有记错的话，这句话是谈到重新安置的项目时，乌拉圭律师V说的。默克尔一直很慷慨吗？她是可悲的欧洲排外主义的一个例外？还是她出于经济利益的考虑，只为收留最优秀的那批人，第一梯队的人，赢得比赛的人？可以肯定，很多人并不原谅她接纳难民的行为，使得她不得不把大家的注意力从这个话题上转移开，把它放在括号里，也就是说，放在大海和铁丝网之间。她不得不把他们进一步推开，以赢得选举，即使如此，她还是看到极右翼纵使精疲力竭还在不断向上爬。欧洲并不想关注弱者，这是对自身脆弱感到恐惧的表现。

在某个周日，我们大胆通过一个结实的城门进入城墙内，最后来到一个广场，那里有很多露天咖啡座、一家小古董店，右侧是狭窄的小路。我们坐下来吃午饭。C终于吃到了她朝思暮想的葡式三明治，这是冒险行为带来的回报。我们在阿根蒂之家观赏了德拉克洛瓦①的作品（《希俄斯岛的屠杀》的复制品），这种工作之余的休憩令我们感觉很棒。接下来我们要去参观弗隆塔多斯的风车。

---

① 德拉克洛瓦（Eugène Delacroix，1798—1863），法国著名浪漫主义画家。

德拉克洛瓦画中的细节和今天一样吗？

剑与马（如《格尔尼卡》）。侵略者就是这样气势汹汹而来，砍掉胳膊、腿和头（就像"达伊什"的那些野蛮人）。在爱的终点，死神向一个个完整的家庭伸出怀抱。

今天，谁是入侵者？

当然不是那些逃亡的人，而是那些逼迫他们逃亡的人。如果说有人入侵欧洲，不是指那些受苦的人，而是那些制造恐怖的人。

我们谈到了艺术。除了照片之外，艺术还能以什么形式传递人性的震撼，并质疑人类？在这个历史时刻会出现另一个德拉克洛瓦吗？

S和A带着幼小的孩子在这里等了五个月。在苏达，妇女睡在地板上，一千多人共用十个马桶和十五个淋浴头，内衣和卫生巾短缺，靠志愿者提供食物。那么多个月白白过去，真该死。根据《都柏林公约》规定，甚至五天都算逾期，因为家庭团聚的申请必须得到及时确认。在接下来的一年里，更多请求将被拒绝，一些请求会被批准受理，却得不到执行，等待永无止境。

即使成功了,他们还将在雅典经历磨难。这是必经之路,尽管那里的收容中心已经竭尽全力,数百人依然露天而眠。当渡轮的乘客登船时,当客运汽车登船时,他们都被关在巴士里。他们成团进入,最后的最后,每份文件都被放在放大镜下查看。上岸后,即使是登陆的海岸和办理登记的维亚尔营地之间的交通也标有价格——三欧元一张票。志愿者们又一次带着衣服、行李箱、帐篷赶来。妇女们会把帐篷支起来,打扫干净,并一丝不苟地收拾好,因为这就是她们的家。她们用石头固定帐篷,这样它们就不会被狂风吹走。但石头不能阻挡火灾、雨淋或是冬雪。狂风若能托起帐篷,带着他们飞离危险和屈辱就好了。帐篷——而不是地毯——飞翔着,上面写着"联合国难民署"的字样,跨越欧洲。

也许他们将不再提供帐篷。似乎正在禁止搭建帐篷。这是我们听说的。因为影响市容,有损旅游业。希腊需要旅游业。

希腊人民有无限的耐心。所有人都拥向希腊,却没人想留在那儿。欧洲对希腊不屑一顾,难民们也是。对他们来说,欧洲是指德国、瑞典、比利时,也许还有荷兰。恰恰又是在这些国家,他们受到极右翼分子蔑视。葡萄牙?是个什么地方?欧洲的最西端,海上的一块飞地,白色的沙滩。什么也不是。欧洲是大陆，是财富，是有工作的地方。在欧洲，一切看起来都那么美。

只有一位可爱的来自瑞士的志愿者将葡萄牙难民援助平台的推广视频从头到尾看完，并说：哦！不错！当她鼓励叙利亚女孩画画和学习的时候，用的也是这种高亢的语调。

德国，应许之地。在整个世界看来俨然欧洲的首都。说它是欲望之都，也不会有人表示反对。地处北方的瑞典则充满福利国家的诱惑，这也是它仅存的东西了，其他的都不足为道。希俄斯、雅典、里斯本只存在于绘制的地图中，并非理想化的欧洲地图。

这就是为什么当我问R是否想去布加勒斯特找他女朋友时（他女友在罗马尼亚生活），他惊讶一笑。坦白说，我不是在提问，只是为了确认我的猜测。

罗马尼亚？罗马尼亚不是最好的国家，你懂的。也许荷兰不错，我有个朋友在那里生活。

R倒是不介意去葡萄牙，但只是作为去欧洲的经停之处。罗马尼亚不在计划之内，尽管他爱的女人在那里生活。甚至我也被这种对欧洲的狭隘定义所传染。我时不时说漏嘴，类似"去欧洲"。直到有人告诉我："唔……我们现在就在欧洲。"是啊,我们就在欧洲。我们真的在欧洲吗?

欧洲是被渴望的土地,而不是期待满足的土地。我们,葡萄牙人、希腊人、叙利亚人、库尔德人、阿富汗人……依然有很多待满足的地方。

还记得福利国家吗?在希俄斯城一面破败的墙上,一张发黄的、几乎是棕褐色的海报上印着医生和教师的形象,来自一个我不认识的政党,继续微笑着。

我不明白这一切是什么时候开始的。我想,自大爆炸之后,历史上便没有开始一说。一切都在变化,仿佛在一个活的有机体中,直到我们发现自己成了"他者",或者某人令我们发现自己成了"他者"。这成了一面镜子,照出我们的惊愕。自我和他者之间的空间以一种相反的方式移动。我们分享的时间越多,速度就越快;距离越是缩短,就越是肤浅。

团结的含义是否在改变?在西方,它仍然是生存的必要条件吗?人类付出巨大代价后,才学会在一个共同的、温馨的大家庭中和平共处。为什么那么多人开始将其摒弃?习惯了旅行和朝生暮死的新一代人是否会想要拯救他们曾祖父母所建造的一切?

我们的智能手机中有属于每个人的网络,但我们把它放在自己的口袋里到处走。我们从一个地方走到另一个地方,不需要他人的帮助。我们按下按钮,在屏幕上滑动手指。这一切都是我们各自完成的。只有灾难发生时,我们才会相互认识;只有在灾难中我们才是手足。另一些人的敌人,他们拒绝我们的团结,也许是我们拒绝他们。

乡村、营地、集体土地的团结,现在对我们有什么用?没有它,我们会死得更快吗?对我们来说,是否有合理膳食,有健康、方便的食物,有宠物就足够了?没有什么是"我们的"。只有"我的"和"你的"。

我。你。我。我。你?

在灿烂的日子里,我们一起喝醉。在恐惧的日子里,我们跌倒在彼此身上。在其他日子里,"我们"藏于何处?

也许恐惧在不知不觉中帮了我们这个忙:它刺激趾高气扬、无知的"我"去射杀异类的同时,也下意识地对"我"表示质疑。

谁更害怕谁?

我们在接待谁？他们向我们要什么？如果我们在他们的位置上，我们会对他们提出什么要求？

我们应该这样对他们说："在历史的某处，我们激起战争，刺激石油流通和军火工业，对不起。"

给孩子们微笑和拥抱，给母亲一个肩膀，给父亲倾听的耳朵，这些是代表所有人的道歉方式。承诺帮忙解决一些小麻烦，即使要付出头疼和缺乏休息的代价。在不眠之夜监视海岸。艰难的黎明，沿着尘土飞扬的道路旅行。写着希腊文的指示牌，不断变化的地图。一个简单的道歉方式。

只要符合法律标准，你们就有权通过。《世界人权宣言》说："人人有权享受和平、安全和有尊严的生活。"

顺便说一句，有多少人在我们家门口？

在希腊有六万人，这是一个可以进行一场小比赛的足球场的容量。

六万人散布在欧洲？这对于一个有数亿居民的大陆来说算什么？里斯本地区有超过一百万的居民。哪怕他们都过去，里斯本人也不会成为少数派。他们不会像维勒贝克[①]预言

---

① 米歇尔·维勒贝克（Michel Houellebecq, 1956－ ），法国小说家、诗人和电影导演。

的那样，把我们变成穆斯林。小心恐怖分子，这是对的。敌人总是从意想不到的地方发动攻击。他们不会藏匿在敞开的天空，也不会在爬虫遍布的地面。

我们看到边境的墙不断升高。有人觉得这样很有安全感。
直到墙上的石头开始落下，落在他们和我们身上。这就是所有高墙的命运：在制造众多受害者之后，被推倒。

恐怖主义在它攻击的空间里成长。我们用带巧克力奶油的面包、几包薯片、啤酒、简单的药物、失业、排斥、无意义和暴力的电子游戏喂养它。我们从不欢迎那些来找我们的人。只要他们不在我们的后院，我们还能容忍他们。而现在他们在那里：一些人怒气冲冲；另一些人不仅怒气冲冲还举止失常，依附于杀手般的癫狂。这种癫狂存在于失去理智的仇恨中，随着纯洁或不纯洁血液流淌。仿佛存在比流淌出来的血液更具人性独特性的物质。

不欢迎你们。去，离开这里。这是我们的国家，这是我们的边界，这块地方是我的。
是恐惧在驱使我们所有人。是害怕我们的子孙受到侵害的恐惧。害怕有一天醒来的时候，没有了"我的"东西，也没有了"我们的"东西。害怕有一天醒不来。害怕伸出手来却找不到任何人。

这是人类之间，以及其他生命之间共同的恐惧。

如果我们不理解他人的恐惧，我们就不能因为一些人的恐惧而愤慨。我们不能把叙利亚人送回被推倒的房子，送回他们只想忘却的毁灭中。请注意，战争并不只发生在叙利亚。我们不能谴责那些被外人打乱生活的人。

从来没有人喜欢外来者。

外来者如果不希望迎接他们的是子弹，就得悄悄地来，举起双手准备屈服。接纳者的尊严比被接纳者的尊严更有话语权。若接待得好，前者的尊严还可以长高好几厘米。

如果没有武器，世界会变成什么样？如果没有了消灭同类的可能性，愤怒将如何表达？如果金钱神奇地消失了，人类会如何应对贪婪？如果所有的土地合并在一处，人类会如何面对争端？如果镜子消失了，人类会如何对待虚荣心？如果穷人消失了，人们会怎样表达同情？如果他人都消失在自己的小世界里，那么人类该如何去爱？

人类主宰早已存在的自然，是因为激情战胜了和平。当然，想象力能够战胜一切，但它很少真正行使其力量。

就这样，大多数人因琐事而争吵，为发亮的东西喝彩，折磨身边的人。少数人则忙着将世界占为己有。他们拉动激情之弦，与火焰、恐惧、仇恨和嫉妒沉瀣一气。名字和语言是他们的玩具。有些人以主之名大肆破坏，有些人则以自由为由烧杀抢掠。自由有多么高贵，借其之名行不轨之事就有多低贱。

我们回到格尔尼卡，回到斯雷布雷尼察[①]，回到阿勒颇。

《卫报》写道："阿勒颇是对人性的考验。"

考验已经完成，阿勒颇已经沦陷。谁在语言上尊重他们所承载的价值观，谁就输掉了这场战争。

也许有一天，他们会称其为阿勒颇大屠杀，并对其受害者表示敬意。如今，我们眼睁睁地看着它被毁灭，却没有感到太大的震惊。

我们现在说的是希俄斯岛和其他岛屿的难民，他们被困在那里，在这片应该是欧洲但目前还不是的土地上。那么，对于那些不想或不能逃离的人，我们应该说什么？或是因为怀有过多的希望，或是因为没有钱付给蛇头，穷人中的穷人

---

① 斯雷布雷尼察，是波斯尼亚和黑塞哥维那的一座城市。1995年7月，斯雷布雷尼察发生一场大屠杀，造成大约8000名当地平民死亡。

死于枪弹和饥饿。

我们谁也不是。朝圣者？想都别想。我们是隐形人，无人记得。

扭曲的图像，就像在全景缆车中看到的一样。在上升的过程中，一切都很渺小，我们想囊括全景，我们远离脉动的生命，我们拥抱广袤，拥抱我们所能知道的无限。在下降时，我们无法停止。云朵、森林、房屋、人头、抽象的运动，仿佛是具象音乐中的即兴舞蹈。我们无法停止。只要我们跟随其中一个舞者，我们会注意到肌肉、指尖、越来越困难的呼吸、汗滴，还有惊讶的、恐惧的、警觉的眼睛，以及不停旋转、永远无法抓住的思想。我们会注意到那个我们称之为心的东西，那是另一个无限。

无限令我们感动，但我们只在顶峰和低谷中才能看到它。当我们在运动的时候，我们往往忘记去找它。

孩子们围绕着志愿者，争着抢他们带来的颜料。他们都希望在8月举行狂欢节。从身材来看，他们大概五岁、七岁、八岁的样子。他们用仅限于生存的英语口齿不清地说：我，我现在，我想要。他们伸出自己的手指，让志愿者给他们的指甲涂上颜色。他们回到了幼年时期。在一个陌生的地方，他们不分彼此，没有家的气味，也没有家里那些舒适的东西。一个小女孩拿起指甲油，抓起我的手，把我的小拇指涂成红色。指甲油过一段时间就会脱落，一切都会过去。

于是，我们在这里，没有武器。发动机被毁，没有船桨。每个人都迷失在自己的爱琴海中。从叙利亚到土耳其，从土耳其到各个岛屿。有多少人？

数字，又是数字。它们把我们搞得晕头转向。我们总是在计算：如果来了四艘船，每艘船六十人，那么一共有多少难民到达？

如果把这个数学问题抛给外面世界的小学生们会如何？"老师，两百四十，这是一个简单的乘法算术。"

英语老师则会用英语说："两百四十。"她正在教如何用这门世界通行的语言表达算术。

雅典娜中心的英语老师摘掉黑色头巾，脱下长袍后，穿着T恤衫和牛仔裤站着。

你准备好了吗？来吧，女孩们。

只消几个灵活的手部动作，就在一瞬间完成了从东方到西方的转变。

下课后，她变得越发迷人。淋浴后，她浓密的头发滴着水。当她用橡皮筋把它们绑起来时，蜕变又开始了，只不过是相反的方向。她把头发藏起来了，把牛仔裤和T恤衫也藏起来了。那个寡妇又回来了，回归到了原来的老态。老了五岁？十岁？十二岁？我不知道是谁死了。我不好意思（也许是不敢）问她。某个人死了。

《都柏林公约》是欧盟十五个成员国共同签订的，适用于常规情况。面对不可阻挡的潮流（正如目前所发生的），把全部负担压在入境国，也就是那些有外部边界、地处南方、与自身穷亲戚的危机做斗争的国家——这对他们来说是难以承受的，也是不公平的。与土耳其达成的协议旨在阻止新人入境，这使得逃亡者重新陷入危险中。通过这两项工具的结合，欧洲已经摆脱了理应分担的责任。若欧洲能至少将难民的重新安置进行到底，战胜那些拒绝接收难民的人，我们在文化上共享的空气就能更轻盈一些。

我们能做什么？

直到不久前，我们才能为他们提供食物，给他们提供希望。在公园里陪孩子们玩，为他们跳绳计数，就像数日子一样，一、二、三、四……或者说数月份，五、六、七、八、九、十。平息他们的愤怒。随着非正式营地的关闭，以及志愿者在其他营地的活动越来越受限，我们帮助他们的可能性越来越小。最后只剩下安慰的话语，准备茶水，分发衣服，一个拥抱，一个肩膀。在我们尚能接触，在他们被关进铁丝网之前，我们能做的就是这些。

那么，人权活动家们能提供什么帮助？

他们继续谈论那些人，跟他们交谈，阻止仇恨言论的胜利，打击共同的敌人，即恐怖主义，无休止地重复"和平"一词，想象这个词产生的效果，追随这个词到其所到之处。

他们打算通过绝望来打击他们，以劝阻他们不要来。但是有一个问题：这个目标违背了人道主义义务和国际法。

有必要对那些将"达伊什"与成千上万无辜家庭混为一谈的欧洲人提出这个问题：他们真的相信寻求庇护者中存在"圣战"分子吗？"圣战"分子会有耐心在营地无限期地等待，甚至接受面试？为了避免留下任何疑问，我主张进行严格的庇护受理面试。不过，他们告诉我面试本来就很严格。

他们是一群各处睡觉的懒人？他们拥有纯洁的、没有瑕疵的灵魂？

他们不过是跟我们一样的普通人。你们知道吗？他们并没有难闻的气味。男孩的发型跟里斯本郊区的人没什么区别。女孩们为她们的粉色戒指沾沾自喜，就像巴黎的女孩一样。是的，关于性别不平等的老生常谈根深蒂固。

头巾、被遮住的手臂、禁止与陌生男人说话，这些是我们讨厌的东西，正如她们也不喜欢我们的……我刚想说我们赤裸的手臂，剪短的头发，但事实并非如此。她们喜欢西方的形象，而我们却憎恶她们的。她们希望看起来像我们一样，尽管在自主意识发展过程中，大多数人仍处于原始和扭曲阶段。她们需要理解和帮助来完成这个过程。

我有没有跟你说过，有一位母亲请我为她按摩？她和她十几岁的女儿坐在一起，我为她按摩颈部和肩部肌肉，这是一种抚摸她而不会被拒绝的方式。她看着我走进房间，没有说一句英语，甚至没有表现出想说的兴趣。她像往常一样一笑，是那种并非来源于快乐的礼节性笑容。她指指我，然后指指自己。我正想着她是要为我按摩，放松我急需舒缓的肩部肌肉，却看到她趴在地毯上，舒展着身体。那一刻我意识到，是我要为她按摩，像她缺位的母亲一样爱抚她。于是，我就在那里，用笨拙的手尝试一些舒缓的动作。说实话，非常不舒服。在那一刻，她回到了童年。这个高大、优雅的女人变成一个被母亲宠爱的小女孩。通过她那张憔悴的脸很难去衡量她的年龄。我不得不数到五十，以保持良好修养，不至于太快结束手上的动作。我没有回头去看她如何起身，如何回到沙发的同一个角落坐下。

那位伊朗电影导演正在和他的女友制作一部电影。电影的名字是《糖果人》。他分发糖果和礼物，有些礼物很无趣，比如给女孩的皇冠和粉红色的公主戒指，扩大了性别差异，正如西方国家仍然在做的那样。一些女孩会在游泳课上穿着裙子，戴着皇冠下水。她们学习如何漂浮，爱上她们的老师，梦想着和他一起乘坐一架神奇的飞机私奔，前往真正的欧洲。

我很喜欢在雅典娜妇女中心工作，妇女在那里共同生活，却又保持各自的私密性。雅典娜，希腊女神，墨提斯和宙斯的女儿，战争、文明、智慧、艺术、正义、手工艺、灵感、力量和数学之女神，处女，雅典的保护者。正义、智慧、文化。对于将这位希腊女神的名字赋予这座温馨房子的人，我深表感谢。

男孩和女孩们从北欧、美国和黎巴嫩来到这里。在那些聚会中,他们是如此漂亮。女孩多于男孩。在一天忙碌的工作后,或是通宵值班前,他们兴高采烈地参加晚会:告别晚会、比萨晚会、欢迎晚会,总之随便什么由头都行。

他们在建造什么样的世界?他们是善良的人。他们本可以和朋友们在舒服的环境中玩乐——当然了,没有人不喜欢盛夏希腊岛屿上的海滩。他们选择通过帮助弱者来寻找自我。他们是少数人。然而,正是因为他们,所有的美好才可以一点点地,通过努力,经历数个不眠之夜和满腹牢骚,最终被建立起来。就像意大利律师S所说的:我们正在输掉战争。

"请求"是一个艰难的词,"要求"是一个柔和的词,它以存在某种权利为前提。权利,是的,先生,正是这里所呼唤的。它贯穿整个过程。读大学时,我很不情愿地学习这个词;而现在我把它看作是反抗野蛮的最后堡垒。让我们聚焦"请求"这个词。不一定是施舍或恩惠。"请求"涉及一种权利关系。提出请求之人赋予对方一个重要的、尽管是暂时的权利。首先是拒绝的权利,换句话说,是伤害的权利。请求之人说:"我在这里,做好了被你伤害的准备。你一句话将把我变成另一个人,要么好一点,要么坏一点。"有权势的人将权利作为他们与生俱来的东西,他们以自信、虚荣、脆弱、不安、残忍的方式行使权力。简而言之,以构成他们自身的物质。我们通常可以很快将这类物质分为好的和坏的。

那些从恐怖中逃离出来、在岛上屈辱地等待前往理想目的地的人是不会想到要"请求"什么东西的。如果他们知道该如何摆出他们的态度,那么这种态度将变成"要求",因为权利是站在他们这边的。但是他们没有这么做。他们既不请求也不要求,他们只是等待。

他们等待着。

他们没有读过《日内瓦公约》,也没读过《都柏林公约》。他们知道《欧盟-土耳其协议》,因为就是这个协议将他们推得远远的。对了,在那份他们刚到时就收到的指引上,其中第四点白纸黑字地说明,法律规定他们必须留在岛上等待程序的进行。如果他们未经授权离开,则将被立即驱逐出境。

他们等待着。

他们知道,他们已经逃离了死亡。出于这一尖锐而简单的事实,他们有权在某个国家获得人身安全。但是,他们会逐渐明白,哪怕这种权利也可能变得不堪一击,就像是帐篷的布一样。在帐篷里,他们依然得忍受夏天的炎热和冬天的风雪。

他们继续等待。

他们既不请求,也不要求。

我不知道宗教对这种态度有何影响。我自问为什么他们大多数人在隐秘的日常生活中保持沉默。因为希望,还是无知?没有一个志愿者敢于对他们中的任何一个人说:"没有希望,没有人来救你们。名单无穷无尽,你们被囚禁在这个岛上了。"即使是他们前行的必经之地雅典也很遥远,中间隔着遥遥无期的通知和数小时的旅程,比他们权利所及之处要远得多。

他们既不请求,也不要求。

他们等待着。

相比于询问他人,网站是更好的信息来源。因为这里遍布谣言,提问往往得不到回答。当然,也需要十分谨慎,要注意新闻的日期,甄别来源,发现矛盾之处。

凉鞋（J篇）

我认识的那些妇女和女孩是否仍有返回战区的风险？她们会不会回到已被夷为平地的街道？种种可能性使我害怕。在思想上，她们依然与我同在。我写作是为了不忘却。

几天来，一个五岁男孩的照片传遍全网，接着又出现在各个电视节目里。他的名字是奥斯曼，照片中的他被困在救护车上，同时上镜的还有橙色的座位。他的头上淌着鲜血却仿佛浑然不知，不哭，也不惊慌。他的生活只剩下战争，爆炸声剥夺了他的快乐，它们不再令他惊吓，也不再触发他的防御机制。在母亲到来前，他独自坐在救护车里，把手放在自己的伤口上，试图擦拭椅子上的血。孩子的脸上写着悲伤，阿勒颇的面孔上曾写着悲伤。

没过多久，他们便急忙解释说这是摆拍。我不知道事实究竟是什么，我也不会谴责那些策划者，他们这么做是为了引起人们对奥斯曼们的注意，他们都被残忍地忽视了。照片总是注定要被时间磨损，在战争的常态中被稀释，这位受伤的孩子也不例外，连两天时间都持续不了。第三天，里斯本竞技对阵波尔图，巴西击败德国或相反。奥斯曼越多，就越容易被忘却。

这些图像当场传播开去，以惊人的速度被不断复制。其惊异效应随之被淡化，已无人为之震动，无人感到羞耻，无人呐喊。连那些人自己也如此。他们带着孩子散步。孩子们被洗得干干净净，面带微笑却一无所有。如果哪一天看到他们在婴儿辅食广告中出现，我也不会感到惊讶。万一他们的某张照片或电影的某个镜头被某个重要人物相中呢？运气可能会出现，数百万分之一的运气。但这是个人的运气，而不是集体的运气。所以他们要求拍照，摆出姿势，展示着志愿者们发放的玩具。男孩们在玩球，女孩们则互相走动，或出现在她们空荡荡的婴儿车旁。婴儿是一项附加值——欧洲太需要婴儿了。

直到有一天，他们被藏到铁丝网后面。那是人类的眼睛无法到达的地方，只有来自荒凉风景的呆滞的目光在那里穿行。

女人们呢？她们的伟大任务——哭泣？她们的痛苦能被放大到几千倍？痛苦的起源正是她们的身体。是她们生下了孩子，然后看着他们离开，变成了士兵，变成了死者。是她们隐藏羞耻，是她们打扫卫生、发号施令，是她们保持沉默然后放弃。她们愤怒，她们疯狂，她们大胆，她们追随着男人。她们坐在后面，为了不唤醒捕食者的本能，她们遮得严严实实。她们是受苦者，无法抬高声音对抗权力的饥渴。她们了解原始的饥饿和原始的血液，对主宰男性的贪婪无能为力。这种贪婪使男人通过杀戮和死亡的武器延长自己的身体。

他们像极了遭遇自然灾害安营扎寨的人们。西方家长式作风，总是倾向于居高临下地评价事物和人，仿佛他们是营地中受到摧残的异域风景。他们居住在帐篷和集装箱里，但每天都会穿衣打扮。没有热水，但这并不妨碍他们洗澡。孩子们不能在正式的学校上学，但他们和我们的孩子、我们的孙子孙女玩着同样的游戏。他们没有难闻的气味。经过清洗，身体固有的气味早已荡然无存。他们用的水跟我们用来烹饪食物的水并没有什么不同。谁若想观察其他人的生存方式，可以去海滨景区度假，也可以在得到保护的前提下去参观世界各地的贫民窟。

他们满怀改变的意愿泡汤，令人失望。他们曾经奔跑，在黑暗中前行，挑战充满诡计的大海。他们抱着改变的心愿来到这里，结果受到怎样的待遇？是归还给了他们一个干净的家，还是借着他们的力量为他们重建了家园？都不是。他们用双重、三重障碍——大海、铁丝网和不友好的声音——

包围他们,这样他们就不会威胁到欧洲大地上有限的,或是处于麻痹或是处于衰退的生活方式。

那些无所事事的年轻人不也出现在我们自己城市的郊区吗?在那里,贫穷等于救赎。一边是贫穷和极少的怜悯,另一边是争取基本的生存权利:健康、教育、正义、休息。没有这些,宣扬的自由不过是从杂货店购买的塑料制品,很快就会损坏、解体、消失。

抱歉,我恐怕要让那些面对不公的现实,却依然沾沾自喜的慈善心肠们失望了。在难民营中,无人伸手请求施舍。他们抛弃了自己的地狱,如今栖居在无法保护他们的土地和天空中。他们不希望在欧洲圣洁的土地上继续复制现在的生活。

"不要以为我们来自帐篷,也不要以为我们从未有过家。我们曾经生活在城市里,拥有一切,有房子,有车,我们的孩子去上学,我们有工作。是战争迫使我们离开,这就是我们在这里的原因。"

这是"通过难民的眼睛"网页上看到的一句话。这个网页很有意思,可以通过他们的眼睛了解他们对自己处境的看法。难民最本质的观点就是:"我们有权利,我们是人,我们不是威胁。"

如今，我对这类难民主题的网页了如指掌。

这类网页和《卫报》难能可贵，因为有助于人们试着理解以及提供帮助，哪怕距离遥远。《卫报》很早就开始聚焦难民问题，将其作为当前人权危机的核心。事实上，正是《卫报》提醒我注意到这个话题的核心。那是在2014年，我在电视上看到叙利亚用化学武器屠杀平民的新闻，与此同时，我在那份报纸上看到了关于加莱的报道。那一刻起，我意识到，"欧洲"这一价值观，作为其构成国之间的黏合剂，对于这场呼救的人潮正在做出反应。而当它对他人提出拒绝时，事态开始朝着不好的方向发展。拒绝一名寻求庇护者并不难——这本身就很奇怪，想象一下一名陌生人，敲着我们的门，威胁着我们的生活方式。从这一拒绝开始，其他形式的拒绝便接连出现，愈演愈烈，直到一群"纯正白人血统"的狂热者控制了我们的原始冲动，并将统治强加于我们。

逃亡中的人们并未求助于原始冲动，而仅仅是求助于基本价值观。霓虹灯下的欧洲用这种价值观炫耀它对于野蛮民族的优越性。叙利亚是对欧洲的一个考验。欧洲没有通过这个考验，而是屈服于围墙和营地。对我来说，欧洲在这个考验中的失败与否不重要。我只关心我在文化上所属的空间，即欧洲公民的空间。

有一段时间,我的手机屏幕上都是小女孩A的指纹。那是在某个下午,她独自出现在雅典娜中心。我们几乎没有说话,而是通过YouTube上的歌曲相互了解。她问我要葡萄牙语音乐。我给她听了卡皮库亚①的歌曲:"在瓦约肯,我们玩得很开心。"②或许我们也都在前往瓦约肯的路上。瓦约肯,瓦约肯。我们来自哪里并不重要。

在屏幕上一阵搜索后,我找到了那条推特。据《卫报》报道,正是这条推特使德国成为难民的应许之地,改变了历史的进程。

"《都柏林公约》目前不再适用于叙利亚公民。2015年8月25日,二十点三十分,德国联邦移民局。"

这条半官方的信息意味着签署于1990年《都柏林公约》中止。根据该公约,寻求庇护者踏足欧洲的第一个国家负责

---

① 卡皮库亚(Capicua,1982 –),葡萄牙女说唱歌手,原名为安娜·马托斯·费尔南德斯(Ana Matos Fernandes)。
② 卡皮库亚歌曲《瓦约肯》(Vayorken)中的歌词。

处理他们的庇护申请。

四天前，德国联邦移民局负责人安吉丽卡·温泽尔发送了一份内部电邮，是一份备忘录，标题为"对叙利亚公民暂停适用《都柏林公约》的规定"。电邮指出，叙利亚人将不会被遣返到他们首次踏足欧洲的国家。

信息遭泄密，这份内部备忘录的内容被公布于众。正在考虑前去欧洲或已经在难民营中等待的叙利亚人也知道了这个消息。几周后，德国联邦移民局的负责人曼弗雷德·施密特"因个人原因"提出辞呈。

长期以来，人权倡导者一直批评都柏林体系的不公平，因为它将庇护申请的主要负担推给最贫穷的国家——即欧盟的边缘国家，而保护更富裕、封闭的国家。在那一刻，都柏林体系遭受了严重的冲击。

几周后，当成千上万的叙利亚人开始从匈牙利经奥地利步行到德国时，安格拉·默克尔决定支持以下观点：将人们送回匈牙利在逻辑上是不可能的，在道德上是不合理的。

在民心向背和新专制民粹主义攻击下，这一立场将为她带来什么，在当时是难以预测的。她被迫做出让步，首先是《欧盟-土耳其协议》，然后缓和话语，重新制定都柏林规则——根据该规定，申请庇护者将被送回入境国希腊。这种让步对其政治生命起决定性作用。或许，这种让步也决定了民粹主义的半失败。它以接收难民为"诱饵"，在非极端主义水域"垂钓"，激起人们对异域事物的原始恐怖感。这种让步也构成了欧洲庇护权的失败。

我带着孤儿们在维亚尔出行时认识了那个德国男孩和他的母亲。我在瞭望台上过了一夜，发现了那艘船，进行了急救。男孩的母亲整夜陪伴儿子，照顾暴露在原始危险中的人类生命。警惕性思维会打断舒适区的原始情绪，无论是快乐还是痛苦的情绪。打断自然思维，制造恐惧。

我们以自己的恐惧来衡量他人的恐惧，反之亦然：越是接近他人，对自我的理解就越丰富。在苦难时刻帮助他人使我们更加完整，对自己更满意，更有能力面对其他危险。这就是我在警戒时的想法：我集中注意力就可以拯救生命，别人的生命、别人在我身体中的生命、我的生命，和宇宙中所有其他的生命相连。在宇宙中，脆弱和力量相互轮换，不断交换位置。

夜晚，每当我疲惫归来时，都会为自己在遥远的生活中收获如此之多而高兴，它们几乎是通过魔法进入我的生活内部。我常常想：现在我可以休息了。绝不可能。那些信息、求助、关于指导和合作的请求常常突然落入我的邮箱，并且总是附带着链接。这些链接会发送给更多、更多的人，构成一个永不中断的链条。甚至在我回到葡萄牙后，这种压力仍然存在，最终我不得不痛苦地结束它。这些笔记和这本书中的人物就是骤然性中断的产物。我和那些在欧洲大门口殊死搏斗的人之间的联系是无法断开的。

那些失去原有家园和生活的难民还保留着什么？问问他们吧，他们总是愿意诉说的。他们寻找我们也是为了诉说。他们这样讲道：

我母亲的结婚戒指。

我两个孩子的照片。

一块地毯。

我房子剩下的一小块。

什么也没有。

从天而降的是厄运。如果你站在原地,就别指望有什么好的结果。

他们在海上冒险的同时,我们在做什么呢?端坐着遥望地平线?就差把南方人"懒惰"的帽子扣到自己头上了。

曾经来到这里的是游客和货物。现在前来的是支离破碎的人。我们就这样任他们散落在城门口吗?就像海滩上的橡皮艇残片,等着运去德国回收?

口袋里、车里、包里的一盒盒香烟。香烟、水和咖啡。

我们开始吧,了不起的志愿者们!让高墙、高墙的石块,以及建筑高墙、扔掷石块的声音见鬼去吧。

到底是谁在害怕谁?你们害怕吗?我不害怕。

香烟、侦探小说、一无所有
(艾莱妮、安、沙特篇)

走吧,女孩们,到车上去。我们已经迟到了。

她的能量来自哪里并不重要。我从未见过有谁穿着人字拖,步伐却如此匆忙。艾莱妮喊着命令,抱怨,用声音和手势表示感谢、鼓励,低声向志愿者们说"你们是世界上最棒的志愿者",用轻松的话语和孩子们交谈。她抽烟。装着细香烟的烟盒从她沙滩裤的口袋里跳出来,从她坐着的地上跳出来,也许还会从天上跳下来。不难想象,一位天使趁上帝不在时为她提供尼古丁,不失为一种婉转地播撒爱的方式。她永远在打电话,绝不留下任何未回复的信息,无论是来自美国、来自海岸警卫队还是来自男朋友——有时她能争取到一小刻时间专门陪他。

艾莱妮既爱她的同胞,也爱那些并非因为受邀或受罚而来到这里的人。她帮助所有人,首先帮助那些最弱势的。她已经学会用卷舌来发"弱势的"这个英文单词,她觉得很有趣。还有一个名词的发音,对被迫学习英语的希腊人来说很难:"无人陪伴的未成年人"。

根据国际法,独自出行的儿童以及在旅途中失去双亲的儿童被称为"无人陪伴的未成年人"。他们有绝对的庇护优先权,并在岛上有特定住所。他们会留在这里,像其他人一样被搁浅。

现在,在艾莱妮和三名志愿者的指引下,他们将搭乘巴士前去运动场。今天是孩子们的游戏日。

艾莱妮在巴士内拍摄集体照,和孩子们一起欢笑。没有抱怨，没有抗议，与刚才驱车前往维亚尔途中的那个她截然不同。

另一艘船已经到了。发动机坏了。我们的人发现了它，并告知了警卫。他们说什么也没看到。他们的望远镜恰好是玩具吧？概率如同彩票中奖。打了三次电话，三次给警卫打电话，他们才终于把屁股挪开了。

他们是故意的吗，艾莱妮？

最好不是。天知道他们在想什么。如果那艘船没有在这里被救起，它就会继续漂流下去。幸运的话，它将在七小时后到达最近的岛屿。在这种大热天，那些人都会死。但谁在乎呢？是的，是的，我们快到了。

艾莱妮对着手机上喊道。

那条路异常狭窄，弯道和反向弯道穿过野地。我本来想写"荒原"，但并不是。到处可见树木和石头，果树触手可及。我从来都不擅长辨别树木，在那种速度下就更不用说了。无花果树、橄榄树、葡萄树，总之就是岛上这块炎热区域常见的那种。没有人，也没有生命的迹象。没有房子，没有磨坊，没有溪流，连蜂巢也没有。空无一物。悲伤的人被扔在那里，在铁丝网之间，在燃烧的沙漠中。

香烟、侦探小说、一无所有（艾莱妮、安、沙特篇）

艾莱妮应该是跟警察打过招呼了，所以我才没见到一个人。警察在我们到达足足十分钟后才出现。应该是这样的。艾莱妮知道她在做什么，不会未经允许就带走孩子。他们排好队，上了巴士。先是拍照，然后开始放音乐。车上有五十多人，没有空调，我感觉随时都会窒息。但我没有资格抱怨，就像被铺在铁丝网上的衣服没资格抱怨一样。音乐分散了我们的注意力。那是一种带有西方节拍的阿拉伯音乐。艾莱妮开始随着节奏拍手。大家都跟随着她。

巴士上的派对，在维亚尔营地和一个在沙漠中被遗弃的院落之间。

自拍。集体照。自由日。

这些儿童与欧洲儿童有什么区别？来源、逃亡、记忆。

我们到运动场后，艾莱妮立刻询问水和食物的情况。都准备好了吗？你们只带了这些水？这不够，我再去要一些。谁愿意去仓库取水？

莫莉是那个爱尔兰女孩吗？汉斯是第一个发现早上那艘橡皮艇的德国男孩吗？

我不知道。我一直在监视一条有可能用于逃跑的通道。艾莱妮的指示：必须全神贯注，不要让任何一个人逃跑。

水会来的。还有野餐用的比萨、蛋糕和香蕉。

跟她男友打电话："不会太久，我很快就回来了。"

男人就是这样。

她说着，狡黠一笑。

当我们搭她的车回去时，会看到安在厨房里洗碗。

艾莱妮和我是姐妹。

那个比利时女人说。比利时和希腊之间，两名自由女性心有灵犀实属罕见。

安就是那个爱上叙利亚难民的女人。

艾莱妮给大家发了一条信息，说她不能参加晨会了。因为她的儿子来了，无人看护。

一个付出一切照顾他人的女人该如何照顾自己的儿子？

早上好，了不起的志愿者们，你们是世界上最棒的志愿者。

那一天她会待在家里。那是座美丽的房子，院子里种满了向日葵，靠近海滩。房子里有几十位客人，精力充沛，咖啡，手机充电器，拖鞋，等待送往仓库的捐赠物，焦虑的声音，欢笑声，年轻人。她还是会通过WhatsApp继续发送信息，协调联系，在社交媒体上发布工作、新闻、欢迎和告别。

当发现自己生活沉重时，她发现别人的生活更加悲伤。她就在那时认识了安。

安来自比利时。她比艾莱妮足足高十厘米，卷发至颈部。她曾是老师。来到了这个几乎荒芜的岛屿。她带来了三本侦探小说和一个借口。侦探小说分别是吉莉安·弗琳[①]的《消失的爱人》和《黑暗之地》，以及皮耶尔·勒梅特[②]的《魔鬼的手稿》。借口则是利用专业经验帮助那些生活在两个世界的夹层中、不知道如何离开旧世界也不知道如何到达新世界的人。

逃跑才是安真正的理由，和那些在原籍国失去一切的人理由相同。如果说那些人失去了他们的家园、土地和亲人，那么安在她的欧洲故乡，在另一场战争中也失去了同样的东西。那是一场没有硝烟、没有城市倒塌的战争，只有内心的破碎，看着她所爱的人——丈夫和十几岁的儿子——摔门而去，连声再见也不说。就这样，相似的弃儿们纷纷来到同一个岛：安和莎

---

① 吉莉安·弗琳（Gillian Flynn, 1971 － ），美国女编剧、作家、制片人。
② 皮耶尔·勒梅特（Pierre Lemaitre, 1951 － ），法国作家、编剧。

伊玛、安和阿斯玛、安和阿米娜、安和艾莱妮。

这天晚上，在相邻的房间，艾莱妮听到了断断续续的哭声，还有一本书被扔在地上的声音。她在第一个晚上就听到过。第二天晚上，她再次听到。她听到哭声，看到亮着的灯。

新志愿者的职责在早上已经分配好，当时刚过九点。

你好，我是安。我来自布鲁日。

哦，布鲁日，了不起的城市。

志愿者中传出一阵阵欢呼声。每个人都来自世界各地了不起的城市。布鲁日有一种特殊的迷人之处：运河、船只、魅力、精巧的语言。没有去过这个城市的人在旅行手册、最具魅力城市名单或最佳度假城市名单中看到过它的照片。哇哦！

我做了近十年的英语老师。我决定参与这项伟大的人道主义工作是为了帮助那些失去一切的人，让他们不被命运所抛弃。他们需要水，而我却无法给他们搞到水；他们需要食物，而我连煎蛋都做不好。（笑）他们想听能带来希望的话语，但我却不知道该对他们说什么。他们还需要学习跟这里的人沟通。在这方面我可以帮上忙，那就是教他们说他们所需要表达的话，以争取到庇护的机会。

掌声。

欢迎你，安。

第二天晚上，艾莱妮又听到隔壁房间里持续的哭声。于是她试着问道：

需要帮助吗？

不用，没事，你好好睡吧。

灯熄灭了，声音也停了。艾莱妮并不放心。当她把安送到汽车租赁公司时——她要租一辆简陋的SUV，友情价每天三十五欧元——她试图搞清楚到底是什么在困扰着安。这就是艾莱妮，她最不能忍受的就是看到别人在她面前受苦。她会通过不断行动来对抗痛苦。

你睡得好吗？

好的，好的，谢谢你。

回答太过简短。安需要帮助。艾莱妮说话的对象仿佛是一个新人，一个独自下船的女人，赤着脚，裙子被厚厚的盐粘在腿上。艾莱妮慢慢抛下理解的小锚，那是她自己脆弱的碎片。

我睡得不太好。前天吃了一颗安眠药,三天前我也吃了安眠药。不能这样下去,我不想依赖药物。但是长夜漫漫,那么多声音在我的脑海里。你明白这种感觉吗?

我明白,我也有这样的一段时间。那时我吃了整整三个月的安眠药。

后来你停止服用了吗?

不好回答。安不想撒谎。但她越是试图避免撒谎,就越是在远离事实的道路上无法自拔。害怕被责骂,害怕被指出错误或要求离开这里。恐惧的背后,一匹狼在痛苦地号叫,令她改变了话语。混乱不清的话语,有时却是实话。

现在没那么依赖了。我吃安眠药是为了有安全感。

醒来的时候呼吸急促?

并不总是这样。

艾莱妮同情这个比利时女人。她搞不懂,一个内心如此脆弱的女人怎么跟其他志愿者并肩作战呢?要不就先让她在仓库里做整理工作,然后再让她去给孩子们上课。但孩子们现在就需要英语老师,他们在等着她。安的背景很了不起,在特殊教育、郊区和移民的各种综合班级中有丰富的授课经验。孩子们有权接受教育。所有孩子都有上学的权利,包括那些因为学校倒塌而逃跑的儿童。就算是艾莱妮的儿子也有上学的权利,尽管岛上没有人可以教他这样的特殊儿童。她不得不把儿子送到大陆的学校。过程很痛苦,哪怕是像她这样的志愿者也很难不失眠。

我儿子有学习困难症,目前在雅典的一所学校。我非常想念他。但不管怎么样,总有比我情况更糟的。还是得把心放到工作上。

我也有一个儿子,他的爸爸把他带走了。

怎么带走的?

他想和他父亲一起,他们去了波士顿。但我不想谈这个问题。

好吧,你想说的时候再说吧。我很喜欢听故事。是故事滋养了我。故事、香烟、巧克力牛角包,生活很美好。好了,我们到了。

英语老师安一开始有些害羞,有距离感。每当有学生走近,她都会退后一步去捡掉落地上的笔。她的笔总是掉到地上,因为她常常手忙脚乱,修长的手指干扰着学生的注意力。有一天,艾莱妮冲进教室,挨个拥抱大家,用懒洋洋的英语开着玩笑。所有人都笑了,包括安。直到那天大家才开始信任她。安通过网上课程学习阿拉伯语，却从来没有面对面听人说过。单单一个"a"就有那么多的变调，难以模仿。这些声音都在讲述着相似的故事。到了晚上，艾莱妮就会听她练习，舌头和牙齿像表演杂技一样摆出各种姿势。坚持着。轻微的哭声，像夏天的雨，越来越少了。

在两人一同失眠的时候，谈话越来越纯净，用笑声和泪水封存起来。两人的生活逐渐融入命运和意志所塑造的东西：失去、分离、遥远的孩子。

你儿子的名字是什么？

乔治，你的呢？

加布里埃尔。

这不是一个天使的名字吗？

是的。让我吸口烟。香烟快没了。

艾莱妮和安成了朋友，然后成了姐妹。一个人的悲伤像一条苦巧克力一样被切分成了小块。把一小块悲伤放在姐妹的舌头上，任它在口中融化，变得更轻，就这样日日夜夜。

直到有一次，法里克的父亲来到学校想和英语老师谈谈。他想请老师看在他儿子的份上——这是他能想到的唯一理由——帮帮他。他也想学习英语。要是不会英语，他怎么向能帮他离开这里的人说出正确的话？那时，各个志愿者团体尚未组织起来为各年龄段的难民提供英语课。英语课先是从公园开始的，接着，随着冬天的到来转移到了一栋房子，变成了后来的学习中心。

你是希望上私人补习课对吗？其他人呢？他们怎么说？

产生这个想法、提出要求的人是我，不是他们。给我上英语课，好吗？

于是法里克的父亲开始上英语课。他的名字是哈米德，有一双透明的眼睛，黑色衬衫下是瘦长的躯干。法里克的母亲是在穿过马路时被狙击手的子弹打死的。他们在阿勒颇曾有一家鲜花店。安是从花的名字开始教的：天竺葵，紫玫瑰，黄仙花。很快，他就意识到，安教的内容并不是他想要的。

艾莱妮说，第一艘船没有被发现。它带着忏悔者们到达了梅加斯海滩[①]。在月亮的映照下，海滩上空无一人。到达后，他们迈出了第一步。那就是欧洲。在那里，不会有炸弹落下，没有人训斥他们，更没有人像对待得了瘟疫的狗一样

---

① 希俄斯岛东南部的一处海滩。

把他们一脚踢开。孩子的哭声困扰着艾莱妮，甚至出现在她的梦中，但她自己从不承认。她不断梦见自己在雪地里接儿子放学，星星在周围闪烁——应该是要放圣诞假了。她提着一大篮水果，独自一人在学校门口。她感到奇怪，因为周围没有其他家长，也许是她的手表快了。不，不是这样的，下课钟声响了，孩子们开始出来了，熙熙攘攘的。他们跑着，背着背包，衣衫不整，向空中伸出手臂或是寻找其他的手臂。而当他们走近时，艾莱妮才意识到，孩子们的喧闹声并不是因为假日来临的兴奋。孩子们在哭，在恐惧的尖叫声中奔跑。艾莱妮仍然独自一人，在她的梦中。她的周围没有其他成年人，灯光已经消失，被暴风雪所笼罩。远远地可以看到有烟柱升起，也许是从学校的后面或更远的地方来的。一群孩子，有男孩也有女孩，靴子、拖鞋、赤脚、帽子、散乱的头发、围巾、T恤……他们在危险中越来越近。艾莱妮找不到她的儿子，也许他像往常一样走在后面，沉浸在自己孤独的思绪中。她张开双臂，想要拥抱所有逃跑的孩子。篮子掉落下来，香蕉、橙子、梨、苹果、葡萄散落在雪地上。她不能让任何一个孩子逃走，不然她的儿子也会走丢，迷失在浓雾中。就在这时她醒了。有人在敲门。

海滩边的蓝色大门。那座房子向游客出租房间。

10月，旅游业大幅下跌，甚至比危机时的跌幅更大。土耳其人正在避免最坏的情况。现在时间还很早，第一艘渡轮要在一小时后才会到达希俄斯。至少，敲门声已经粉碎了逃亡的孩子们的噩梦。真的是这样吗？

艾莱妮穿上沙滩裤和上衣，下楼去开门。她先看到的是一个婴儿，接着是一个大一点的女孩，一条辫子散乱着，然后是她们的父亲（还是爷爷？），穿着一身黑色，最后是母亲，戴着灰色调的头巾，眼睛里充满了苦恼和恳求。

有出租的房间吗？

你们从哪里来？

这名男子试图解释那条船、爱琴海、遥远的城市和战争。女孩紧紧抱着母亲的腿，把头靠在上面，拇指放在嘴边。艾莱妮不知道该说什么。一个房间，供全家人住？

我这里有钱，欧元，不是很多。我开始工作后会把其余的费用付清。

在这里工作？你们想留在这里吗？

不，我们在这里待上几天，然后就去德国。

怎么去？难道你们不知道国境线已经关闭了吗？你们已经不能进入匈牙利了，这条路线几天前已经封死了。

那人没有回答。也许他没听懂,也许他没法听懂。他们筋疲力尽,衣服湿透,孩子在不停地哭。他们一定是饿得不行了。艾莱妮让他们进来。她怎么能当着他们的面把门关上呢?在楼梯下面已经有另外一些眼睛在张望,乞求一个屋顶。

一共有二十一人,其中九名儿童。

我有三个空房间。你们可以使用走廊尽头的卫生间,还可以使用厨房。

面包、衣服、水、牛奶。家里的东西是远远不够的,得去买,得找人帮忙。但是该怎么做?找谁帮忙?这些人不都是偷偷摸摸来的吗?会不会惊动政府?

艾莱妮不知道该怎么办。下楼,上车,去她平时按友情价采购东西的小超市,告诉老板娘她要买小面包、牛角包、甜甜圈、瓶装水、蔬菜和水果。老板娘对她要购买的数量感到惊讶。

旅游团?恭喜你。每年的这个时候还不错。你看看能不能说服他们来这里吃饭,在梅加斯找不到比这儿更好的比萨和三明治,你知道的。

艾莱妮不想分享她的秘密,哪怕朋友也不行。她道了别,把装食物的盒子放进后备厢,然后开车离开。

上楼梯时闻到的香味令她胃口大开。两个女人围着沙拉碗,一个在切西红柿,另一个把白色的面团捏成饼干形状。她们身边有一个装着红色粉末的小盘子,还有一个装着橄榄油的碗。

你们在做什么?我给大家带来了食物。

那两个女人转过脸来,微笑着,然后继续工作。她们的手动作飞快,不知疲倦。她们使用的这些餐具仿佛像是刚从自家厨房抽屉里取出来的——战争开始前阿勒颇飘香的厨房。若不戴头巾,她们看起来就像自己的妹妹。之前还是深褐色的头巾如今已经变成了彩色。这种转变令艾莱妮感动。她相信只需一个屋檐就可以帮助她们改变,而她用她自己的房子做到了,这个想法也令她感动。这个想法不断增长。当她意识到在改变他人的过程中,自己的生活也发生改变时,这个想法已经是个庞然大物了。

嘿,姑娘们,我能尝尝吗?

我们用语言创造了语言。在那里,有人说阿拉伯语,另一些人说希腊语。经过努力,蹩脚的英语诞生了,相互理解在诞生的同时也在变老。我把藏在糖罐和面粉罐后面的盐罐递过去，而几位厨师的眼睛却还在四处寻找盐罐。

艾莱妮决定帮助所有人，这将是她生活的一部分。当时她不会想到，还有那么多人还在海滩上等她，她也不会想到，萨米娜和法里卡将会围着沙拉、牛角包和小面包讲述旅途中的故事，指出其他船员躲藏过的地方，谈论病人和孤儿。

她在指定的地点寻找他们，这些地方没有任何遮蔽之处，更别提用来藏身了。脱水、光着脚、发烧，他们请求爱琴海施恩将盐推到深处，好让他们稍得慰藉。艾莱妮就这样找到了他们。她按同样的步骤回家，寻找瓶装水和剩下的甜甜圈，试着分装开，却发现数量不够。

她发现仅凭她一个人的力量是不够的。

如果她和别人分享这个秘密，就会有更多只手帮忙，带来更多面包。

何不找找有关部门？

艾莱妮和警察、市政厅工作人员和个别检查员关系不错。如果有焦急的人找她帮忙，当局会同意让她挨家挨户走访。他们对超额居住的房间或出问题的洗脸台水龙头视而不见。

要不要告诉他们，那些处于难民金字塔底端的家庭，被逐离家乡却无处可依？

警察是否有足够的意识，不把他们带上渡船，返回土耳其？

在她内心深处，这些名字相互对峙着：萨米拉，穆罕默德，阿林提亚，乔治，康斯坦丁，卢卡斯。

有一次，她在梅加斯和卡法斯①之间沿着破败的房子散步，中途去喝咖啡时遇到了刚准备上岗的康斯坦丁，有一个海滨别墅抢劫案在等着他。

都疯了，我们已经累得不行了，用配给的燃料开这辆破铜烂铁。总有一天你得帮帮我和我的家人，我已经上了好几次贫困人员名单了。

你的妻子还没有找到工作吗？

找到了，找到了。她在学校打扫卫生，早上五点起床。他们付给她最低工资的三分之一，说她只工作几个小时而已。在过去，打扫卫生和其他工作并没有区别。

那是很久以前的事了，朋友。现在工作越来越稀缺。而且还有人处境比我们更糟糕。

---

① 卡法斯，希俄斯岛的一座小镇，位于梅加斯偏北。

就是现在。她不能再和那位朋友玩捉迷藏了。也许他会理解,也许他会视而不见。但她运气不佳,那位警察朋友发怒了。"那些孩子,莫妮娅、阿明、拉迪杰、伊赫尼亚,从七个月到十岁都有。"她试图让这些名字自己走进康斯坦丁的内心。然而,艾莱妮列出的名字越多,后者就越发激动,甚至把柜台上的咖啡杯都掀翻了。艾莱妮还没来得及数完,康斯坦丁已经在给他的上司打电话了。

麻烦,真是麻烦,他们就从我们眼皮子底下过去了。

汤被打翻了,艾莱妮感到绝望。她辜负了那些妇女们的信任,她们曾与她分享美味蔬菜和浇着橄榄油的新鲜面包。现在她已经不能回头了,只能为她的朋友们去争取一点仁慈。当康斯坦丁打完电话准备冲出去时,艾莱妮抓住了他的手臂。

康斯坦丁,他们需要我们。我和你。你自己不也常常想要移民吗?想象一下,如果你的妻子不是失业,而是已经死了,你会怎么做?如果换成是你的儿子呢?你可以做你该做的事,但是请让他们继续待在我家,给我几天时间就行。

那个警察甚至都没有回答。他离开咖啡馆,关上车门,快速离开了。两小时后,那几个家庭被带到了维亚尔,在那里每个人都做了登记,每项文件都被评估。再之后,经过某种不为人道的手法,他们被送回艾莱妮的家。房子里继续充满喧嚣和胡椒的甜美香气。

但那栋房子里不会再有新的家庭加入了。从第二天开始,当一艘又一艘船到达时,警卫们已经等候在那里。所有人都被带到维亚尔登记,然后一直待在那里,直到当局某天开恩处理他们的庇护申请。

在萨米拉、莫妮娅以及其他人住在这所房子的两个星期里,艾莱妮感到一种莫名的轻松,仿佛回到了青春期。曾经有一段时间,她父母在希俄斯城租了一个小房间,让她在那里学习。学的不多,玩的却不少。那是在二十世纪九十年代初,令人兴奋的年代。她可以像电影中那样,骑在摩托车上,任头发随风飘扬,搂着她的英雄。英雄不止一个:有的穿牛仔夹克,有的踩着破旧运动鞋,还有的身材惊人。那时她的头发还不是金色的,披在肩上,没有梳子去令它服服帖帖。那时她尚未结婚生子,尚未与丈夫分居,尚未经历那些萍水之交。

艾莱妮!艾莱妮!

莫妮娅在下面叫着，她的脸紧贴着向日葵的花盘。她想让艾莱妮给她拍照。于是，拍下了大量照片：莫妮娅抱着向日葵；萨米拉在采摘无花果；穆罕默德在搬运木柴，为冬天的到来做准备；孩子们和艾莱妮阿姨坐在门廊下的地面上；艾莱妮阿姨从街坊邻居筹集来的好几篮衣服；拉迪伊和穿着新球鞋的伊姆尼亚；摆满东西的桌子，四周围满了人，甚至还有那些假装忘记征求丈夫同意的妇女。照片储存在一个似乎无穷无尽的文件夹中。照片公布时，这些人的脸被心形遮住了。

当房子恢复安静时，艾莱妮感到一阵空洞。她坐下来，无法休息。她把头发放下来，仔细化了妆，在屋子里最明亮的角落里自拍。她在一个下午抽了一整包烟，发布了自拍，等待别人点赞，给她的临时男友打电话，以他忘记了某次晚餐为由吵嘴——其实她自己也忘记了。五十个赞，很少，太少了。或许她应该用另外一张照片，睫毛更翘一点，头发颜色更亮一点。但她放弃了。因为她看到屏幕上闪烁着穆罕默德和他家人的照片，背着身，在希腊和马其顿分界处的灌木丛中。她担心起他们后来的旅程，思念使她流下泪水。她卸完妆，做了一杯浓咖啡，接着拿起笔记本和手机。

我准备组建一个志愿者小组，你参加吗？

她写下一些东西，在一些单词下画线："海滩""监控""食物""衣服""仓库"。她挑选了一些短裤和蓝色运动鞋，把自己的头发扎起来，接着给自己买了一顶红帽子，还买了六件反光马甲。到了晚上，房子里充满了对这个计划的认可声。没过多久，它已经在社交网络上传播开去。

让我们开始工作吧。他们不能任由冷空气和维亚尔当局摆布。他们已经在海边、在苏达、在围墙附近安置难民了。没人给他们吃的。我们要去给他们吃的。谁想帮忙都欢迎加入。

就这样，项目和团队开始运作。安，那位来自比利时的老师，就是在自己的公寓被席卷一空——仿佛是对心脏的袭击——后看到了求助信息，于是来到了梅加斯。

此时此刻，在艾莱妮房间隔壁，安正在向艾莱妮讲述第一次给法里克的爸爸上私人英语课的情形。

我教他花的名字。他和他的妻子曾在阿勒颇有一家花店，后来他妻子死了。我当时真傻，在黑板上写那些教小孩子的词语。他可不是什么小孩子。

你脸红了。

我脸红了？

你的脸已经红透了。嘿，我从来没有见过你这个样子。你看看你现在的样子。我妹妹恋爱了，我妹妹恋爱了，我的小妹妹恋爱了。他叫什么名字？

哈米德。别拿我寻开心了，安静，别闹了。

那么你呢，你不找男朋友吗？

安坐在小沙发上，双脚交叉搁在艾莱妮的床上。小沙发不久前刚铺上一块粉紫色的布。

你在说什么呢？我跟奥利普还没分手呢。

有什么区别？自从那次你们在餐厅里吵架后，已经有两个星期没有说话了。他坐船来你家门口找你，你也拒绝跟他一起去吃晚餐。

二十分钟的渡轮，真是了不起。

你想要什么？

我不知道。有个强壮的男朋友挺让人疲惫的。当然，软绵绵的话也不好，不管是在床上还是其他地方。但有时我很清楚，樵夫砍的是树，而不是我。

安突然笑了起来。她还沉浸在她的私人英语课以及她那位精通花卉的学生中。她研究了叙利亚的植物群，并将词汇扩展到花园植物和野生植物。当她觉得应该开始教他一些实用的东西时,跑题的人却换成了他。他想学习"夜晚""惊喜""回忆""诗句""梦想"等名词;还有诸如"返回""理解""想象""忘却""爱"这类动词。安教她所有的变位,包括第一人称单数和第一人称复数,现在时和将来时。

现在,安和艾莱妮正在共同抽一支烟,聊着女人的喜好和厌恶。一个身体想要靠近另一个身体,带着火,带着隐藏的刀。一把隐喻的、却可以伤人的刀。

午夜时分已过。她们应该睡着了,因为等待她们的是日复一日的忙碌,为难民奔波:开会、上课、分发物资、儿童、与"救助儿童会"的碰头会、夜班、瞭望塔、登陆。但这两人都无法离开这种包裹着棉花糖的乏味生活。

发生了什么?

楼下有人在喊艾莱妮。是男孩还是女孩?去看看吧。两人都踩着台阶走下去。她们都被那个不安的声音吸引住了。

沙特一整晚都在找栖身之地,也可能这种状态已经持续好几天了。他的自行车靠在石榴树下,隐隐约约藏在向日葵中。他又逃出来了。艾莱妮想着,我该拿这个孩子怎么办呢？除了一辆偷来的自行车，这个孩子一无所有。

你是从维亚尔过来的？发生什么事了？

我受不了了。忍无可忍。我不想在那里多待一天。

你也不能待在这里，你知道的。我们之前就说过这个问题。他们会找到你，那么一切都完了，一切。

你可以随时把我送回土耳其。我甚至可以游过去，或者骑自行车过去。外星人不是可以骑着自行车飞行吗？我可以骑着它游泳，一辆会游泳的自行车，啊，啊，啊！

安一直站在楼梯上面。沙特一直是个问题男孩。在英语课上他会跳到桌子上。有时还会跳舞，像女人扭动身体。有时又会把自己的手臂摆成机关枪的样子，对准眼前的一切，将其都消灭得干干净净。当碰到老师时，他就会停下来，把眼睛眯成一条线，然后开枪，倒下。倒下的是他自己。这是对自己站起来的惩罚。他一动不动，屏住呼吸，装死装得天衣无缝，甚至连脸色都显出苍白。

他和其他人一样孤独。他们都失去了父母，祖父母年事已高，无法逃离，兄弟姐妹则失踪了。但沙特不喜欢欧洲，他在地图上乱画，咒骂英国人。最开始只有翻译胡安能听懂这些咒骂。后来，一些志愿者在开玩笑时小声重复这些咒骂。一些孩子笑了,只是不敢跟着说。他使用发音相似的名词来代指阿拉伯数字。有些名词确实存在,有些则是他杜撰的。只有"一"永远代表胡安。[①]Juan(胡安)、lu、bree;或者Juan(胡安)、blue(蓝色)、tree(树);或者Juan(胡安)、sue(控告)、flee(逃)、fork(叉)、knife(刀)。[②]他临场编造,所有人都觉得这种谐音很有意思。不管你承不承认,这也算是在学习。他还以动物的名称命名欧洲各国:德国是大犀牛,希腊是小青蛙,再往上一点的瑞典是飞翔的公鹅。

你吃过晚饭了吗?

毛毛虫配卷心菜、蚊子沙拉和半个梨。

另外半个呢?

我和派特分了。你认识派特吗?老鼠派特/她是我的宠物/相遇的那天我就爱上她/我是在陷阱里发现了派特。

不错!不错!

安啧啧称赞,她为这个学生感到骄傲。显然这个学生有在开小灶或者自学。

---

① "胡安"(Juan)与英文的"一"(one)发音相似。
② 这些名词的发音与英文数字发音近似,括号中为相应名词的含义。

只是为了让你看看你正在教我的语言是多么愚蠢。

现在,在艾莱妮家中,这个小逃兵经历了从维亚尔到梅加斯的旅行后累得精疲力竭,甚至抱着自行车一动也不动。

来吧,上来吧,我给你拿杯牛奶。

咖啡奶昔可以吗?

咖啡不行,会让你整晚睡不着的。这样其他人没法好好休息了。香蕉奶昔可以。你今天洗澡了吗?

无用的问题。哪怕他洗过了,现在也得再洗一次。想象一下,这么热的天气里(哪怕是晚上)从维亚尔骑车过来。他本来还要再这样度过一晚。到了第二天该拿沙特怎么办呢?把他交给负责"无人陪伴的未成年人"的警察?把他和他仅有的——虽然是偷来的——自行车交上去?还是把他在家里关几天?问题不在于几天,也不在于第二天要做什么。问题在于如何处理沙特,仅此而已。

在阿勒颇,他被一位邻居送上一辆超载的汽车,准备前往土耳其边境。邻居不忍心看着这个孩子在他父母死去的地方转悠,于是向蛇头支付了他的旅费。祖父母住在距离城市很远的地方,没有办法来接他们的孙子。爆炸发生时沙特正在学校,因此逃过一劫。当他赶到现场时,父母的尸体已经被运走了。他因此非常愤怒,用脚乱踢任何靠近他、想帮助他的人。愤怒带来的好处是占据了本该留给痛苦的空间。幸存的邻居们厌倦了他的踢打,也放弃了无能为力的帮助。他们在曾是大楼入口处的地方为他留下了食物——他待在那里不愿意离开。他坚持不碰除了水果外的任何食物。若不是被束缚在废墟中,他就能自己去采摘水果了。"束缚"这个词并不恰当,因为在那五十多平方米的范围内,他驰骋、飞翔、跳舞、发出刺耳、尖叫般的哭泣。

他被送上汽车,跟着一群他毫无兴趣认识的人往前走,蹲在岸边,看他们是否遗漏了他,然后跳入海中,去寻找那些召唤着他的神秘鱼儿。他被一只毛茸茸的手臂拖了上来,被迫安安静静地待在充气艇的角落。那里没有踢人的空间,也没有突如其来的动作会让他或者周边的人掉入海中。他喊出的祈祷与身边其他人嘴里发出的祈祷截然相反,在岸上,他被一双女性的臂膀抱住,但那不是他母亲的怀抱。

不是他母亲的。

不是他母亲的。

从被救起来的那一刻起,沙特就开始不停抗议。他不会、也不想安静下来。

安等着他走到楼梯上面,用一只手搂住他的肩膀。他们形成了一组不对称的组合,不仅仅体现在身高上:安能给的,沙特不想要;沙特想要的,安给不了;沙特能给的,安不想要——不是谁都可以取代自己的儿子。

顺便一提,这个小逃兵很好地证明了这种不对称。他挣脱了安的手臂,到厨房的凳子上生闷气。当奶昔机器嗡嗡作响时,他双手交叉放在桌板上,将头靠在手臂上。盘子里还满是晚餐的残渣。他闭上了双眼。当奶昔准备好的时候,这位自行车男孩已经被困意打败。若有必要,这个男孩会不停地绕着岛屿骑行,永远不向那片将他拒之门外的大陆投降。

现在怎么办?我们要不要把他放到床上去?是否让他在这里藏几天?要不要和我们在维亚尔的朋友谈谈,让他来把这个孩子接走?还是和欧洲庇护支援办公室谈谈,让他们加快面试安排?

有人跟庇护支援办公室说上过话吗?另外,一个无人陪伴的未成年人还需要面试什么?

我们要不要托人找找蛇头,把他带去一个体面的国家?谁陪他去呢?我们要给他找一个什么样的家庭呢?

或者我们把他送上前往土耳其的渡轮?还是干脆依着他的心愿,把他送回战争中去?

艾莱妮和安太累了，无法处理这一个又一个接踵而来的问题。不过，精神比肉体更能承受疲劳，内心的不安击退了困意。

艾莱妮还想到了她的儿子，他一个人在雅典上学，忍受着热天气和他母亲的噩梦。

安也想到了自己的儿子，被他父亲带去了美国。她无时无刻不在社交媒体上寻找他的消息，等来的却总是寥寥几个字的回复："我很好。"

艾莱妮的儿子八岁。安的儿子十二岁。沙特十四岁，此刻睡在客厅的沙发上。那双运动鞋被他的临时母亲们脱下来，放在原先是白色的地毯上，散发着臭气。

不可能在不给当局造成麻烦的前提下，藏匿一个"无人陪伴的未成年人"（委婉的法律术语）。

也不可能把沙特送回那个拥挤不堪的地方，任由黑帮、蛇头和处于爆发边缘的男孩子们摆布。

安刚来到岛上时是那么消极，现在却是两个人中比较乐观的那个。这要归功于哈米德带给她的好梦，他色彩斑斓的语言仿佛是晴天花园里的花朵。

艾莱妮决定晚一点再说。她把头靠在枕头上试着进入梦乡。的确，一个晚上能给一个人的生活带来什么区别？八个小时以后再说吧，不超过八小时不会有任何风险。

安决定在睡前把盘子和餐具洗好。艾莱妮听着哗哗的清洗声，感到一直积累的幻想在她身体内崩溃。仿佛一座高大的建筑，随着居住时间最长的那位住户的剧烈心跳轰然倒塌。就在一夜之间，沉船、暴风雪、屠杀、出生、结合、告别、梦想和噩梦都可能发生。生活可以在一夜之间改变，或是缓慢，或是在一瞬间，不可逆转地改变。

安，你听我说，我已经决定了。我不想再经历像昨晚那样的噩梦了。

你想做什么？

那位英语老师来到她朋友的房间门口，用布擦着手，等待着一场判决。

明天一早，我就给维亚尔的警察打电话。沙特不能待在这里，他会影响到我对其他人的工作。

他之后会经历什么，你不担心吗？

别急，我还没说完呢。我知道你可能觉得我很冷酷。实际并非如此。打完第一个电话后，我会再打一个特别的电话。我要让孩子离开这个岛。他会回到他的家人身边。

什么家人？

他的祖父母。我们会在阿勒颇找到他的祖父母。

你说什么？你打算如何实施这个大胆的行为？

相信我。他不会有事的。

安走到她朋友的床前，抱住她。厨房的毛巾弄湿了她的脖子，让她打了个冷战。

好了，快把这个湿乎乎的东西拿开吧。别乒乒乓乓地洗碗了，去睡觉吧，让我也可以睡觉。

就这样，那一晚艾莱妮成功阻止了噩梦的再一次造访。不怀好意的噩梦这次没能利用恐惧控制她的生活。

她梦见自己带着儿子去卡法斯看海。儿子走到水边时停了下来，她也在他身后停下。然后她拉着乔治的一只手伸进泡沫中，晃动着，直到飞溅的水花将他们笼罩起来，很甜蜜。她假装冷得打战，向前走了一步，然后又是一步。孩子在她身旁。慢慢地，两人浸入清凉的水中，开始游泳，相互抱着，直到清晨到来。

两人中，安的英语说得更好些。她对语言的热爱源于孩提时代，那时她常常和父母在布鲁塞尔和布鲁日之间往返，因为她的外公外婆住在布鲁日。她也时常从布鲁塞尔出发，前往阿姆斯特丹、巴黎和伦敦。在她七岁时，父母离异。那时，与父亲共度周末最大的乐趣之一就是周六上午的中央车站。安背着双肩包，包里冒出大猩猩西蒙的脑袋。安最喜欢她父亲指着那块巨大的时刻表，然后问她："今天轮到你选择了，我们要去哪里？"有时，她的诀窍是选择时刻表上的第一个地点，不管是哪里都行，为了旅行而旅行。其他时候，她会闭上眼睛，试图搜寻一段特别的记忆，比如在运河上乘船，在那些狭窄的小隔间里一定会发生精彩的故事；或者去蒙马特的面包店，那里有世界上最棒的草莓塔。她最喜欢去的目的地之一是伦敦的儿童书店。在那里，她和小熊维尼度过几小时的光阴，并从它那里学习了带有一定深度的英语。

艾莱妮欣赏安的法语，并很快说服她来主持晨会，包括分配任务、欢迎新人、请参会者汇报最新情况，或邀请即将离开的人在泪水中致道别词。所有志愿者在上岗时都必须佩戴证件、穿反光马甲、携带岛屿地图并听从安的建议。这是保证任务安全执行的基础。安的建议简洁却重要，比如如何在不责骂孩子的前提下对他们保持坚定的态度，以及如何避免在岛上蜿蜒的道路上迷路。

因此，在沙特和他的自行车——不必再提他是通过什么方法得到的——突然出现的次日早晨，不难决定希腊人艾莱妮和比利时人安谁去开会，谁留下来看着孩子。

八点、九点、十点，沙特仍然躺在沙发上，处于深度睡眠。他的一条腿伸展在靠垫上，另一条贴着地毯。炙热的阳光从敞开的窗户射入，针织窗帘随风飘动，丝毫打扰不到他。

这对艾莱妮而言是一个意外的奖励，她可以因此合理地缺席晨会。快节奏的生活令她忘记了劳累，当停下来时，才暴露出不可逆转的疲劳。当艾莱妮早上起床，和安一起吃早餐时，她如机器般发号施令。当她回到床上准备休息时，才感觉自己这辈子再也无法离开那里了。那么，她每天奔波忙碌究竟为了什么？现在情况一天比一天糟糕，不断有新的船只到达，从地狱来到炼狱。当局丝毫没有减轻志愿者的工作，人们的怒气越来越大，难民营变成了争吵和恐惧的巢穴。她将手机静音，陷入了沉默。这是一种奢侈。没有瑟塔基舞①表演，更没有肖邦的奏鸣曲，仅有沉默。

她被厨房里的碗碟声吵醒了。是安回来了吗？

什么？已经是中午十二点零五分了？她必须赶去苏达分发物资。还没有收到扎波雷克的消息，一切是否已经就绪？到达的人呢？这次会有多少人？处于什么状态？WhatsApp

---

① 瑟塔基舞（sirtaki）是一种希腊的舞蹈。

上有九十五个未接电话。当然,还有沙特,这会儿正在厨房里像土匪一样填充着自己的肚子。

当下最难的是将第一只脚放到地上。疲劳令她无法移动,是炎热迫使她从床单上抬起脚。当两只脚都踩在地面上时,身体就别无选择,只能服从。她起身了。她拖着鞋子走到厨房门口往里看。那个孩子正在狼吞虎咽一只碗里的东西。安早上刚洗过。这是她小时候用的碗,上面有蓝色小鱼的纹路。她刚想把这个碗从那个邋遢、粗鲁的孩子手中抢过来,却看到留在他嘴角的麦片,还有像胡子一样的牛奶渍,跟她六年前的儿子一模一样。她克制住了冲动。

她看着他把牛奶喝到一滴不剩。

有那么多碗放着沥干,为什么你偏偏用我的碗?

上面有蓝色的小鱼。很酷。

想再吃点吗?

沙特点点头说还想要。他仍然坐着。

怎么,你还在等什么?像刚才一样自己去拿吧,你还要别人帮忙吗?

他向上竖起的头发和红色的条纹上衣让艾莱妮联想到漫

画中那个不羁的男孩卡尔文①长大后的模样。她想拍下他喝牛奶、吃麦片的情景,但是想到可能会有不友好的反应,还是克制住了。当沙特吃完第二碗后,艾莱妮走到他身边,用一根手指擦去他的"胡须",就像她以前对她儿子做的那样。令她惊讶的是,沙特既没有将她的手指推开,更没有咬它。这一天有一个好的开头。

艾莱妮去水槽擦洗她珍贵的碗,并一同刷洗安留下的锅。再一次令她惊讶的是:沙特还坐在桌子旁。随着哗哗的水流,她突然意识到他在说话,自言自语着,练习他的英语。当她集中注意听时,发现他正在谈论之前的一个邻居,一个带有一股辣椒味儿的小青年,总是像一只迷路的小狗一样跟在他边上。维亚尔的那个警察也是这个味道。警察?在维亚尔?闻起来有股辣椒味儿?沙特到底想说什么?他的嘴几乎贴在桌板上,他的声音同时在请求两件事:仔细听我说;不要听我说,这没什么,仅仅是我的秘密,水流过我的声音,流过我的思想。艾莱妮知道她不能错过任何一个字,而且她必须假装什么也没有听到。

我不困。离开帐篷后,我一直散步到无花果树附近。

----

① 卡尔文,是美国经典漫画《卡尔文与霍布斯虎》中的人物。

没有灯光，也没有噪声。只有我、地面、几块零散的石头。我喜欢这样，有时深色的小动物从我身边跑过，我也不介意。让我害怕的是那些人，而不是黑暗。真正的怪物是那些悄悄接近你的人，他们是黑夜人，哪怕在阳光底下。那个警察就像一只巨大老鼠的影子。他坐在我旁边的石头上。他穿着靴子和制服，一定很热，我为他感到可怜。他问我叫什么名字，住在哪里，从哪里来。他问我是否想要一个无花果。他起身摘了两个，一人一个。我讨厌无花果，就把我的那个扔出去了，无花果在远处破散。警察吃完无花果后，用壳在我鼻子上蹭了一下，然后哈哈大笑，露出黄色老鼠般的牙齿。接着他把壳扔在地上，问我是不是就是那个著名的自行车男孩。他笑得更厉害了，就像……就像一只从蓝色制服中探头张望的黄色老鼠。他用一只手臂搂住我的肩膀，告诉我不要害怕，这是我们俩之间的秘密。然后我感觉到他的另一只手伸进了我的短裤，那只像无花果一样黏糊糊的老鼠爪子。我起身试图逃跑，但他……他的手臂越来越多，遍布我的身体。他把我转过来，脸朝向地面。我呼吸着泥土的味道，感觉黑色的虫子沿着我的头爬上来。他恶心的、无花果一般的手占领我身体的各个位置。他拉下我的短裤，我感到了一阵疼痛。一个东西，一个尖锐的东西在我的身体里爆裂，那是一把有上千刀片的剑。我发出大叫，他把我的脸按在地面上。我想是疼痛才使我没有昏倒。他的嘴在我耳边滴着无花果的涎水："如果你不把这件事告诉别人，那么我就帮你保住自行车的秘密。我知道你不会说的。你甚至不知道我是谁，你从未见过我。"我感觉到他站起来，大笑着，然后跑走了。我继续留在那里，就这样不知道过了多久……我想我当时喊不出声了，我不知道，不记得了。我当时是想要大声叫的，我是想的，但我叫不出来。现在我哪儿也回不去了。我不能回家了，我是不洁的，他们会因为我的不洁而谴责我。

艾莱妮再也听不下去了。

好了，好了，这就够了。你已经说了你该说的。现在该休息了。

她关上水龙头，用最近的一块布擦了擦手，然后走到沙特旁边坐下。她把他的头抱在怀中，轻轻地摇晃着，无声无息。男孩的眼泪在他临时母亲的T恤上形成一块污渍，使得印在衣服上的白色英文单词"夏天"变得灰暗。这位母亲的泪水里流淌着所有眼泪的盐和光。

是什么时候的事情?

艾莱妮问道,她终于使自己的声音恢复平静。

几天前吧。

沙特故意说得很含糊。

你是怎么处理之前穿的衣服的?那条短裤呢?

我把它们扔掉了。

扔到哪里去了?现在在哪里?必须把它们找回来做检验。那个恶棍必须受到惩罚。

男孩没有回答。他正在平静下来,啜泣声已经停止。艾莱妮觉得暂时最好先不要逼他了。她把脸贴在男孩竖起的头发上,跟卡尔文的头发一模一样。若没有卡尔文,霍布斯虎[①]便会受折磨。

没过多久,安活跃的声音从厨房门口传来。

好吧……真能睡。都下午一点了还是这个样子?是我弄错了,还是这两个人还没有起床?

艾莱妮示意她不要继续说了。她指了指男孩的脸,虽

---

① 霍布斯虎,在漫画《卡尔文与霍布斯虎》中,是男孩卡尔文的伙伴。

然已经抬起来,但还是满脸狼藉。他正在试着从脆弱中站起来,绝不愿意在安的面前表现软弱。这位老师特意从欧洲南下来到这里,就是为了教他们如何成人。

后来,沙特一人在电视上看奥运会,她们去卡法斯的一家面包店里喝咖啡、吃牛角包,不停地抽烟。直到这时安和艾莱妮才开始交谈。

我只是不明白那件不洁的事情和不能回到他家乡之间有什么关系。

安解释道:

这是他最害怕的东西,我的好姐妹。即使是被迫,受害者毕竟是参与了这个行为。这对于某些激进的法律来说是不可饶恕的。可怜的孩子。我们应该带他去看医生做检查。我们应该报警。

他不想这样。他不希望任何人知道,这是他返回那片土地的唯一希望。

但这样是不行的。还会有多少孩子遭受同样的恐怖?必须立刻找到这个罪犯并把他驱逐出去。

至今还没有其他人报案。

艾莱妮,我甚至有点不认识你了。事实就是那些孩子都把恐惧埋藏在心里。当局必须知道这个事情,越早越好。甚至有可能那个罪犯并不是一个警察,警察也被抹黑了。

那孩子说他看到了制服和靴子。

是的,但也可能当时天太黑了,他除了石头什么也看不清。另外,任何人都可能穿靴子和国旗蓝的上衣。这个案子必须要调查。

最难的是说服他去医院。

我去和哈米德谈谈,也许他能说服他。

哈米德,你的花匠男友?拜托,安,理智一点吧。他会怎么看待那个孩子?万一他说出去呢?沙特要求保密。怎么能把这事告诉其他人呢?这个想法太糟糕了。顺便说一下,你跟那个穆斯林人约会也好不到哪儿去。

你错了,艾莱妮。哈米德跟别人不一样。他选择了欧洲,他了解我们的价值观,他尊重这些价值观。

每个人刚开始看起来都是与众不同的。

没错,这点你最清楚,因为你也爱上了一个穆斯林。他是个有钱的土耳其商人,但也是穆斯林。

他不是我男朋友。好吧,不管怎么样,我们都是傻瓜。又傻又难过。

没错,是傻瓜。难过只是偶尔罢了。我们回去吧,不然这孩子又要跑了。

那么我们该怎么做？

我有一个主意。我不会告诉哈米德的，别担心。我们边走边说。

当艾莱妮在橘子树旁停车时心怦怦直跳。还好，自行车还在那里，藏在向日葵中，红色的车把手像一只受伤的动物探出头来。

沙特在看电视时睡着了。我们进去时他突然惊醒，站起身来，一副不知所措的样子。

我们给你带来了一些热牛角包，想吃吗？

安打开了纸盒。巧克力馅的牛角包映入眼帘。

你知道吗，艾莱妮，今天的晨会上，那个葡萄牙志愿者问能否给一个很特殊的男生带去两套换洗的衣服。我很奇怪，她在哪里认识的那个需要额外衣服的男生？沙特，你有朋友抱怨过缺衣服穿吗？

安知道沙特本人需要衣服，但她估计沙特不可能跟其他人说。男孩耸了耸肩。

如果你愿意的话，我们去仓库给你拿一些新的短裤和鞋子。你怎么想?

沙特跳起身来,一脚踢向牛角包的盒子。牛角包像受惊的麻雀一样飞了出去。

我不要鞋子,不要衣服,不要你们的关心,也不要你们假装是我的妈妈。我和我的自行车,这就够了。我现在就要和我的自行车飞回我自己家去。

安想要设法拿到沙特的衣服,因为上面很可能留有那个施暴者的DNA。她的猜测很简单:沙特在被侵犯后不久就跑了,现在身上穿的就是同一套衣服。另外,他还需要看医生。难题是如何在不冒犯他或使他更难堪的前提下把他带出家门。问题不在于其他人,不是那些每天进出家门、习惯于看着他在岛上错杂的道路上飞驰的人觉得他不纯洁。问题在于他自己。他对世界和他自己感到愤怒,他觉得无处立足。就在刚才艾莱妮一言不发的时候,安的话暴露的意图太明显了。但他不可能永远穿着脏衣服。英语老师的计划最终会成功的,她握着这张王牌。关键就看这个敏感好动的男孩能否做出改变。首要原则是决不能让他离开视线范围。

你待在车里,没有人会注意到你。你不能一个人留在这里,我还有很多事情要做。

艾莱妮费了很大劲才在他面前表现出权威感。为了保护他必须这样做。

那么谁来照顾我的自行车呢？

你的？你确定是你的吗？

它现在是我的了。没人比我更喜欢它。

这辆自行车的原车主曾经也对它爱不释手，但他再也看不到他的自行车了。要么你跟我走，要么我就告诉警察。就这么简单。

这对我不公平。那个人也是这样威胁我的！警察？我希望他们统统去死，让我离开这个该死的地方！

够了，够了。小子，你在说什么话？冷静点，我们走吧。

虽然艾莱妮不愿意承认，但沙特说得没错。威胁就是威胁，不管是善意还是恶意。说出的话如同泼出的水无法收回。总之，除了好心劝说也别无他法。沙特散发着臭味。他多久没洗澡了？相比把他带出去，她们现在更想做的是把他塞进浴缸。得抓紧时间了。他们会通过车内的气味找到他的，艾莱妮想，比我香烟盒的气味可灵多了。艾莱妮保证可以单独处理好这个问题后，安才不情愿地离开去上英语课了。

到底是谁创建了这个万能的大本营?是谁?是你吗?你管好你亲爱的哈米德就行了,其余的事情由我来处理。快去吧,你还在等什么?

安还在楼梯上对她喊,让她不要忘记告知最新消息。安一边往前走着,一边咒骂着快递员,因为他把大量包裹堆在门口,害得她没法好好走路。有时候,这些捐赠物资都显得碍手碍脚,该死。

当她听到汽车终于启动时,艾莱妮转而对付那个男孩。

我们还待在这儿干什么?你是乖乖跟我走,还是我打电话给维亚尔?

沙特开始用他啃过的指甲用力抓挠后颈。抓出了血,在旧伤口上撕开了新的伤口。在艾莱妮看来,男孩的痛苦仿佛是屏幕上闪过的一道疯狂的光,穿破了屏幕顶端。男孩身上散发的恶臭和想抱住他的冲动以同比例增加。必须赶快把他带走。

我们走吧。离开之前,我们得把你的自行车好好藏起来。你听到我说的话了吗?你的自行车。去帮我把它搬上来。

沙特兴奋地扑向艾莱妮的脖子，后者也接受了这个臭烘烘的拥抱。

当自行车停放在安的房间里时，艾莱妮预感即将陷入一场麻烦。管他呢，已经没有时间可以浪费了。

沙特蜷缩在汽车的后座上，他的脚踩在座位垫子上，头靠在膝盖上。

把你的脚从座位上拿开，好好坐着。不用害怕，你没带着自行车，别人就不会认出你。你想听点音乐吗？

男孩照着做了，但一直低着头，也没有回答那个问题。

好吧，如果你不想听音乐，我就放点新闻。

艾莱妮开始打电话：嘿，伙计们，对不起。别担心，我还活着呢。多少人到了？

车速令他无法低着头。沙特感到眩晕，只得抬起头看着阳光，看着狭窄的弯道，面向大海和他难以释怀的记忆。从眼前的场景来看，什么事情都没有发生。来了两艘船，带来了病人、痛苦的人以及更多无人陪伴的未成年人。他讨厌这种称谓，但别人就是这样称呼他的："无人陪伴的未成年人"，或者"孤独的孩子""被抛弃的孩子""孤儿"。小可怜,你没法离开这里的。到了欧洲你就会立刻被送进某个机构。

如果他至少能独自回到原来的街道就好了。他曾无数次大喊"我想回家",但大家都笑着假装没听见。

当来到海滨城市时,他的恐慌加剧。他将手放在车门开关上,准备在下一个红绿灯路口逃出去,去任何一个真正只有他一个人的地方,一个岛中岛,或一个遥远的星球。生活造就了他的孤独。孤独是他拥有的权利。在所谓的《权利公约》中应该有这样一条规定,即无论年龄和性别,所有人都有独处的权利。

我的孩子,你怎么了?你以为你把我打个措手不及吗?别乱动,否则情况对你更不利,相信我。

艾莱妮绕过港口,朝公园方向开去,然后沿着卡拉奥利和迪米特里欧大道向前行驶,伴随着轮胎的刺耳声转弯进入苏达大道。经过这场拉力赛,沙特几乎要呕吐,但可不能在车里这么做。没错,车里是挺乱的——空瓶、袋子、食物到处都是,但没理由把它变得更糟糕。

如果你想继续在这里藏着,随便你。我得去看看午餐的分配情况。

不能让他离开视线,艾莱妮再次提醒自己,我必须找人看着他,并且不能被他发现。

就在故事发展到这一刻时,我介入了。

艾莱妮看到我时,我正站在附近唯一一处阴影中,在停车场的另一侧。当时,我正等着阿米娜抽空来取那些男生穿的衣服。我之前答应过她,今天早上刚从仓库里挑出来。难度不小,因为虽然孩子的衣服很多,但都是成堆五颜六色的女装,男装少得可怜,乱七八糟地铺在箱子底部,并且几乎都是XL码,能装下三个阿米娜。

你能看一下那个孩子吗?就是我车里那个。艾莱妮问我。我需要带他去医院。不能让他跑了。我很快就回来,如果你发现任何奇怪的举动,请立即给我打电话。

我看了看那个孩子,他蜷缩在后座上,应该是热晕了。我可能是岛上少数不认识他的志愿者之一。他看起来像个走丢的小男孩,这样的孩子我见过不少。阿米娜不会马上到,这片阴影不足以缓解热浪的暴虐。

突然,我看到那孩子猛地转过身,将头伸出车外开始呕吐。他喷出的黄色液体弄脏了前方的地面,溅到了轮辋,毁了他的球鞋。我跑去帮忙。我决定试着自己解决这个问题，让他稍微好受些。

你感觉好点了吗？你叫什么名字？

听到这个问题，明白我对他的身份一无所知，他惊恐的眼神似乎镇定下来。他没有回答，我也没再坚持。我环顾四周，阿米娜还没有来。

沙特需要换衣服，从头到脚都要换。但最紧要的是换球鞋。在我给阿米娜拿来的东西里有全新的球鞋，不管是从品牌还是其他方面来说，都是捐赠物资中很罕见的。我敢打赌尺寸刚刚合适。

试试看吧。

沙特蜷缩得更厉害了，活像一只潮虫，蓬头垢面，臭气熏天。只能我为他换鞋。我深吸了一口气就开始动手。把脏鞋脱下来并不难，我屏住呼吸就完成了。但事实证明，要为这个不断反抗的踢拳冠军沙特穿上新鞋是不可能的。另外，这双该死的球鞋就不能大一码吗？这个孩子制造的臭气弹将能够击败一个营的恐怖分子，堪称最强大的化学武器。

需要帮助吗？

出现在我身后的声音仿佛是天使在宣布救赎。是阿米娜。

哦，当然需要了。我抓着他的腿，你给他穿鞋。也许你最好先去找个防毒面具。

别担心，更糟糕的味道我都闻过。

沙特不停地叫喊着，这些单词连在一起，变成了愤怒的喋喋不休。他在说什么我完全听不懂，只看到阿米娜笑得前仰后合，还挠着男孩的脚背，然后笑得更厉害了。当感觉到脚被强行塞进鞋子后，他把遮着眼睛的手臂放下来了一点。瞳孔如同两只黑猫，前一秒还在看着我们，后一秒又躲藏了起来。

沙特和阿米娜就是这样认识的。没过多久，艾莱妮出现了，像往常一样动作迅速。

这里发生了什么事情？

听完这个故事，她似乎很高兴，这让阿米娜和我感到有些困惑。她向我们眨了眨眼，然后摆出一副最严肃的样子，假装很担心。

什么？他吐了？你吐了吗，沙特？

她灵巧地把他的手臂从脸上移开，吓了一跳。

看看你的样子！是不是感觉不舒服？你的脸色看起来跟你早上喝的牛奶一模一样。可能牛奶过期了。小伙子，我得把你带到医院去。抗议是没有用的，我们马上去医院。

她在他耳边说了些什么，然后转而对我说：

跟我们一起走吧，我觉得我需要一个帮手。

我能一起去吗？

阿米娜摆出她迷人的微笑，睫毛都要翘到天上去了。

你？你请过假了吗？

他们允许我出来找她，戏剧表演课，你知道的。

阿米娜笑着说。

但现在这套衣服将有一个新的主人。沙特比你更需要它。

别担心。我这里有三件T恤，一件衬衫和两条短裤。够两个人用了。

只要那件衬衫留给我就行了。我当时要的是两件，但看来只有一件。

这一件也不过是意外发现的。你以为会有很多适合你尺寸的衬衫吗，阿米娜？

我因为意外地派上了大用场而感到高兴。于是我们出发了，沙特和阿米娜分坐在后座的两边。沙特看起来像一只紧贴在门上的壁虎。

我是后来才知道医院诊疗室内发生的事情，此处无须复述。在等候室里，我惊愕地看到阿米娜从洗手间出来，变成了一个小男孩的模样。T恤是L码，为的是不突显出胸部，尽管胸部就像她本人一样又小又羞涩。拖鞋和这套衣服不太搭，但还过得去。她把装着女孩衣服的袋子递给我，然后去敲急诊室的门。

我想看看沙特，我想看看我的朋友。

她的声音稚嫩却坚定，就像一个还需成长的小男孩的声音。短发很适合她。我一时陶醉其中，以至于在她进去以后才意识到危险：如果她的迷人微笑将她暴露，结果会如何？

接下来发生的事情更令人吃惊。一小时后，急诊室里走出两个小男孩。他们如此相似，可以说是双胞胎。可以肯定的是他们已经是两兄弟了。翻译胡安神采奕奕地走来，手臂分别搭在那两个人的肩上。艾莱妮点燃一支烟，带领大家向汽车走去。

你们这么着急要去哪里？你们把我忘了吗？

我没有感到被冒犯，仅仅是好奇。我不想错过故事的发展：诊疗室里发生了什么？阿米娜第一次以男性身份出场是如何全身而退的？"他"和沙特之间建立了什么联系？这种新的关系会产生什么结果？

一路上，我听着后座的孩子们用我不懂的语言交谈，心想，我永远无法抓住那些人的声音。他们在失去亲爱的面孔，失去内心的城市后，没有了方向，没有了地图，面临着终极的孤独感。

我后来得知，沙特和阿米娜达成了一项交换协议：男孩将如愿回到祖国，绝口不提在某些不怀好意的人看来被玷污的经历。女孩则通过完美的伪装代替他的身份。

当这份由阿米娜亲自讲述的报告出现在YouTube上时，两人都已在各自选择的地方，安然无恙。

我还是个孩子的时候,大人们把地图上的国境线指给我看,告诉我,战争机器沿着这些蜿蜒的线条生长。大人们正是为了这些线条而杀人。天空中的爆炸声,叔叔们的死亡,电视里可怕的话语,这一切都来源于流淌着毒药和石油的泉眼,里面喷射出古老火山之火。

我想用橡皮擦擦掉这些线条,我试着用圆规的尖角去刮。战胜它们的唯一办法就是毁坏纸张和地图。

国境线是坚硬的,但是文字的力量更加强大。手牵着手,双脚准备跳舞和走路。

我把笔记本电脑和手机装进两个塑料袋里,抱着它们穿越爱琴海。

文字在我脑海中纷飞,手指紧紧相随。

国境线无法飞翔。时日不长。

笔记本电脑(奥米德篇)

现在必须马上听听奥米德的情况。

我们总是生活在紧急状态中,确定优先级至关重要。唯有这样，我们才能推动一切正常进行。

K发来的信息在屏幕上闪过："你能听一下他的经历吗？如果可能的话，帮帮他。"他发给我一个希腊的电话号码，我拨通了电话。我不知道有没有把他的名字读对，但他确认了，应该是认出了我的电话号码。

我们约定第二天见面，确定了具体时间和地点——联合国难民署的集装箱。我试着从他发来的档案照片中抓取他的外貌特征，以保证万无一失。

一切顺利。为谨慎起见，我快到达时给他打了电话，正巧此时他迎面向我走来。

他比我想象中更年轻，皮肤更白。棕色头发修剪得整整齐齐，只有刘海较为凌乱。他穿着白色衬衫，而不是捐赠物中常见的那种写着外国单词的T恤。只有裤子口袋下方的补丁暴露了他是个穷小子。如果是在其他地方遇到他，我会说："看这个穷学生，他们有多久没给他发奖学金了？"我在内心责备自己：偏见。别老把问题简单化，你要像了解你儿子的朋友那样去了解他们每个人。

奥米德的情况绝不简单。

档案中描述了他的情况，我们一起阅读了里面的内容。他解释了一些情况。他的英语很好，即便如此，搞清楚他上岛的整个过程并不容易。这是他第二次请求庇护。他在第一个庇护国继续受到迫害。

原因是他的项目——博爱基金会，一个非政府组织。

这个项目使我在原籍国遭受迫害，因为我放弃了所有的宗教信仰。我坚信一个基于爱的社会：人与人之间自由的爱，没有边界，没有障碍，没有歧视。在我的家乡，没有宗教信仰就相当于什么都信。你会受到来自四面八方的威胁。除了威胁还有侵犯。这样下去我的家人会受我连累，于是我逃到了库尔德斯坦地区。有一段时间，我在那里获得了发展事业的空间。一群朋友愿意和我一起工作。我们注册了非政府组织，但没过多久迫害又开始了。有些人对我们的想法表示同情，但大多数人觉得这些想法很危险。我是和平主义者，不会伤害任何人。我还反对婚姻和任何形式的压迫。理解我的人很少，怀疑者占大多数。我从好几处住所被赶出来，没有人愿意给我一个屋檐。我甚至在议会大厦外绝食抗议。我很清楚我的权利。我和其他人的权利是平等的，一个人不能因为信仰而受到迫害。但警察不这么认为。没人愿意给我一份工作。我饿着肚子，成天躲在洞里，靠一个面包师朋友给我的面包过活。剩下的朋友劝我再逃走，敌人对我发出死亡威胁。我设法用库尔德人的证件逃到了土耳其。但是你知道库尔德人在土耳其是什么样的情况……危险迫在眉睫。为了穿越爱琴海，我必须搞到假证件，不然蛇头会把我扔在那里不管。5月份，我来到了这里。

你想去哪里？

德国。德国是一个大国，我可以在那里传播我的想法。

又是德国。几乎所有人都想去德国，或者去某个北方国家，尽管在那里他们受到极差的待遇，针对他们的舆论激烈，极右势力因为生活受到破坏、权利受到威胁而不断壮大。

那么葡萄牙呢？不也是一个选择吗？

我不介意，只要能向我的目标前进就行。

如果你能飞到里斯本，我觉得你的庇护请求很有可能会得到批准。

怎么去？我没有乘坐飞机的有效证件。

没错，你现在没有，你得在希腊解决这个问题。但是，如果你把精力集中在前往葡萄牙上面，可能有机会向欧洲发展。

好吧，这里已经是欧洲了。

说得好。在这场对话中,感到困惑的人是我,逐一落入陷阱的人也是我。

我感到绝望,说话语无伦次。奇怪的是,将信念付诸实践的人少之又少,为了信念甘愿冒生命危险的人更为罕见。我面前这个身材纤弱、话语轻声细语的男孩究竟是谁?是一位英雄,还是一位先知?是一名骗子,还是梦想将世界变成神奇故事的男孩?

我相信自由和博爱,相信一个没有监狱的世界。给你看我的项目的网站——博爱基金会。我们去那边的长椅上吧,那里有网络。

我们一边聊天一边从营地走到了公园。我们穿过围墙和帐篷。帐篷像蛇一样顺着城墙延伸开去。我们穿过矗立着纪念碑的大广场。我对它用来纪念什么向来一无所知。最终我们来到了公园。当地居民们将公园里的一切——草地、树木、长椅——统统留给了难民,任他们游荡。这些人虽出于无意,却令当地孩子的父母们感到恐慌,也使得游客们不敢靠近。

在奥米德所指的长椅上可以收到附近一家银行支行的网络,这是囊中羞涩之人的小伎俩。网站出现在屏幕上,我出于礼貌瞥了一眼。一个渴望自由,渴望坚定的爱,为了自己的事业随时准备在议会大楼前绝食的人注定要受到迫害。欧洲不需要行动主义者。现在已经不是二十世纪六十年代了。尽管如此,劳动力还是受到欢迎的,一些大的建筑公司和汽车行业需要他们。但那些传播不屈服的言辞的人呢?他们完全可以去最不能容忍麻烦的地方传播那些话,这么一来万事大吉——把他们遣返原籍国的人就是这样想的。

你知道吗,我想解决的不仅仅是我自己的问题,而是所有人的问题。网上有一个请愿活动,你看到了吗?在难民营很难收集签名,因为能上网的人不多。

我知道那个请愿活动。我之前准备要签名,但后来放弃了。因为他们向我索要过多的个人信息。以这种方式收集签名并不合适。

我没有告诉他这段插曲。接近这个被世界排斥的男孩令我感到不适,我想摆脱这种不适感,但我做不到。同样,我也没有向他问出那个萦绕脑海的问题:欧洲有属于你的一席之地吗?你没有子女,没有年迈的父母,在欧洲也没有可以投靠的亲人,况且你还不满三十岁。

奥米德距离三十岁生日还很遥远。他出生于1991年1月27日。

1990年8月2日,海湾战争爆发;两天后,海夫吉之战打响。

当时的伊朗最高领导人阿里·哈梅内伊和总统拉夫桑贾尼坚信自己是永远的赢家。库尔德民主党和库尔德斯坦爱国联盟也是如此。

奥米德的母亲将他搂在怀里,伴随着塔尔①的音乐轻轻摇晃,但周围的故事仍然让人联想到战争。

每次他随父母去希帕尔村看望祖父母时,车上都装着祖母最爱的咖啡糖和祖父最爱的无过滤嘴香烟。记忆中,奥米德满果园奔跑,门口桌子上放着一大壶橘子汁,永远是满满的,仿佛施了魔法。回忆中还有男人之间破碎的故事和眼泪。那是在晚上,还没到在电视机前打盹的时候,两个女人正在整理厨房,黑白电视机中出现的女人总是将美丽的眼睛垂向地面,习惯于通过鞋子来辨认面前的人。

祖父叼着烟,三根手指放在膝盖上。月夜中满天星斗,争相闪耀。祖父似乎在看一个比月亮和星星更远的点。他能

---

① 塔尔,一种伊朗的拨弦乐器。

看到比星星更远的地方。迟暮之年的他已经战胜了所有的距离，并学会对它们视而不见。在那个活人以外的点上隐居着已故之人：阿克兰和卡林。奥米德的父亲知道，马上得讲这对兄弟的故事了，每次都这样。老人总是期待这个故事，如同期待有一天他能和他的两个孩子见面，三人可以再次在告别前分享被遗忘在桌布上的面包。他期待有一天，他们可以一起对着这个故事开怀大笑。这是一个没有尽头的故事，与生活正好相反。

奥米德的父亲拉长了沉默。待香烟的烟雾在夜空中散尽，老人的泪水像古老的星星从苍穹滴落时，奥米德的父亲才清了清嗓子，开口说道：

爸，你记不记得那一天，卡林……

奥米德一边听着，一边安静地玩已经没有电池的红色机器人。多种声音在他脑海中混杂，两边的军队相互挺进，叭叭叭，枪声，连续的子弹声，人们倒下时的叫喊声。沙尘慢镜头般散开，胜利的人们举起武器发出喊叫。父亲模仿他从未见过的叔叔的口吻讲述道：

那一天，卡林回到家，腋下挟着一只山羊。他说："这将是我们这辈子最大的盛宴，准备好火。"

故事在祖父口中继续：

"准备好火。"山羊发出咩咩叫，四肢到处乱蹬。你妈妈用手挠着头："你是从哪里搞来的，是别人给你的吗？"你兄弟卡林一副兴高采烈的样子，只是重复那句话："准备好火。"你妈妈却坚持问道："送这头畜生的人为什么不先把它杀死呢？必须得我们来把它弄死吗？"在哪里杀？由谁来杀？你和你的兄弟阿克兰，两个小鬼头，跟在卡林身后跑着，想看他准备把山羊带到哪里去，以及接下来要对它做什么。我什么都不懂，或者说不想懂。我负责准备火。当时正值夏末，很容易收集到柴火。树木都很干燥。有些多一个分杈，有些少一个分枝，这有什么关系？把榛子树枝条折断并堆放在门廊边没什么难的。我并不着急，放慢了手势，专心致志地听着枝条落下时发出的嘎吱声，听着树叶被撕下来时发出的短暂抗议。我唱起了一首古老的曲子，我已经很久没有唱过歌了。远远地，我听到最多的声音是你妈妈和卡林的争论。接着我听到有东西在爬，可能是一条蛇。一阵沙沙声。一种很尖的声音，可能是远处的鸟。鸟儿们时不时成群结队地经过，掉队的鸟显得很慌张。没过多久，血一点点地滴落在炭火上，像是野葡萄汁。夜幕降临，万籁俱寂。只有火苗在噼啪作响,香味越来越浓。胃开始有了反应。舌头、嘴巴、身体都开始有了反应。

奥米德听着他祖父的声音。孤零零的声音背后是一支缄默的溃军,仅凭他手中的玩具机器人就能打败那支军队。他看着那只被屠宰的山羊,看着新鲜的血。鲜血流淌到门廊边,温暖了那个夏末之夜,然后在他一个叔叔的身体里冻结,接着又在另一个叔叔的身体里冻结。鲜血永远冻结在他祖父的身体里。奥米德将机器人的手臂扭到背后,两只手合在一起。机器人背着双手,无法杀人,也无法说再见。

"准备好火。"我准备好了。一场盛大的篝火。胃部反应良好,肉质鲜嫩。为了尽快吃到烤肉,大家争先恐后伸长手臂,交错在一起。大家都唱着歌,除了你妈妈。她一直待在房间里,直到第二天早上清理地板和碗碟时还在喋喋不休地抱怨。第二天下午,通知来了。卡林得去哨所报到,领取他的制服和枪。他的口袋里装着一只山羊的耳朵,我看到了尖尖的部分。两个月后,轮到了阿克兰。"准备好火",你还记得吗?

现在是老人在问这个问题。是老人从头复述这个故事。他从未离开故事的开头,因为结局在天空中最遥远的星星之外。奥米德的父亲从蓝色烟盒中抽出一支烟。烟雾升起,奥米德看到了流动的血。烟雾掩饰不住祖父眼中溢出的月光。叔叔们倒在沙漠中,溃军中的机器人,沙子炸开,如同夏末的篝火。他看着父亲闭上眼睛,夹着香烟的手伸向祖父满是沧桑的手臂。父亲转而又将手收回,深深地吸了一口烟。

"准备好火。"是我备好了火。榛子树的枝条。树叶簌簌的短暂抗议声。火焰高涨。

奥米德听着,做着决定。沙漠中的军队,叭叭叭,就此绝迹。他将击败所有的军队,像他的红色机器人一样,双手背在身后。

在岛上的日子里,奥米德给我讲述着他的故事。我想象着孩童时期的奥米德,听着祖父讲述叔叔们死亡的故事,将机器人的手臂扭到背后,让它们永远无法将武器指向他人。他从未怀疑自己的人生目标,那就是毫不妥协地宣扬和平。一日接着一日,一小时接着一小时,一个字接着一个字,一步接着一步。他总是从学校跑出去玩电脑,以此作为虚拟和现实之间的日常边境演习,同时也是为了远离他的同学。在他看来,那不过是一群装得很勇敢的蠢货,整天用粗话和空洞的笑声嘲弄别人,以此掩藏内心的胆怯。他们可以对他大喊"胆小鬼""脑残""耗子屎",挑衅他来打一架,或者干脆狠狠踢他几脚。他既不会回应他们,也不会让自己被抓住。他一心训练自己的逃跑速度,并背诵着甘地的话语:"我自认为是一名士兵,一名和平的士兵;我知道纪律和真理的价值。"智慧和冷静,即学习一切,永远不失冷静。他反反复复看理查德·阿滕伯勒①的电影。如果他愿意,他会模仿这位大师的手势和语气。他向来无法理解种姓制度,但这个问题对他没有丝毫的困扰。既然自然界中都不存在正义,凭什么它应该存在于出生和人生过程中?他只对关于和平的信息感兴趣,他知道他必须适应环境。他在伊朗,即将进入下一个千禧年。世界是他的祖国,互联网是他工作的工具。

"不存在通往和平的道路,和平就是道路本身。"

在学习的日子里,没有一天是浪费的。父母却什么都不会看到。他是一个优秀的学生,老师从不抱怨,其他孩子的父母不抱怨。奥米德本人也没什么可抱怨的。他将大部分的想法藏在心里,而不是提高声音做无用的抗议。表面上,他像遵守命令一样遵守规则;在内心,他批评规则并想方设法绕过规则。他不像"活跃分子"苏里、"假小子"索尼娅、

---

① 理查德·阿滕伯勒(Richard Attenborough,1923 – 2014),英国演员、导演、编剧。作品包括《甘地传》等。

"艺术家"玛嘉那样给父母惹尽了麻烦。奥米德的青春期甚至过得悄无声息。他只是学习,保持沉默。他采取马拉松选手式的训练策略,筹备他人生的第一场考试。他身穿白衣走上街头,散发一篇宣扬人和人之间不分宗教和国家自由联合的文章,丝毫未提圣者的名字。他以这样的方式通过了考试。这一行动被视为一个天才少年的胡思乱想。那是在6月,马哈茂德·艾哈迈迪-内贾德当选前两个月,三名库尔德活动家被暗杀前一个月。这很可能助长了他的自满。然而,第二年他对人权活动家萨利赫·尼克巴赫特的支持使他的情况变得更糟。一切都在奥米德预料之中。一步接着一步,从一个地方逃到另一个地方。

就这样,奥米德来到了这个岛,坐上了联合国难民署提供的维亚尔和苏达之间的班车,将在苏达安顿下来。

蝉鸣声令人抓狂。它们才是这个岛的主人,肆意展示着力量。奥米德会说的语言不少,但有一种语言他之前从未留意,那就是这片土地上非法居住者的语言。如今他开始熟悉周围的语言。在土耳其时,他和所有人一起生活,计算着日子,时刻害怕被逮捕。和其他人一样,他也曾为渡海做准备,夜以继日地等待,在错误的那头海岸东躲西藏;和其他人一样,他用硬币换取面包片和椰枣,也换取文件。在支离破碎的对话中,在母亲安抚孩子的语气中,他甚至开始能够区分语调和口音。孩子固执地拽着母亲的裙摆,他们厌倦了刺痛他们双脚的道路,不再相信噩梦会过去,不再期待好运会在下一个拐角、下一艘船给他们带来惊喜。

在他的临时旅伴中,有人轻声说着话,有人在沉沉酣睡。奥米德孤身一人。自从规划好和平和自由的人生路线后,他一直在独自旅行。他感到平静、自信。公交车散发着柴油味,慢吞吞地,就像童年时停在他祖父家附近的公交车一样。转弯时,所有人都紧紧抓住破旧的座椅。这些座椅曾被无数只手紧紧抓着。在他身边是一个男孩,闭着眼睛,戴着耳机,沉浸在自己的世界中。男孩也是孤身一人,他也是自由的吗?他多大了?十七?二十?他至少得十八岁了,否则他应该留在维亚尔(除非他掩盖了未成年人的身份)。他的牛仔外套下穿了一件马球衫,戴着一顶纽约流浪者队的帽子。就是这个男孩在抓着海岸警戒船时把衬衫撕破了,右边的袖子没撑住。他的样子就像一个偶然在异国旅行的游客。

奥米德微笑着,想伸个懒腰。他已经到了欧洲,尽管周边的风景令他不确定是否真的已经离开故乡。风景、声音、石榴树和无花果树。无花果树的树枝摩擦着左侧窗户。陪同他们的两名志愿者心情不错。女孩一头金发,从她拢头发以及使用隐形发卡的方式上就可以看出是北欧人。男孩棕色皮肤,胡须修剪得整整齐齐,完美的牙齿上露出迷人笑容。他们都穿着荧光橙色的马甲,与逃难者很明显地区分开来。他们都是自愿来到这里,旅途顺利。他们站在车门处,当一个人没站稳时,另一个人会扶住对方的手臂。他们同时履行好几个职责,其中之一便是过这个年龄安稳的生活。某一刻,女孩拎着一个装满瓶装水的袋子。她一排接着一排,一个家庭接着一个家庭地问:需要冰水吗?

轮到奥米德时,他要了一瓶。与他们此前经历的灾难相比,炎热的天气简直不值一提。事实上,这里的气候与他们之前的城市没什么不同。天空也不例外。

这里是欧洲。在这里,人们不会在夜晚猛然惊醒。在这里,他希望永远都不需要伪装。

公交车右转,靠向围墙,他看到两排集装箱,知道他们到了。这就是他要居住的地方。他们会给他一个枕头和一条毯子,用登记号码而不是名字来称呼他。管他呢。名字算什么?随随便便就可以改变。奥米德不是奥米德,说实话,他很乐意使用他们私下给他取的代号。无所谓。数字更可靠,它值得尊重,意味着服从。

轮到他时,他们给了他一顶白色的双人帐篷,上面印着蓝色的联合国难民署字母缩写。双人帐篷还算不赖,只要别跟不合拍的人共用就行。他环顾四周,每个家庭都有帐篷,那些独行者也是如此。每个人都有帐篷,真是奢侈。

你们来的日子不错,我们昨天又接收了一百个。

又来了一百个?还有多少人要来?

谁知道呢?选个地方安心住下吧。别选在海边,危险。

他们没有提其他的危险。大海似乎是其中最不值得一提的。有人随时准备将他置于死地;有人对他的生死置若罔闻;有人自始至终叫他"脑残""胆小鬼";有人张嘴呼喊神的名字却得不到回应;有人不懂他的语言或害怕他的语言;有人因为懂他的语言而害怕,而愤怒;有人贪婪,不惜一切代价,哪怕牺牲他人的生命也要自己活下来;有人从外面看着,心怀仇恨。危险数不胜数,但奥米德有他的人生道路。一言蔽之:智慧与冷静。也许可以加上另一个词:自由。智慧、冷静、自由。

奥米德走了半公里的路才找到一个角落。他放弃了墙边的位置,把避风处让给那些家庭。志愿者围绕在他们周围,微笑着,仿佛所有人都很满意,他们抚摸着孩子们,分配茶水。他们做得很好。孩子们已经筋疲力尽,他们有很多东西要忘记,又有一切需要学习。奥米德深呼吸,轻盈的空气使他变得轻盈,太阳从大海中升起,像复活的神。一个诞生于欧洲的、古老的、善意的神。

搭帐篷不难,很快就完成了。大自然提供坚实的地面,支撑着人类,同时也让动物们享受应有的生活。当冰雪到来时,大地会冻结,随后再次软化成泥。眼下,奥米德并不关心他的邻居是谁。他想象自己是在一家酒店,四周都很安静,只有一处传来噪声,而他情愿不去考虑噪音来自何处。他关心的是这里的电力如何运作,浴室和临时厕所在哪里,哪里有网络,如何搞到手机卡和饭券。在难民营临时主管的帮助下,这些简单的后勤事务在半小时内就解决了。主管挨个儿找他们聊天,做自我介绍。他想认识每一个人,看看什么对自己有用。

迪米特里斯和奥米德相互问好。

欢迎来到苏达。

他们高兴地发现可以用英语无障碍交流。这位初来乍到者明白自己需要一名对话者,而且也可能需要一位朋友。主管清楚自己需要一些可以信任的人。倒不是为了替他监视,只是为了能在事情朝不好的方向发展时给他一个提醒。与迪米特里斯告别前，奥米德在裤子上擦了擦手，手上的汗水让他有点不好意思。他想尽快洗个澡以摆脱一身臭汗，内衣已被小心翼翼地放进了背包。

去洗澡的路上，他感觉脚下的地面异常温柔。干枯的草，零零落落的石头，丝毫看不出几米开外就是大海。这是属于他的路，无法回头。在排队的人群前停下，前面有六个人，他开始吹口哨，那是几年前广播里经常听到的一首小曲：当我想到你时，花瓣从地面升起，在心房处变成一朵红色的花。女歌手经过修饰的声音盖住了他母亲的声音，毕竟他母亲的声音要逊色一些。前面的人转过头来，他们没听过这个小曲，只是把绿色洗发水瓶在胸口抱得更紧了。

奥米德想到了他的父母和兄弟姐妹，尤其是玛嘉。玛嘉跟他一样，为了打开自己的声音，孤零零地在一个大城市流浪，画她的画。也许在阿姆斯特丹。柏林？可能性不大。荷兰。凡·高。一个痛苦生命笔下愤怒的色调。

在奥米德前面只剩下两个人了。他拥有这个世界所有的时间和空间。很可能下周他就要准备面试，选择是否申请庇护。

他继续吹口哨：当我想到你时，花瓣从地面升起。

准备面试其实就是写自己的故事。省略掉情感，列举出事实。祖父的香烟,叔叔们被征召去战场,同学们在课间喊他的外号。这些外号首先威胁到的是说出他们的人,其次才是他们攻击的对象。还有蝉声蝉语,马里万①和希俄斯郊区橘子树的气味。这些都无法引起面试人员的兴趣,他们急着处理完手头的案子,好尽快进入下一个。此外,他的每一个选择都会被细细审查。连他空余时间玩什么游戏、看什么书也不例外。

双陆棋?十岁的时候?

所有人都学双陆棋。有分别针对新手和老玩家的规则。它既是小孩子的玩具,也可以作为一种复杂的战略游戏。

是一种两个人玩的游戏。你和谁一起玩?

这部分省略。不能让他们知道最初的假想对手,最终成了他不可缺少的伙伴。棋盘那头的灵魂伴侣是如此之近,以至于变成了他无法割弃的一部分。以下部分省略:这项长期的挑战训练了他去理解冲突的对立面,以带有高度爆炸性的吹嘘的形式克服来源于自身内部和外部的质疑,加以中和。他仅仅这样回答:

---

① 马里万,伊朗西北部城市。

和我姐姐一起。

哪一个?

"艺术家"玛嘉。

女人可以学习双陆棋?

这部分也得省略。深呼吸,保持最高警惕。绕开挑衅,保持冷静,坐在椅子上别动。此刻,肢体已经放弃了逃跑,逃跑仅仅存在于思想层面。他在脑海中画出了地图和路线,上面有过去经历的磨难、关于未来的打算、经历过的文字、省略的文字和准确的文字。

玛嘉在学建筑,她明年就要结婚了。她更喜欢按照现有的规则来玩。她说,在规则所限定的范围内可以玩出惊人的技法。而双陆棋可以帮助她想象那些规则。

那么你呢?双陆棋教你如何打破规则?

双陆棋的前提是遵守传统规则。生活创造了本身的规则,玩家必须知道如何将这些规则引入尚未探索的方向。世界就是这样向前发展的。

方向也好,世界也罢,这是制定规则的人——而不是受制于规则的人需要考虑的事情。你知不知道在遵守规则的前提下发挥创造力,会带来什么样的结果?

看情况。

看什么情况？

看规则的内容，看是谁实施的，由谁来评估违规行为。

评估者也要遵守规则。违规行为受制于规则本身。

规则的内容也应该受制于规则。这就是民主制度的起源。民主体现在规则的内容中，体现在与神圣的权利原则的关联性中，体现在对规则制定者的公开选举中。在非民主制度中，规则是随意的。抵抗规则成了一种责任，惩罚抵抗者是一种犯罪行为。我逃到欧洲意味着我信任你们的制度，你们应该感到自豪。有时候，我觉得只有我们才真正信任这套制度。我不知道欧洲公民是否跟我们一样对此信任。

这是信任还是天真？

他不停地与自我对话，哪怕是关于采访中可能会提出的问题，也总是会落入抽象的、带点哲学或意识形态的辩论中，尽管他很清楚，采访中的问题大多——不能说百分之百——不会超出具体的领域，一般都以"在哪里，什么时候，是什么，为什么，如何"开头，询问关于履历、家庭、日期、受教育情况、职业生涯、活动、收入、证据、选择、信仰等内容。对于一个在世间独行的年轻人，这还不够。他们会剖析他的眼睛、双手、坐姿、笑容、疲态,以寻找"圣战分子"的蛛丝马迹。一旦找到——哪怕只有一个,也会对面试结果产生决定性作用。这就是面试的目的,当然还包括尽可能多地将人拒之门外。将他们归为经济移民,赶走他们,尽快将他们驱逐出境,这样他们就不会干扰居民和选民。奥米德理解并支持这种谨慎行为,他也不希望和一个"伊斯兰国"的野蛮人乘坐同一个航班前往他梦想生活的安全国度。因此他乐此不疲、一点一滴地准备他的材料。

他有的是时间做此准备,或是任何他想做的事情。他的时间多得吓人。他强迫自己在学习和项目中休息,伸展四肢,不让身体习惯于一个固定的姿势,因为这本来就不是他的风格。到了傍晚分配晚餐之前,他绕着营地散步,从南面的入口一直到北面的酒吧附近。他不会进入酒吧,因为在官方规定的警戒线之外。他在主入口处的集装箱区域停了下来。那里谣言盛行,时常有外来者出现,寻找能引起人们对人道主义灾难关注的新闻报道。他理应对这些人心存感激。但这种行为中的一些因素令他不快,某种屈从感使他感到受伤。就像一头被猎人俘获的狮子,虽然得到万般宠爱,却唯独得不到自由。也许这只是他个人的偏见。也许值得警惕。

在某次独自一人散步时,他注意到一个戴着黑色头巾的女孩，坐在缺了一个扶手的沙发上。她身边有两个女人，她们看起来像两座死神塑造的雕像。第二天下午，又在老位置看到了女孩，一动不动，双手交叉放在腿上。仔细观察后，他发现那幅画中有一个活的元素，唯一一个，那就是女孩的眼睛。那双黑色的眼睛不仅仅是停留在事物上，而是想把它们吸走。第三个下午，他去找她。当他起身走出帐篷时，一种奇怪的感觉悄然而至。他希望一切都未发生改变，如同前几日那样；同时，他又希望那幅画中的黑雾已经消失殆尽。那幅画如同他来到这个陌生国度的第一个夜晚，深深吸引着他。

他壮起胆子，缓缓走近了一步，却没有看出任何变化。直到第四天下午他近距离经过时，才发现有一团粉色的东西使画面生动起来：一个笔记本。这一刻，他怀疑笔记本在其主人的目光之后又一次俘获了他的心。他正在被俘获。

他被俘获了。在接下来的几天里，内心的激动使他提前离开帐篷，眼睛更有神采了。他的眼睛和她的眼睛。

他要跟迪米特里斯谈谈。他得知道她的名字、家庭和目的地。当他坐下来为采访做准备时，他可以将话题拉得更远一些，把她纳入回答之中，和她一起玩想象中的双陆棋。他先是默默地将她称为"我的爱人"，然后，天晓得他不会在梦中独自重复这个名字呢?

我的爱人。阿米娜,我的爱人。

奥米德感到困惑,也对自己感到不满。在此之前,他一直都能保持身体距离,仅允许被她的精神所笼罩。性和爱,各处其位,和平共处,节约精力。他曾将精力用在一切事情上,包括在笔记本上写奥玛尔·海亚姆①式的四行诗。这种精力使他保持日常生活所需的好心情。他相信生活不过是一小段时间之旅,漫长的时间本身会对这一小段旅程进行修正。

如今,他比以往任何时候都更接近修正后的时间。在那段时间中,属于理想爱情的色调无限扩大,他对生活的想法与应该被讲述的生活相遇。如今,他想要接近想象中阿米娜的身体,她眼中的惊恐,她守护隐藏在笔记本中的光线的手。他想触摸她纤细的手腕,往下是她的手指——在他荒谬的想象中她的手指是冰凉的——感受她脆弱的身体依偎在自己身上。这成了一种强迫,一种向她靠近时难以平静的欲望。他的步伐有时在黑夜中回响,有时源于脑海。他已无法区分醒着的梦和睡着的梦,它们都占据着自己的躯体。一个

---

① 奥玛尔·海亚姆(Omar Khayyam,1048 – 1122),波斯诗人、数学家、天文学家和哲学家。代表作是《鲁拜集》。

迄今未知的、新的、不一样的身体，一个渴求的身体。

从迪米特里斯那里得知阿米娜和家人过夜的地点后，奥米德就开始思考如何与她搭上话。这并非易事。他想了一整夜，意识到那些女人不会放过她，连上洗手间时也一直跟着她。然而，有一段时间她们将监视任务交给一个比阿米娜大不了多少的女孩。两人手拉手，欢笑着离开营地。他心爱的人像一个刚学会走路的孩子，抬起眼睛，朝着自由向上生长，这一幕令他感到奇怪，也令他高兴。对女人来说，学习站立着从下往上看世界是困难的，以至于很多人只认识脚下的地面，并蜷缩到地面上。

奥米德决定，一旦能跟她说上话，他将借助话语抬高她的地面。既不能让她低头，也不能让她像月亮或四行诗那样遥不可及。

因此，他整晚都在斟酌第一句话该说什么，以及如何以更好的方式表达。笔记本。笔记本中的文字与其主人最为相似，它们由主人的手亲密地勾勒出来，是身份的堡垒。阿米娜口袋里的笔记本是她自身内在的一部分，而非表面假象，因此比她的鼻子或头发更属于她。奥米德决定买一个相似的笔记本，在扉页写上他的人生摘要。最基本的个人信息，既无修饰也无须应对审查，和他为采访准备的材料完全相反。

笔记本的最后是一个问题和一个承诺:"我会想办法尽快离开这个岛,你想和我一起走吗?如果你愿意,我保证会尊重你。你不必因为和我在一起而忘记哈尼夫。"

第二天午餐后出门时,他没有像往常一样把电脑挟在腋下,而是把笔记本放在裤兜里,裤兜有再次破裂的危险。他在加油站附近等着,当阿米娜和阿斯玛手挽着手走近时,他对她们说:

嗨,我是奥米德。对不起,我不想打扰你们,我只是注意到了你的笔记本。我也有一个笔记本。你喜欢写东西吗?

阿米娜和阿斯玛互相看了看,突然笑了起来,然后继续往前走。为了得到一个答案,奥米德可以不惜一切代价,但他觉得跟在她们后面并不合适。他往前慢慢走了几步,看着她们走远。突然,他看到阿斯玛回过头,在她朋友的耳边说了些什么。他当时的表情一定很绝望,以至于引起了那个年长女孩的同情。她们停下脚步,等着他追上来。他迅速观察了阿斯玛的怀孕情况,评估了她接受一个既不是兄弟也不是丈夫的男人站在身边所承担的风险,然后决定不再拐弯抹角,迅速采取行动。他将笔记本递给阿米娜。

我希望你能读一下。明天,如果可以的话,你再还给我。

他大步走回营地,钻进帐篷。他拿起了冒险带来的两本书的其中一本,是袖珍版的《奥德赛》。他翻了两页,什么也读不进去。他决定去老马鲁夫的帐篷。老马鲁夫是双陆棋高手,他买了一副带硬纸棋盘和塑料旗子的双陆棋来打发时间。到了晚饭时间,奥米德在人群中寻找阿米娜。等待分餐的人群并没有因为习以为常而不再感到尴尬或受辱。孩子们则都想打破秩序,得到一些额外的东西,比如一个苹果或一块饼干。没有看到她,也没有看到监视她的女人,或许是混入了其他同样一身漆黑的人群中。

黎明时分他才睡着。清风伴他入眠,帐篷的布条飘动,仿佛搁浅船只的帆。可能是运气好,也可能是因为警察采取了更严密的监控措施,当晚没有发生骚乱。他想象着第二天早上看到的阿米娜遥不可及的形象,这有助于他进入梦乡。他继续在半梦半醒之间游走,在她的身体上写下难以辨识的文字,她在笔记本的粉红色光芒下一丝不挂,熠熠生辉。

梦醒后的早晨比前几日还要热。帐篷被阳光穿透,几乎无法在此久待。在那片空旷的天空中移动是不可能的。迄今为止所发生的一切,以及今后即将发生的一切,都是不可能的。

阿米娜在那里，在她的位置上。他从她对面走过，只是瞥一眼，以免连累到她。就这样走了两次以后，才确定女孩投给他的是一个微笑。不是前一天和她朋友在一起的那种笑声，也不是之前的抿嘴笑。那是一个简短的微笑，就像戴着黑色头巾的蒙娜丽莎。

他的心脏怦怦直跳，释放着爱情的信号。这种心情一直持续到阿米娜和阿斯玛手挽手走出来，故意放慢脚步，好让他追上来。阿斯玛开口了：

我的朋友不好意思说，她很喜欢你写的东西。我们都认为你是个好人，但你不能跟在我们后面走。我已经结婚了，她才失去哈尼夫不久。

是的，奥米德可以理解，但他不知道该如何放弃。他既没有停下来，也没有往回走。坚持得到了回报。又走了几步，像昨天那样，阿米娜将笔记本偷偷递还给他，说道：

你走吧。带走你的笔记本，去看最后一页。

奥米德从这种态度中看到了拒绝，他返回帐篷的每一步都伴随着哭泣的冲动。但"带走……去看……"这样命令式的收尾点燃了他心中的希望。他既想制止这种希望，又想让它增长。他终于喘过气并打开笔记本，此时那些自我介绍看起来又傻气又荒谬。接着他看到了阿米娜颤抖的笔迹。

如果你遵守承诺，我愿意。

当天夜晚奥米德更加难以入眠。那个句子里的每一个字，以及接下来回答的每一个字都值得在脑海中、身体中百转千回。不能让她失望。必须立刻找到尽快离开这个监狱岛的方法。法律程序已经不那么重要。毕竟，首先不尊重法律程序的就是那些执法者，无能者比比皆是。也许他们是故意无能，好把责任推给其他人。有时是登记和评估弱势群体案件过程中的希腊式官僚主义，有时是欧洲庇护支援办公室在安排面试时的拖延。看着自由的人们乘出租车前往机场或渡轮码头是一件奇怪的事情。他和营地的其他居住者已经多少次被无缘无故剥夺自由？国际法大厦看起来就像一座纸牌屋，任由更大的利益集团摆布。他的非政府组织将致力于把自由扩大到所有层面，从个人到世界各族人民。那是一项根本的权利，即追求没有任何约束的生活，包括地理上的约束。重新建立《人权宪章》，增加全球自由流动，推动身份的自由选择，消除疆界和任何形式的歧视。用奥米德的话说，完全的自由会使邪恶畏惧，能将它禁锢在无用的挣扎中，最终自我毁灭。但如果他想带阿米娜一起离开，光有幻想是不够的,他必须找到谋生手段,找到一份工作,这是他之前从未认真思考过的。在二十多年的奋斗后,奥米德终于意识到现实就是最大的约束。

他必须不惜一切代价,在酷热的天气令他窒息前离开那里。热空气封锁了五十平方千米的岛屿和一百多平方米的营地。他不会独自离开。他想象自己和阿米娜乘坐他制造的气球一起飞翔,或是搭乘足够牢固的纸飞机升空,他们两个也是纸做的,像是从漫画里走出来的人,向下面的人挥手,承诺会回来把他们接走。他感觉自己在一个孤岛监狱中日渐消瘦。在这里走的每一步,哪怕在营地之外,也不过是在牢房周围散步。他和阿米娜将乘坐专为他们而建的气球远走高飞,若不如此,他们则会失去生命的恩赐和自由言论的馈赠。

吃完早饭后,奥米德就去找迪米特里斯。他说他迫切需要面试,好继续前往欧洲。他对自己的案例很有把握。他需要将这种紧迫性解释给有权力安排面试的人听。那么谁有这个权力呢?

我不过是个普通的市政雇员,你觉得我会知道吗?你去隔壁联合国难民署的集装箱问问,也许他们知道些什么。抱歉。

难民署仅仅提供帐篷和交通工具,除此之外他们就无能为力。官僚体系遍布各地,最好是通过某位政府人员去认识真正能帮到我的人。

我没有认识的人,只有一桌子的时间表和麻烦事。哦,还有一杯咖啡。

庇护支援办公室的人,别告诉我你一个都不认识。那些评估弱势人群案例、安排面谈的人。你只要告诉我一个名字,一个名字就行。剩下的部分我自己解决。

迪米特里斯从蓝红相间的烟盒里再次抽出一支烟。汗水加重了他的疲态,他没有时间,也没有精力去打理头发、刮胡子和吃早餐。送儿子上学是他唯一坚持的例行公事。即便如此,他心中还是有一种徒劳感,因为他对儿子的关注度在不断减弱,甚至儿子都不再向他问问题或发表看法,带着忧虑的沉默在两人之间蔓延,要将他们永远分开。好了,他已经没什么东西可以失去了。迪米特里斯用拇指在手机屏幕滑动,找到了他想要的号码。

我不能告诉你名字,但我可以给你一个联系方式。直接告诉他你想要什么。不要提我的名字。作为交换,你得告诉我是谁策划了火灾。

我不知道，我的朋友，很抱歉。我真的不知道。

你看着办，要么接受要么放弃。联系方式就在我手里。明天这个时候，你把我想要的给我，我就把你想要的给你。一言为定？

奥米德没有回答。他出了门，跑到帐篷里。他的耐心是有限度的。或许没有？几日前的那场大火烧毁了南边庇护点的帐篷，也烧焦了入口处的集装箱。对此他知道多少内情？不过是一些这里和那里听到的谣言罢了。他和其他人一样，帮忙救火，为消防员打气。说实话，和营地的安全相比，他更关心阿米娜的命运。迪米特里斯想让他做什么？他又能做什么？

在营地入口处贴一张写着"我们不贩卖我们的权利"的海报？还是像上次那样，在议会大厦门口为了传播和平和自由的权利而绝食？没有用的。谁会在意他的绝食？曾有一名男子在维亚尔自焚，很少有人为之震颤，甚至消息都没有传播开去。奥米德可以将他们的悲惨状况以照片的形式发布出去，可以敲打因恐惧而受惊的欧洲的大门。他可以发布关于他个人情况的照片、影片以及对同类人群的采访。但很少有人会看到，倾听者更是少之又少。愿意倾听的人都非掌权者，能提供的帮助极其有限。没有人真正在乎他们。相反，只有通过打压奥米德这类人才能赢得选举。如果他在屏幕上倒下,半个世界的人会去看一眼,接着继续将手指滑向那些欢乐的图片。四分之三的人会因为他被驱逐出这片自由的土地而喝彩,四分之一的人会感到遗憾,同时保持沉默。一只毛茸茸的、濒临灭绝的熊猫,或一只被亲切地称作"奥米德"或"罗德"的猫咪恐怕都能博得更多关注和同情。他是谁?凭他这样一个普通人就想敲开西方世界的大门?"别痴心妄想了,回家吧,你这个怪人。我们这里的恐怖分子已经够多了。"若他辩称自己不是原教旨主义者,哪怕说自己不是穆斯林,也毫无用处。没人会相信他。要么遵从掌权者强加的规则,要么屈服于那种联系性,哪怕失去生命,任由命运决定沉浮。

那么就得让阿米娜失望了?决不能。

告发同伴?也许肇事者是一个敌方团伙。有传言称,某个小型组织准备在营地制造混乱,借此推动偷渡的生意。发灾难财毕竟是最有利可图的全球性职业。这个组织是存在的,要揭发它很容易。事实上,也应该这么做。但奥米德也知道,这群人并不是唯一有罪的一方。那场火灾的背后是充满仇恨的声音,这些声音利用小道消息,在夜晚的掩护下,也可能在警察的保护下,从外面行动。

阿米娜想要的是逃跑的办法,而不是等待的办法。

就在这时,他想起了那名翻译。胡安什么都知道,因为他一直是所有谈话的中间人和知情人。

他走回营地主管的房间。若有人这个时候看到他在帐篷间匆匆穿梭,一定会以为已经发生或者即将发生什么新的倒霉事,或者他在逃避自己做的事情,逃避自己的噩梦。

他敲了敲那扇金属门,并不抱有太大希望。他用力地敲了敲。现在一切都取决于他的力量:生命、生存、爱情。他猛冲了进去,双手撑在迪米特里斯的桌子上。

我说的那个组织你也知道。没错,就是你现在在想的那些人。他们为了赚钱不择手段。但如果你真的想知道真相,赤裸裸的真相,那就盯住每一个调查人员,一个一个地盯着,不要错过任何细节。如果你不想给我你答应我的联系方式,我能理解,我没能带给你什么新的东西。但至少给我那个翻译的联系方式。你知道的,胡安只会在法律范围内提供帮助。

迪米特里斯把他剩下的烟蒂捏碎放入空盒子,双手交叉。奥米德的脸涨得通红,就像一个面对生活锋利的棱角却毫无准备的人,只能用指甲、牙齿、话语这些仅有的武器与之对抗。这是他的整段经历中最激烈的时刻。

好吧,我给你胡安的联系方式。但他什么权力也没有,只是一个翻译。他太相信话语的力量了。

第二天,在约定的时间,当奥米德经过阿米娜时,向她身边的女人们打招呼。

愿光明永远伴随我们,远离这个岛屿。我预计一个月内离开。

他连看都没看阿米娜。不需要。妇女们微笑着祝福他好运,并遗憾自己无福享受这样的话。她们不会想到,不知不觉中自己也在祝福那位正在看守的女孩。对于这个女孩,她们唯一可以遗憾的是她受到了爱神的眷顾。

第124场。奥米德向世界发声。
镜头1,开拍。

"你好,我叫奥米德。我来自哪个国家并不重要。和其他人一样,乘坐一艘满载绝望者的橡皮艇,穿越身后的大海来到这里。我们冒着被大海吞噬的巨大风险来到这里,你们可以想象,我们所逃离的生活堪比死亡。我知道,你们已经见过太多我们在家乡受苦的照片，但也许你们还没有……"

停！

这位被称为"糖果人"的伊朗电影导演还要在岛上待上数周拍摄电影。他已经接受了奥米德的建议：在电影中加入一段他的陈词。

我的想法是传播一些场景，至少是有我的场景。你不是什么事都自己一个人做，对吗？你有音响师，有摄影师，有那么大一群人，不是吗？我想要一个专业的场景，你明白我的意思吗？那些业余影片初衷都是好的，但无法传播出去。新闻报道也是，毫无作用。我想要一些强烈的画面，你明白吗？迪米特里斯同意了。

奥米德的计划和这位电影导演的最初想法相左。奥米德想按照大制作的风格布置整个场景，借此创造逃跑的机会。"糖果人"对基亚罗斯塔米[1]或帕纳希[2]的美学更加敏感，例如《十段生命的律动》[3]以及贾法尔·帕纳希的《出租车》。

---

[1] 阿巴斯·基亚罗斯塔米（Abbas Kiarostami, 1940－2016），生于德黑兰，最著名的伊朗电影导演之一。
[2] 贾法尔·帕纳希（Jafar Panahi, 1960－ ），伊朗电影导演、编剧、制片人和剪辑师。
[3] 《十段生命的律动》，阿巴斯·基亚罗斯塔米导演的作品。

"苏达，16/17"是他为自己的电影所起的标题。他在岛上什么都做一点，尤其是安慰他人，这是最紧要的事情。与此同时，电影在他脑海中形成了。有两个对立的视角：从安全地带观察他人的视角和被观察人的视角，他们处在同一个区域，却不在同一处。在那里，时间被分为截然不同的三部分：无助者的时间、观众的时间和电影导演的时间。导演作为中间人处于第一点和最后一点之间。

但这位艺术家无法拒绝帮助这位陷入情网的年轻人。他同意进行一天的拍摄，但有两个条件：首先，最多只能一天；其次，奥米德可以决定自己的台词，其余的一切都由导演决定，包括其他的陈词和配套的画面。

停！如果你把这个画面和大家每天在电视上看到的画面相比较，你就知道没什么胜算了。没错，他们看到了战争，但他们也看到了自己城市中心死去的人。直接进入主题。你想要什么？谁能给你？来吧，再试一次。

第124场。奥米德向世界发声。
镜头2，开拍。

"我们冒着被大海吞噬的巨大风险来到这里，你们可以想象，我们所逃离的生活就是每天眼睁睁看着我们所爱的一切在身边爆炸，不知道下一步是否就是深渊。也许这一切没有直接发生在你们身上，但它或许发生在你们某位祖先身上，也可能会发生……"

停！没有人喜欢面对威胁。大家都受够了威胁。恐惧。是恐惧引来孤立和对抗。别招来恐惧，好吗？

第124场。奥米德向世界发声。
镜头3，开拍。

"……看着我们所爱的一切在身边爆炸，不知道下一步是否就是深渊。幸运的是，我们在这里，我们是幸存者。这片土地收容了我们。在这里，权力会保护逃亡者。不要害怕我们，我们带着善意而来。在这里，我们遇见了来自各个国家的人，他们都愿意帮助我们。我们感谢他们为我们所做的一切。但我们不能永远待在这里。这些营地什么都没有：没有屋顶，没有光，没有希望。我们想要的不是让这些优秀的人来找我们，恰恰相反，是我们踏上旅程，去找你们。"

停！你疯了吗？你怎么能在他们脑海中勾勒出突然和陌生人见面的景象？陌生人就是你们，也是我。没人愿意把自己的街道想象成一个巨大的森林,每棵树背后都有一头狼在窥视。你这是在要求别人理解你,但没有人愿意理解你。他们最多愿意远远地给你提供一些帮助。要是能得到几件脏兮兮的T恤和穿破的运动鞋就算你走运了。

够了,糖果人!我们不是乞丐。我拒绝因为打扰而道歉。这是我的权利。这里没有人失去尊严。难不成你觉得已经失去尊严了?

周围的人都被这声喊叫吓了一跳,但没有人敢插手。奥米德和电影导演像敌人一样对峙着。这没有任何意义。他们出生在同一地区,都以传递和平与理解作为人生使命。为了使身处险境的人们不再受到轻视,他们团结在一起,共同奋斗。他们之间到底在对抗什么?

这一次,阿斯玛不能像几天前那样给奥米德解围了。那次是在公园,迪佩特营地的拆除现场,奥米德和警察发生了冲突。这次阿斯玛和阿米娜也在边上,大家都是来看电影拍摄的。女孩们手拉着手,除了等待没有别的办法。阿米娜颤抖着,想象着奥米德的身体躺倒在地。奥米德的身体、他强有力的声音都与哈尼夫的声音和倒在废墟中的身体混淆在一起。她看到自己正在捡起散落的碎片,却不知道会拼出哪一个人。她睁开眼睛，拒绝看到这些令人窒息的画面。这些画面被淹没在从地面和天空升起的尘埃中。只要我尚未从那里飞向世界，只要我还是阿米娜，我就永远摆脱不了这些画面。

我当时也很紧张。但我知道这是两个男人之间的事，只能通过他们自己解决。

幸运的是，迪米特里斯的想法和我一样。我看到他走近奥米德，用手搂住他的肩膀，在他耳边低声说了什么。然后我看到他走近导演，请他先停止拍摄，休息一下。

我们走吧？

迪米特里斯把两个人带进集装箱，关上了门。

到这个时候，我已经对他们三个人非常了解，足以想象里面会发生什么。我知道他们会调解好的。

随着他们的离开，观众纷纷散去。我继续思考着那场看似毫无意义的冲突。最后我决定离开那里，找个安静的地方去吃点东西，远离营地，远离那些令人伤心的旅游景点。我在À la Crème面包店买了金枪鱼三明治和可乐，然后乘出租车去了海滩。人与人之间有着无尽的距离。比如我和翻译胡安，以及我和奥米德之间。很容易就能对他们产生好感。胡安是完美志愿者的化身：他帮助、安慰每个人，他想各种办法将现实扭向利于难民的那一方。不同的声音像连续的对话一般在他脑海中交织，他甚至可以将那些梦想扩大。奥米德是一名完美的寻求庇护者：他的事业最纯粹，也最危险，那就是跨越国界和歧视的博爱。当他还是一个孩子的时候，这个事业就以激进、非暴力的形式冲击着他，使他成为一个了不起的人。然而，无论如何努力，我都无法抓住他们最深处的冲动，无论是胡安还是奥米德。在我看来，他们的内心很久以前就被一种对个性的巨大渴望所占据，并且两人都非常自然地行使这种渴望，以至于当他们与障碍不期而遇时可以变得如此顽强好斗，而障碍之一就是他人的个性。他们俩在这一点上很相似。另外，他们跟"糖果人"也很像。也许每个人都是如此，只不过将自己隐藏在人群中罢了。

在这一点上，我跟他们也很相似。我能够将他们纳入我对生活的全景式视角之中，但当我想用显微镜观察他们的思维方式时却失败了，哪怕我用的是一种友善的、带有信任感的镜头。

太阳从爱琴海上落下，土耳其渐渐消失在阴影中。我想，这种失败在无尽的相互不理解中延伸，是人类之间斗争和战争的源头。卑鄙的行为并非基于力量，而是基于软弱；

并非基于勇气,而是基于恐惧。英雄利用卑劣行径中的恶去帮助他人。而那些试图解读出善良的人——比如我——却一次又一次地失败。这类人不是英雄,不过自以为是未来的信使,路过这个世界罢了。

拯救我的是风。风拍打着橄榄树,似乎要把它们从岩石中连根拔起,然后扔进山林里。风呼唤我,命令我回到岛上破败的地面。我穿过马路和一片漆黑,直奔卧室。那里,被扔在床上的灯、地图、书和电脑拯救了我。那是一个普通的夜晚,跟其他的夜晚没什么差别。据我所知,没有多一个人,也没有少一个人,我什么也无法改变,没有什么可以改变我。

第二天,我从阿米娜那里听说奥米德和电影导演已经和好。这是阿米娜第一次不紧不慢地跟我谈论那个库尔德男孩,她被他迷住了。

奥米德什么都知道。他将那些最不起眼的东西看成是独一无二的,仿佛它们是从他的话语中诞生的。石头不是石头,而是土地形成的一种特殊形状,独一无二。他说,自然界中没有两样东西是完全相同的,不管是大海中的两滴水,还是来自两个声音的同一句话。与他的话相比,我在笔记本上写的东西太短了。我跟在他的话语后面跑,却只留下痕迹。这些痕迹是如此微小,而我跟他的距离又是那么遥远。

一大早短信就来了,带来了一个好消息和一个坏消息。好消息是面试安排在两天后,坏消息是面试的地点在希俄斯。他原本期待他们会让他去雅典,这样他就可以按照约定带阿米娜一起去。他的计划很简单:以突然身体不适为由,要求一位最好的朋友陪他一起去,而这位"朋友"就是打扮成男孩的阿米娜。剪了短发的阿米娜混合了陌生感和相似感,更令他喜欢。摘下头巾吧,我想摸摸你的后颈。奥米德在心中这样请求,却没有说出口。也许他会贴着阿米娜的耳朵清清楚楚地说出来。阿米娜时不时地躲进树荫中,靠在一棵桦树的树干上,把头巾整齐地叠在身边,脸转向奥米德目光的对面。渡轮的管控越来越严格,即使计划未能成功,他确信一旦到了雅典,随着庇护申请程序的进行,他可以亲自回到岛上接她,他们会很幸福,一起继续为博爱而奋斗。

这条短信扰乱了他的预想,迫使他重新制订计划。他将参加面试,阿米娜会去找他。事情的发展糟糕到了极点,他们不应得到这样的结果。他甚至没想过庇护申请会被拒绝。还有两天的时间,用他的文件去经历陷阱的考验。他拨通了翻译胡安的电话。

我是奥米德,我是迪米特里斯的朋友。你能帮助我吗?

最好的事情莫过于咀嚼洋乳香①颗粒。游客们在行李箱里装满了小袋的止咳糖、果冻、助消化的谷物以及洋乳香。洋乳香有利于呼吸道和消化道,可用于密封门窗,还可以帮助当地居民的荷包维持到月末。洋乳香万岁。

游客走了,志愿者来了。这种调换不划算,因为志愿者不买东西,他们提供的东西不值钱。

在这里,可怜的流亡者微笑着接受一切。恼人的、永远充满感激的微笑。

你的朋友们摇着头埋怨你,有些人嘲笑你,任你迷失在一片尽是石头和泥土的海滩上,时不时有各种碎片被冲上岸。可怜的迪米特里斯被临时流放到此。

别再一根接着一根地点燃香烟了。去嚼一嚼洋乳香吧,迪米斯②,洋乳香万岁。

洋乳香(迪米特里斯篇)

在苏达营地的一个中央集装箱里接待我的那个人向我解

---

① 洋乳香(mastic),漆树科植物黏胶乳香树的树脂,主要产自希腊,可用作药物、食品、填齿料等。
② 迪米特里斯的昵称。

释，奥米德想要这么快离开这里是多么困难的事情。

迪米特里斯留着金色的胡子，身材魁梧。这片挨着城堡高墙延伸的营地暂时由他担任主管。我不知道我是否把他的职衔翻译对了，因为如果营地是非正式的，那么他的职位也是非正式的。如果我连他的职业、属于哪个组织、谁提拔了他都不知道，我又如何称呼他？主任？经理？还是领导？我不知道，我也不会问，因为我担心他会生气。出于某种原因，他不穿制服，T恤上也没有佩戴徽章或标志。

无须提他的名字，奥米德之所以面临那么多困难，原因很简单：有两份名单，叙利亚人和其他国籍的人。叙利亚人的名单移动缓慢，而其他人则完全停滞，哪怕来自臭名昭著的暴力和政治迫害的国家。有《日内瓦公约》，还有推动其实施的一系列程序，例如在欧洲有《都柏林协议》。但问题是这些人被迫无限期地滞留在岛上，无法申请庇护。

迪米特里斯解释说，叙利亚人有优先权，他们等待的时间相对较短。在叙利亚人中，无人陪伴的未成年人、孕妇和一般弱势人群（如儿童和老人）则更具优势。他解释说，距离雅典的庇护资格面试还有一个月到一个半月的时间，面试之后他们就可以等待最终决定了。他忽略了——也许他不知道——不利的决定一直在增加。

他在回答时没有一秒钟的犹豫。他保持镇定，带着礼貌的浅笑。他将所有的紧张情绪都集中在香烟上，集中在对尼古丁的渴望上，集中在捏着烟盒的手指上。他是一个可爱的硬汉，说他可以充当好莱坞大片的主角也毫不为过，就像马特·达蒙，或者发福了的莱昂纳多·迪卡普里奥。当然，在影片中，他不可能像现在这样——征得同意后，坐在堆满文件的办公桌后面一刻不停地抽烟。

他话语中透露的信心、他的热心以及他应对记者的能力让人相信他说的是真的。

然而，事实却否定了这一点。来自叙利亚的孕妇阿斯玛已经在岛上待了超过一个半月。她在等待批准她前往雅典的消息，尽管这只是一个简单的家庭团聚申请。

我在中心认识的另外两名妇女很高兴，因为她们已经收到通知，将在下周一前往雅典。她们五个月前来到岛上，两人都有年幼的孩子，即将与丈夫团聚。

迪米特里斯"缩短"了弱势人群的等待时间。也许是为了展示他祖国的政府机关更好的形象，这是可以理解的。不管怎么样，希腊所做的一切已经超出应做的范围了。作为注册商标的欧洲正试图把皮球踢给南部海岸，放慢或停止批复的进程，以示威慑。

洋乳香（迪米特里斯篇）

也许对某些人来说，这位主管告知的等待时间是正确的。不难相信，在那些难民营中，人们日复一日为生存而混战，人情是可以交易的。

营地内发生的地下活动、家庭间的冲突、斗争、阴谋、攻击性冲动，都逃不过迪米特里斯的眼睛。他都知道，都看到，并且进行干预。我们的谈话不断被电话、紧急请求和敲打集装箱窗户要求他出面做决定的难民所打断。他向我致歉，然后走出去。我看着他毅然离开，看不出任何情绪的变化。钢铁般的神经。也许马修·麦康纳①扮演他最为合适，尽管他没有《真探》（第一季）中主人公那种忧郁神色。

某些数字也令人怀疑。作为唯一一个由政府管理并设警察管治的难民营，维亚尔难民营人口约为一千一百人，这一点是公认的。位于城市公园附近、后来被拆除的迪佩特营地约有三百五十名难民，也没什么疑问。但是，这个由迪米特里斯管理的苏达营地仅六百五十人？来自各个组织的志愿者都断定绝不可能。营地一直延伸到视野之外：一边是帐篷，另一边是集装箱；再往前两边都是帐篷，顺着城墙蜿蜒伸展。每天都有船只到达。联合国难民署提供帐篷，城市提供

---

① 马修·麦康纳（Matthew McConaughey，1969— ），美国男演员。

空间。空间似乎可以无限延伸,仿佛要创下最长的乐高积木世界纪录。此后,我将在一个冬季的暴风雪中读到可怕的数字:四千。为了再次确认,我将在另一则新闻中读到这个数字。确认无误,我感到茫然。当又一个夏天到来时,这个数字将会下降,不是因为庇护得以批准或是难民被转移到体面的地方,而是由于逃跑、驱逐以及抵达人数的减少。接着,数字将急剧下降,原因是这里的所有人——包括在一波难民高潮中新到达的人,都将被迁到维亚尔的郊区,周围环绕着铁丝网,地面是排水管和蝎子。

那么,为什么迪米特里斯扔给我一个小于真实情况的数字呢?根据当时从各处听到的消息,少了两三百人。志愿者提供的饭菜数量是一个很好的参考依据,有人说有九百人,还有人说是一千,甚至一千一百。

迪米特里斯的职责是在混乱的世界中维持日常和谐,他是否在故意撒谎?为了营造一个他所代表的机构(我猜测是市议会)控制局势的虚假形象?为了让外界看来他们还可以持续不断地接纳更多人?

迪米特里斯是不是被志愿者的行为所蒙蔽?志愿者会不会偷偷地帮助搭建帐篷,好多容纳一个家庭?会不会存在一些隐秘的独立设施,而他浑然不觉?

然而，既然从维亚尔带去那里的人都登记在名单上，这一切又是如何操作的呢？

迪米特里斯解释道：

当一艘船到达时，幸存者由警方接走。我们允许志愿者协助，他们通常都能帮上忙。在海滩上，他们评估人们需要的东西如衣服、药品和食物，评估是否需要去医院。然后将他们带去由政府和军队管理的维亚尔营地，在那里进行了第一次简短面试，只是为了登记。政府决定哪些人留在维亚尔，哪些人来到这里。来的人中既有男人也有女人。那边大多数是女人和孤儿，也就是无人陪伴的未成年人。交通工具为大巴车，费用由联合国难民署承担，尽管难民刚抵达时收到的小册子上写着车费为三欧元。

维亚尔那边告诉我们即将到达的人数，我们每天都面临空间的不足。两周前，我们说我们不能再接收新人了，我们已经满员了。但志愿者和非政府组织提供了帐篷，请求我们继续接纳新人。我们又能怎么做？

我数不清迪米特里斯的回答多少次被电话和介入的请求所打断。在他被打断的时候，那个看起来像是他的助手、扎着马尾、穿着豆绿色上衣的希腊女孩继续补充营地里发生的一些糟糕的小事，比如家庭间的小冲突、规模大一点的动乱、酷暑、对冬季的悲观预期、关于等待时间的未知数、发生改变的希望渺茫，还有在回应绝望者问题时词汇的匮乏。

迪米特里斯准备开始谈论第二次面试的情况。视不同情况而定，可能是受理面试或者资格面试，这次面试将决定庇护申请是否会得到处理。就在这时，窗户玻璃处传来令人不安的敲击声。敲打玻璃的不是几根手指，而是整个手掌，事态紧急。那是一个身材高大、穿黑色衬衫、头发苍白的男人，怀抱着一个还不到两岁的孩子。孩子面色苍白，奄奄一息，头顶扎着发髻。

医院，医院。

这件事值得关注，同时还需要一名翻译。

我跟在迪米特里斯后面走出门。没人阻止我，我就参与了接下来发生的事情。不过我一直是远远地看着，以免唐突。

是记者吗？欢迎，一起来吧。

迪米特里斯顿了顿。他的微笑中显然隐藏着一连串无益的句子。

洋乳香（迪米特里斯篇）

我无权控制难民的进出，更别说控制记者了。如果有人穿着T恤、佩戴着标志出现在这里，哪怕他的真实身份是卧底特工，对我来说他就是志愿者。你说我是一名卧底特工？你肯定不知道我在这里领多少工资，况且我只是暂时代替已经被任命的营地主管。记者们总是偏执地认为他们可以改变世界，也许他们可以，但他们其实并不想改变世界。总有一些人比记者更管用。人们并不想了解。这是欧洲的边缘，欧洲的尽头，无人确信这真的是欧洲。土耳其是一个巨人，一只脚踩爱琴海这头的海岸，另一只脚踩在那一头。埃尔多安知道怎么跟记者打交道。是的，我已经厌倦了接受采访，我做好了应对一切采访的准备。如果他们让我走，我就回到比雷埃夫斯银行去当保安。但他们不会让我走，我很清楚我要说什么以及隐藏什么。这年头谁还相信记者？如果他们做现场直播，最后总是以爱琴海的美丽全景结束，甚至连弗隆塔多斯的磨坊都不会漏掉。大多数人看到报道后都想手握着机枪亲自到这里来。记者？如果这件事传到欧尔班的耳朵里，他就会派人去处理，他不缺办事的人。如果能一口气把他们都消灭掉，还犯得着花钱建设边境线吗？你问我？不，我认为他们在这里跟在其他任何地方是一样的。如果留在这里，他们最好保持沉默。他们对着摄像机说得越多，就越有可能离开这个地狱，那么留给我的东西就越少。如果他们把这个地狱的门关上，我也无所谓，我可以去其他地方做看门人。

他的微笑中藏着抱怨，隐藏在浓密的、在市中心一家理发店打理好的络腮胡中。我想象着他回到家，不管是几点钟，都会到客厅把脚往茶几上交叉一放，打开电视搜索连续剧。给自己倒一杯威士忌，加三块冰块，然后关掉手机，就这样安静、舒服地坐着，直到进入梦乡。睡梦中的呼吸不怎么顺畅，醒来时喉咙干涩。由于营地内到处都是灰尘，他的鞋子、衣服、头发、胡须都蒙上一层灰，悄然形成第二层皮肤——流亡者独有的皮肤。这层皮肤的主人无法逃离监狱，更别说从城市逃到岸边的松林，再到包容一切的大海，最后到另一头的海岸，像空洞的、易碎的贝壳在沙滩搁浅。迪米特里斯的皮肤和他看管的那些人一样是脏兮兮的。当他躺到妻子身边，寻找她的身体时感觉到她在抗拒，蜷缩到床沿，佯装熟睡而眼皮却在动。"拜托，艾琳，我已经洗过澡了。""那就再洗一遍，一遍可不够，我可不想染上这层灰。"

当迪米特里斯送儿子去学校时，别人都远远地跟他打招呼，仿佛他成了某个犯罪集团的帮凶。由于每天都送雅尼上学,他请瓦西利斯在早晨的那段时间替他照看营地,并以万宝路作为回报,代价不小。但如果他错过儿子一天中最期待的时刻,那么儿子生气导致的代价会更大。他特意穿了衬衫,在穿过绿色大门时理了理头发,一只手搭在儿子的肩膀上。孩子已经六岁,不愿意手拉手了。他感到孩子柔软的脖子伸直了:"这是我爸爸,所有人都归他管。"

哪些人?

那些游客。他们坐着小船从很远的地方来到这里,等着将来坐大船去欧洲。

那些人不是游客,是海盗。

他们可不是海盗,他们是侵略者,来偷我们的房子、我们的公园、海滩、足球场和所有一切。

他们来是因为他们是穷人,只知道哭和讨东西。他们甚至不会像我们一样说话。

如果他们去学校学习说话和写字呢?

你疯了,他们不敢。我会把他们都踢出去。

迪米特里斯听着孩子们断断续续的谈话。他也听出了孩子们的父母在他走近时突然间的沉默。他有意跟每个人问好,迫使他们一个一个地回答,包括素不相识的人。"早安。"他们这样回答,没有人附带上他的名字。早上好,亚当,早上好,亚历克西斯,卡里梅拉,乌利。

没有人跟他认真打招呼,只有西奥除外。西奥是玛利亚的父亲,长得像一个带胡子的乒乓球。他踮起脚尖给他一个拥抱,把自己的胡子和迪米特里斯的胡子比较一番,测量生长情况,开着玩笑。

同时,儿子缠着他让他在学校展示一下肌肉,这位苏达营地的临时主管拒绝道:

要有耐心,孩子,你必须自己去对付那些人,如果他们不相信你,那是他们的损失。

他不威胁任何人。他是一个杂技演员,行走在悬崖峭壁间细细的钢丝上,满身是汗和灰尘。当他回到营地遇到孩子时,会象征性地拍几下他们的球,然后就一头扎进集装箱办公室。他必须保持权威,这样才能处理纠纷,安排轮班净礼,监督供应卡的发放。

他一直待在办公室,只有当别人喊他处理紧急情况时才出来。紧急情况总是以惊人的频率出现,从未让他可以安静地抽完一整根烟。

有时,他会有一种冲动要将手搭在一个穿着大两个尺码

T恤的孩子肩上，邀请他参加他儿子的生日聚会。因为很不巧，儿子的同学们都在前一天生病而不能参加。

你好，阿坎，明天是我儿子雅尼的七岁生日。我想邀请你参加他的生日聚会。我们会准备巧克力蛋糕、比萨和薯条，还有寻宝游戏。

你好，哈迈德。明天我的儿子雅尼七岁生日。我想邀请你……

但他没有这么做。把一群睡眠不足、成天担惊受怕的孩子带回家是危险的，决不能让这样的事情发生。他可以面对仇敌间的争斗，可以面对蛇头，甚至可以面对绝望者的威胁和营地内的暴乱，但这些都不能和他的家人、他的儿子的社会性孤立相提并论。人们会把他的小雅尼和那些来自异域的小入侵者相提并论，这是非常危险的。会不会有一天，他们自己也像那些人一样，不得不放弃一切，逃亡他乡，最后一头撞上越来越高的墙？所以，有时候他会无缘无故地责骂那些外国孩子："喂，你们要去哪里？我不是说过不要往那边跑吗？你们不能打扰露天座位上的人，听懂了吗？"这些孩子才是令他生活走下坡路的真正罪魁祸首。他们的父母不是大问题，如果他让他们在外面晒晒太阳不会给世界带来什么坏处。对于那些打架和逃跑的人，后者反而能减轻负担，前者则惊不起什么波澜，忍着点就好。是那些孩子打乱了他的意图，他们是一种瘟疫，他必须保护的瘟疫。

总有一天我会离开营地，回归看管贵重物品、保险箱和秘密的老本行。这些闪闪发亮的东西从不会抱怨。但到时候一切又会怎么样呢？谁会叫救护车来救阿里的儿子，萨伊德的孙子？

这个家伙是奥米德，次等难民。先是在库尔德斯坦地区，现在到了这里。怪人。要么就是天真，要么就是骗子，不存在中间选项。待人友好，不是讨好那种类型。我注意到他的电脑已经很破了，但还能用。他擅长讲故事和传播故事，社交网络上到处是他的故事。报纸偶尔提及，电视报道则越来越少了。算了吧！故事越多，阴谋就越多。现如今谁还会相信以奄奄一息的希腊为背景的真实故事？谁在乎呢？寥寥无几。如何责怪他们？他们在家里，陪伴家人，忙于日常琐事。如果敲他们家的门，他们可能会把门打开。如果他们不开，还会有其他的房子。房子永远不缺。如果实在没有，还可以睡在路上，或者去临时庇护所。假如灾难在这里发生，被迫穿越爱琴海的是我们，那么又会有多少人学习我们的语言和我们的美食，体面地接纳我们？

迪米特里斯将目光投向四面八方，如灯塔一般。警戒时就是要这样做，试图发现下一次会在哪里发生动乱。对可接受的采取协谈，不可接受的则明令禁止。问题在于如何确定可接受的界限。更糟糕的是一股脑儿禁止一切。若想在不碰任何人、不用任何武器、没有任何权力的前提下把一切都做好，恐怕只有超人才能做到。哦，对了。迪米特里斯靠在沙发上，拿着电视遥控器胡乱搜索着，浮想联翩。我可以在好莱坞碰碰运气。不是作为演员，而是作为角色。

我在这里。我叫迪米特里斯，我临时管理一个营地，这里的人来自丧失理智的地方，说着难以理解的语言。他们一无所有，没有工作。人越来越多，没完没了地拥抱和对抗，持续不断地爆炸，仿佛每个人都是一颗地雷，最好躲开。你们有没有见过大量辅路，它们通往施工中的高速公路，都是单车道，还带有信号灯系统？我说的就是这种路，但路面有陷阱，孩子们有脱水的危险，还被老鼠咬伤。我到这里来就是充当一个角色。如果你请他们帮忙，他们会愿意充当群众演员。我凭什么是英雄？因为我是所有人中唯一的孤独者。因为我不属于他们的土地，也不属于他们梦想的土地。我勉强属于一个中途之地，一个贫穷之地。

迪米特里斯就是这样想的。他很清楚，自己随时可能被叫醒，去处理骚乱、疾病或一场灾难。灾难总是悄然而至，除了那些贫穷的居住者和他这个临时居民外，很难被人注意到。如果奥米德愿意的话，他可以是一个盟友，一个帮手。至少，针对他的同胞来说如此。

还是说他是一个精心伪装的敌人？最危险的那个？

迪米特里斯等了两天，悄悄地监视他的每一个脚步。他跟自己一样，是一个孤独者，显然，在营地里没有朋友，也不想有朋友。他冲完澡，刮了胡子，排队去吃早餐。第二天他出现时，头发剪短了，一小簇刘海让他看起来有点孩子气。吃完早餐后，他就会把电脑挟在胳膊下离开营地。毫无疑问他是去找无线网，那些人不都这样吗？不同之处是其他人都用智能手机，而他则用一台超过五年，在无数次逃亡中幸存下来的西门子电脑。

迪米特里斯查阅了维亚尔的记录。奥米德·伊姆雷，1991年1月27日出生于科布。来源地：伊朗。语言：波斯语。宗教：（空白）。出发地：土耳其伊兹密尔。到达地：希腊希俄斯。庇护申请类型：种族迫害、死亡威胁、政治敌视、宗教敌视。备注：第一次庇护申请发生在库尔德斯坦地区（宗教迫害），2014年4月14日。

洋乳香（迪米特里斯篇）

故事不错。细节够多，不可能是假的。太过含糊不清，不可能是真的。第三天，迪米特里斯给科斯塔斯打电话。

给我盯住这个人。整个早上都不要让他离开你的视线。

大约到了中午，科斯塔斯独自一人回来了。

别跟我说你把他跟丢了，你这个没用的家伙。

别着急，老板。这家伙甚至都没挪动一下腿。他自从离开这里后就一直坐在公园的长椅上。

长椅？哪个长椅？

比雷埃夫斯银行发出的网络信号最强的那个地方。我已经试了在不同地方蹭网络。我想回来吃午饭，不想继续抓神奇宝贝了。公园里有一大堆神奇宝贝，你都无法想象，它们都在喷泉边扎堆。

但我们的那位朋友可不在喷泉附近。

他安安静静地在椅子上坐着，只有手指头在响。

他是在跟人聊天吗？

我看他是在和全世界的人聊天，至少所有在上网的人。今天的点心是什么？如果又是只带一片奶酪的沙拉，我就去吃挪威志愿者的午餐了。

不，今天他们准备了牡蛎做开胃菜，大虾串，甜点是柠檬冰激凌，搭配凯歌香槟。

下午一点，奥米德回来了，难以捉摸的、平静的神情，等待着分餐。志愿者递给他一个锡纸包装盒，里面是金枪鱼意面沙拉，还有一个梨。他迈着轻快的步伐走向自己的帐篷。凉鞋绑带已经磨损，有些被修补过。

迪米特里斯仍然想着在午餐时间找奥米德，给他送去一杯额外的咖啡。但迪米特里斯又想了想，傍晚时分去拜访显得更不经意，不那么唐突。当志愿者团队分完晚餐后，他又等了半个小时，和接下来值夜班的守卫告别，然后径直走向奥米德的帐篷。家家户户都在为晚上的休息做准备，女人们做一些琐碎的整理，男人们则在附近散步，因为除此之外无事可做。无事可做比你想象中更折磨人。为了显得有礼貌，迪米特里斯不得不一一回应人们的招呼，称赞卫生是多么整洁，抚摸孩子们的头发。如果到得太晚，奥米德可能已经准备睡觉了，于是他加快了步伐。

当他到达时，他蹲坐在发黑的帐篷边，布面上联合国难民署的标志正在褪去原有的蓝色，就像夜间被抛弃的大海。迪米特里斯低声叫他，奥米德伸出头来，看到面前的人，站了起来。

你不请我进去吗?

我没有沙发可以让你坐,没有杯子,没有咖啡。

喝茶也不错。我可以坐在你的床垫边上吗?

我也没有热水。那些茶包正在等待更好的日子。

一切都在等待更好的日子。无论是岛屿、岛上的临时居民,还是这片大陆以及被破坏的周边环境,都在艰难地与希望抗争,寻找更好的日子。只有这里的天气冷漠地持续下去,直至雨季到来。

明天你可以去我办公室,带一个这样的茶包,我有电热水壶。我能吸烟吗?

奥米德拿起电脑,关机,充电,这意味着一天工作的结束。显然,这次谈话会比较漫长。

要么抽烟,要么待在封闭的帐篷内,你只能二选一。安全问题。规则如此。

你说得对。但我们可以偶尔打破规则。我们的这次谈话已经在打破规则了。

迪米特里斯等待着对方的回应,但奥米德什么也没说。他把电脑放在一边,双手交叉放在膝盖上,只是听着。

你可以叫我迪米斯。每个人都这么叫我。

我不是所有人。我是很多人,但不是那些叫你迪米斯的人。你想从我这里得到什么?

你知道管理这一切有多难吗?

我可以想象。我甚至可以打赌,相比于管理营地,你更愿意住在这样的帐篷里。

迪米特里斯,听到这句话后,你应该立刻转身走开。可恶,你为什么不走?事实上,他早已问过自己同样的问题。他甚至想,如果孤身一人,没有儿子,没有妻子,他为什么不背上背包去外面的世界呢?为什么不呢?

听着,奥米德……奥米德是你的真名吗?

我们可以跳过这个部分。

是个好名字。我查过,它的意思是"希望",你的父母取得不错。奥米德,听着,我不能向你做任何承诺,所以你无须害怕。我不想要一个告密者,也不需要一个跑腿的人,我只想要有人帮我看着。在发生危险时看着,做出提醒。

提醒谁?

奥米德不会合作的。迪米特里斯所做的都是无用功。他用手指擦了擦眼皮,将双手移到下巴,揉搓着自己的脸,仿佛要把它擦掉。他现在清醒了，他需要的不是一个盟友，而是一个朋友。一个理解他，同时他又理解的人。

我很抱歉。是我搞错了。不打扰你了。

他缓慢地站起来，仍然希望奥米德可以再考虑一下。但他得到的只是一句告别："明天见。"哀叹声从这里、那里响起，从四面八方响起。声音来自远方，来自一棵树的叶子，来自脚下滚动的石头，来自离开或到达的渡船。夜色将哀叹声包裹，并依次呈现出来，就像作曲家在为黑暗的交响乐谱曲。迪米特里斯在乐曲中拥有自己的独奏，动态的柔板。

第二天早餐后，迪米特里斯惊讶地从小窗户看到奥米德正往集装箱办公室走来。接着传来他的敲门声。迪米特里斯指了指椅子示意他坐下，准备听他接下来会说什么，并让助手准备两杯咖啡。奥米德拒绝了属于他的那一份。

我来只是为了给你这个。如果你想在其他设备上阅读也没问题，只需要给我一个可靠的电邮地址。

这是一个A4大小的信封，皱巴巴的，看起来像是被水浸泡过又再次弄干。

不着急。我知道你不能为我做什么。我也无法为你做什么。如果你愿意的话可以读一读,只是为了更好地了解我。

晚上,他哄儿子睡下,妻子则独自去睡觉了。迪米特里斯拿起了那个信封。电视机上正在播放一部美国电影,可以听到枪声和警笛声。他掂量着这沓纸,数了数,一共七十五页。他开始阅读,直到凌晨四点才在最后一行停下来。感觉像是读完了一部冒险小说的第一卷。他还想继续看,看余下的部分。他可以干涉结局的走向吗?

接下来的几天里,他们互相躲避着。奥米德不敢开口询问,迪米特里斯则害怕会在他的肩膀上哭泣。

一周后,事情发生了。

这一天注定要到来。入夜后,一场大火将帐篷、衣服、灌木通通烧毁。在海边,挥发的物质和其中的希望在燃烧。

在消防员到来之前,迪米特里斯和其他人一样忙着运送水。手臂交错,人声嘈杂,烟雾熏黑了来自各地的人们,令他们窒息。清晨到来,眼前是一片废墟,空气中充斥着海滩被烧焦的气味,那位被摧毁的营地主管在断壁残垣间徘徊,如同一名吃了败仗的战士。奥米德坐在床垫上,用塑料杯喝着茶。两人的目光撞在一起。他们被熏黑了,浑身黏糊糊的,亟须洗个热水澡以及换身衣服。但只有一个人可以洗澡。奥米德笑了:"我准备了热水,你想喝茶吗?"迪米特里斯没有忍住,回以微笑。必须完成这场痛苦之旅,罪责之旅。

第一场火灾后平息了几天,但很快又有几场火灾接踵而来。已经是早上八点,依然到处被灰烬笼罩。无论谁放的火,现如今都会做好表面工作,甚至可能提出帮忙重建营地。除非他们不介意通过来时的步骤回到他们曾经逃离的地狱,或者锒铛入狱,在一个"迷你欧洲"待上数年,谁知道呢,至少监狱提供一个屋顶和高出地面十拃的床垫。一切按部就班地进行,警方将与迪米特里斯点名的几个最活跃、同时也是最绝望的团体谈话。

是否要把奥米德列入嫌疑人名单?

迪米特里斯当时迫不及待地读完了那份材料,面前播放着充斥暴力的电视节目,他很诧异材料中多次提及甘地。其中也提到了议会大厦门口的绝食抗议以及奥米德在一系列电视节目中发表的声明。奥米德对某些东西有极其强烈的渴望,某些宏大的东西。不管究竟是什么,如此强烈总是伴随着危险。孩子气的发型、如修士袍般宽松而又破旧的裤子、凉鞋,这些都是伪装吗?还是一位开启梦想、开启新时代和新城市的先知应有的装扮？又或许这一切不过为了骗过警报系统的虚假手段？万一他是敌人那一边的呢？一名伪装成羔羊的达伊什成员？可能性不大，那双纤细的手不像会砍掉脑袋，也不会烧毁城市。那双凝望着阿米娜和月亮的眼睛不会在机关枪上瞄准目标。那张说话带刺的嘴也不会为死亡而欢呼。他作为库尔德人的出身标志着他与仇恨保持一定距离。除非他的来源地是假的，除非整个故事都是伪造的。

迪米特里斯决定向警方提一下奥米德。警方知道该怎么做。如果他是无辜的，那么对他、对他们两人来说都是一件好事。如果不是，那么迪米特里斯就会把失望咽进肚子。反正这也不是第一次，无所谓。

迪米特里斯发觉自己在祈祷。他听到自己脑海中有个声音在不断重复：主啊，愿奥米德是无辜的，愿我对他的信任是正确的，愿我能继续信任他。主啊，请求你，不要让信任变成一种罪。

他向营地南端走去，有人告诉他那边出现了骚乱。一路上他都在询问自己这么做的意义是什么，每天生活的意义又是什么。他如此专注于这些问题，以至于有一只手搭在他的手臂上都浑然不觉，直至对方不得不加大力度。

迪米斯,迪米斯!

是穆斯塔,苏里的父亲。

怎么了,是你的孩子出了什么事吗?

不是,感谢真主,他很好,只是像其他人一样受到了惊吓。只是我在想……

有什么线索吗?你知道是谁干的吗?

流传的那些话不重要。我必须保护我的家人,别再问我了。我想问你……我想……你能不能帮我搞到一把鲁特琴?

一把什么?

穆斯塔不断重复:鲁特琴,是的,鲁特琴。他应该是提前去谷歌搜索了这个词。由于发音尚待改进,他模仿着将一把拨弦乐器贴在胸口弹奏,好让对方明白。

但你想让我从哪里弄到一把鲁特琴呢?

你可以问问那个土耳其商人,或者要去雅典的人。我太想念这个乐器了。你知道那首歌吗:当我看到你在椰枣树的树荫下,太阳停靠在你的肩膀上?

他开始哼唱起来,目光看向只有通过鲁特琴才能看到的远方。

那么谁来付这笔钱呢？应该挺贵的吧？

哦，没那么贵。我会付这笔钱，我的朋友们也会帮我。这里有很多人都怀念这种乐器。女人们可以跳舞。你能帮我吗？

迪米特里斯从口袋里掏出手机，写下一条备忘录："鲁特琴，找蒂皮德。"

好吧，我试试看能不能办到。回头见，抱歉我有急事。

真主保佑你。这些流氓的所作所为是一种犯罪，让我们所有人蒙羞。

他到达南部的帐篷区，那里居住着阿富汗家庭，还有一些巴基斯坦人和伊拉克人。警察已经开始问询，人们打着手势，大声嚷嚷着，使得问询根本无法有效进行。缺乏翻译人员，那两三位授权的译员还在医院陪同伤者。已经有人逃跑了。控制营地的出入口是不可能的，不管是谁，出于何种目的，都可以自由进出。一些人正在帮助清理废墟和重建工作。一个储藏冬衣的物资集装箱已经完全烧毁。

那个夜晚对每个人来说都很疯狂，这种情况还将继续下去。

迪米特里斯一根又一根地抽烟，香烟与大家此时呼吸的、充满碎屑的烟混杂在一起，难以区分。无法让孩子们安静下来，有些孩子倒在地上呕吐，有些只是吓坏了，用手臂搂着妈妈的脖子。不少逃跑的人已经回来了，因为他们找不到其他避难所。

消防员和志愿者们终于撤回，可以补几小时的觉。

只有迪米特里斯还站在那里，只要没人让他停止指挥这片乱局，他就会一直站着。

一名警察把他叫到一边。

我们在这里一无所获，你是知道的吧？

你知道我怎么想的吗？我自己都不知道。

迪米特里斯将烟蒂踩在布满灰烬和泥土的地面。他希望在那里挂一个沙袋，或者将营地变为二维的互动剧场景，在那里打拳直至筋疲力尽地倒下。

那个比他高出两拃的警察米科向他投去同情的目光。他手臂上的文身是铜锈色辫子形状的绳结，似乎是为了恢复他失去的力量。

小心扔到地上的烟蒂，他们会说是你放火把营地点着了。

米科说完这句话哈哈大笑。迪米特里斯仍然神情严肃，哪怕有一群小丑或巨蟒剧团①活生生地出现在他面前也无法将他逗笑。周围大片的临时住所，一大群穿着奇装异服的怪人——带来的衣服和不得不接受的衣服混搭的结果——用古怪的语言交谈和呐喊，他们被看不见的烛光照亮，如同亚原子粒子一样在随机、毫无方向的轨迹中徘徊。有时候，这一切在他看来就像一个马戏团营地，或是一部同时出现费里尼②、基亚罗斯塔米和库斯图里卡③的电影。

对不起，你是对的，我刚刚讲了个俗气的笑话。

俗气不假，但那是笑话吗？我不知道我处在一个什么样的地方。我只想知道一个问题，是谁先发的疯，是他们还是我？

放松点，没那么严重。我可以向你保证，事态不会永远这样持续下去。这些人迟早都要离开这里，去德国或土耳其。他们不会留在这里。

但是在未来还未明朗之前，谁来承担责任？是我们这些

---

① 巨蟒剧团，即蒙提·派森（Monty Python），英国超现实幽默表演团体。
② 费德里科·费里尼（Federico Fellini, 1920 - 1993），意大利电影导演、编剧、制作人。
③ 埃米尔·库斯图里卡（Emir Kusturica, 1954 - ），南斯拉夫导演、编剧、演员。

希腊人。我们付出的难道还不够多吗?混账。

不是我们,我的朋友。是你。我不过是来兜一圈,马上就要走了,这是你的地盘。不是你自己决定来这里的吗?现在你自己想办法吧。

迪米特里斯又点了一根烟。他还能做什么?逃跑?请病假?还有孩子们,他们怎么办?有人专门过来报道孩子们的情况。照片拍得都不错。艾兰①被大家看到了,但又能怎么样?数字是同情心的敌人。你一次可以对一个孩子产生同情心,两个,最多五个,再多就不行了。可能是生物学的问题。一个人对另一个人共情能力是自然的、与生俱来的。但如果对方是一大群人,那么这种本能就消失了,或者说只有极少数人才拥有这种能力。给孩子们拍照的摄影师几乎都是出于好意,但有些人只是想赢得掌声,想在杂志上发表,想在职业生涯上获得成就。曾经有一次,迪米特里斯不得不赶走一个人:设备高端,头发竖起,惹是生非。通常情况下,孩子们都愿意拍照。就算孩子们不怎么愿意,父母们也会在一旁鼓励。但如果是在睡觉的时候呢?在孩子睡觉的时候闯进帐篷,按下闪光灯,对这样的人该如何处理?先揍他一

---

① 艾兰·库尔迪是一名叙利亚籍库尔德族三岁儿童,于2015年9月2日在逃亡过程中溺亡,其照片成为全球关注的焦点。

拳，然后报警。设备被扣押，他现在还在等待外交抗议。

迪米特里斯又踩灭了一个烟头，一边诅咒一边想，那些应该被剥夺一切的人——从银行家到腐败的政治家——都不在那里。甚至连战争都与过去大不相同，不再是人与人之间的直接对峙，而是通过代理的方式进行，杀害无辜者。阿喀琉斯和赫克托耳①蜷缩在他们的角落里争夺荣誉，画面在屏幕上定格。与此同时，一个个小生命变得支离破碎。已经摧毁的生命被冲上海岸，残骸紧紧抓着一个越来越微弱的希望。一想到雅尼独自一人在房屋的碎石废墟里哭喊着爸爸，他的胸口又充盈起来，继续前进，再努力一下就好。

你要走了吗，米科？好吧，谢谢你的帮忙。但我希望有一个团队来巡视这个营地。穿制服的民兵。见鬼，这种混账事不能再发生了。如果再发生这种事情，我就不干了，我一直想看看他们会找谁替代我。

没问题，迪米斯，别生气。如果你能搞到钱，我可以在这里放一个营的兵力。没有钱就没法保障安全，安全得不到保障，你就好像是一个人被扔到野兽中。这就是生活。好在冬天马上要到了，从海上来的人会越来越少，橡皮艇抵御

---

① 阿喀琉斯和赫克托耳，均为希腊神话中的人物。

不了三米高的海浪。土耳其得到的补贴不少，埃尔多安不是一个可以开玩笑的人。现在来的人越来越少了，你注意到了吗？若不是为了去欧洲，他们也犯不着费心来这个鬼地方。另外，你不过是临时主管，用不了多久就会摆脱这些麻烦事。如果我是你，我就随它去，就算到时候一团糟也没人会追究你的责任。

迪米特里斯正准备离开时，奥米德匆匆出现了。又出了什么不幸的事情？还是带来了珍贵的消息？或是某个协议？

早上好，迪米特里斯。我想问你一个问题。

必须是现在吗？你没看到我为了保护你的安全忙得一团糟吗？关于火灾，你有什么要告诉我的吗？

不是对你说。警察来找我的时候，我会说我该说的话。如果你读过我的档案，你就会知道我不会让自己陷入麻烦之中。

你自己确实不会，你这样的人更喜欢让别人陷入麻烦中。说吧，你想问什么？

他看到奥米德的脸涨得通红，眼神中充满了愤怒。他明白，奥米德正努力以非暴力的方式回应他的挑衅。他提问的语气没有丝毫松懈，只是声音更为低沉。他询问了那个戴黑色头巾、由两位妇女陪同的女孩的情况。因为自从火灾发生后就没再见过她。这个发型孩子气的男孩是一个为爱而生的人，一个无害的人。迪米特里斯告诉他，那个女孩一切都好。太无害了。如果奥米德想把自己伪装成一只羔羊，他不能演得再好了。

现在你可以走了，让我一个人待会儿。热气和烧焦的气味快把我弄疯了。

奥米德没有回答，朝着迪米特里斯指给他的方向走去。

走吧，雅尼，那里有龙人，会喷火。你喜欢的。

很难说服儿子跟他一起出门。去马戏团的提议似乎也不管用。

那里还有小丑。
那又怎样？我讨厌小丑。

儿子有小丑恐惧症？从什么时候开始的？迪米特里斯感到困惑。在他周围，他不知道的事情开始远远超过他仍然认为自己知道的事情。也许这个男孩只是在装模作样？他蹲下来坐在地板上，差不多跟儿子一样的高度，四周是乐高积木拼成的假想地图。他坚持说：

你不是一直想去看马戏吗？我整个下午都休假，就为了陪你。

你没看到小丑出来的时候我都闭着眼睛吗？他们太可怕了。

雅尼的眼睛亮晶晶的，泪水夺眶而出。他亲爱的儿子看起来像一个小瓷娃娃。迪米特里斯抱住他，向他道歉，提议去别的地方，由他来定。

我就想待在家里，跟我妈妈一起。

迪米特里斯没有松开拥抱，他在儿子的背后攥紧了拳头，指甲嵌入手掌心。他努力不让自己哭出来，那样子不会像一个瓷娃娃，而是令自己儿子感到害怕和厌恶的小丑。如果他连自己的儿子都帮不了，理解不了，对自己的儿子都一无所知，他又如何奢求能接近营地的那些人？每当电视上出现叙利亚战争的画面时，他都会换频道，闭上眼睛。这种反应和儿子的反应有什么相似之处吗？他们不想看到什么？在闭上眼睛，使光怪陆离的画面消失的那一刻，他们感受到了什么？"我讨厌小丑。"雅尼曾这样说。那么他——迪米特里斯，讨厌什么？人类的扭曲？也许吧。邪恶的模糊性？我是，我有价值，我可以，人们向自己内心喊着；当喊叫声播散出来时就是一种侵略，是强烈的伤害，是会威胁、会传染的邪恶。也许儿子在小丑们扭曲的脸上，在他们胡乱、做作的话语中发现这种邪恶。也许他还在目前入侵该岛的逃亡者身上看到这种邪恶。如果说父亲不是带着对马戏团小丑的热情收留他们，忽视了一个敏感、悲伤的孩子的恐惧，至少可以说，父亲仁慈地收留他们。

雅尼，你怎么了？

没什么。

我们去山里走走好吗？去那个故事屋，好吗？

孩子没有回答，而是跑去自己房间，扑倒在床上，把头藏到枕头下面。迪米特里斯垂下目光，看着空荡荡的双手，无用的手指。他听到了厨房里洗碗机的声音，妻子忙着做家务，与他保持着距离。他深吸了一口气，站起身来，走到卧室，儿子趴在床上，呼吸声急促而微弱。不是在水边，不是在沙地上，也不是在石头上。他亲爱的儿子。

你想听个故事吗？

儿子球鞋的鞋底有星星点点的绿色，那是在几近光秃的足球场草坪沾上的。他穿着牛仔裤。

故事由你来挑。

沉默,头侧向一边,等待倾听自己喜欢的内容。迪米特里斯的手指在彩色图书的书脊上划动,遇到《鲁滨孙漂流记》时停了下来。岛,又是岛。他在儿子身边舒展开来,推开枕头,将儿子抱在怀中,一只手抚摸着他需要修剪、被汗水浸湿的头发。很快他们都睡着了。

他被手机的振动声吵醒了。他已经把声音关掉了,但信息依然不断到达,来电记录中堆满了未接电话。很快雅尼也醒了。看到父亲正全神贯注盯着手机,他便拾起滑落在地上的《鲁滨孙漂流记》,把它放回书架,然后一言不发离开了房间。

侦查警察米科打来了无数个电话,发来的最后一条信息尤其让他担心:"该死的,迪米斯,如果你十分钟内不回复,我就带着逮捕令去找你。"他拨打了米科的号码。他还坐在儿子床上,这令他感到愧疚。胃部一阵收缩,啤酒和愤怒混合在一起的苦味翻江倒海而来。听到电话接通时,他走到了阳台上。电话响了三次后,米科的声音咆哮而至:

你干什么去了,为什么整个下午都联系不上?

他妈的,米科,我只是想跟我儿子待上几个小时! 娜娜不是在那里吗?

娜娜倒是个人才,懂世界地缘战略、武器弹药、比较语言学,也许还懂该死的西红柿心理学,但是面对帮派斗争她两眼一抹黑。你赶紧过来。

去哪里?去营地吗?你在那边吗?我以为你只是例行公事去一趟,结果怎么样无所谓。

情况复杂了。我给你十分钟,两分钟用来跟家人说再见。

迪米特里斯没有跟家人道别。母子俩在客厅被某个东西逗得哈哈大笑,同时也将他拒之千里,哪怕只说一句"再见"都是打扰。他驾车穿过城市蜿蜒狭窄的街道,对那些在车辆间肆意变道的摩托车按喇叭,它们害得他不得不几次急刹车。当他绕过港口时,半空的露天餐厅与过去的喧嚣形成鲜明对比。他向自己发誓要在一个月内打包行李远走高飞,至少也要去雅典。连那些无家可归、无处安身的人都一心一意要去欧洲,从来没想过要留在这个充满敌意的岛屿上。凭什么他就要一辈子被束缚在这里,凭什么他的儿子得做一个倒霉蛋的后代?生活不该如此。迪米斯,你要么清醒一点,要么永远做个失败者。

奇怪的是，集装箱——或者说烧毁后的集装箱周围安安静静的。一些身穿蓝色T恤或反光马甲的志愿者在营地各处走动，帮忙修理帐篷、分发瓶装水。米科坐在办公桌前等着他，娜娜则在她通常的岗位上，板着脸，紧接着面色更难看了。

你好，迪米斯。再见，迪米斯。我在等你，你来了我就可以走了。这个白痴交给你了，我要去忙我的事了。

米科坐在迪米特里斯的椅子上，就像坐在王位上似的，衬衫敞开，露出平时看不到的文身。他看起来确实像一个白痴，因为一些不可想象的原因，他被授予了过多的权力。

你有没有纸可以做记录？算了，还是直接在电脑上写吧，这样总能省点事，我把椅子给你。

他起身，张开腿站着，牛仔裤后面的口袋里露出一把枪。迪米特里斯坐下来，没有精力去反对，更没精力去争论。他创建了一个新的文件，命名为"米科"。米科本人开口说道：

你准备好了吗？我们开始。第一点，两个巴基斯坦人，拉贾姆父子，因证件造假被驱逐出境；第二点，跟他们一起来的妻子和孩子都被驱逐出境；第三点，来自附近帐篷、挑起暴动的人已被审判、定罪、驱逐；第四点，叙利亚人的名单悬而不决，这是不行的。得想办法批准一百人左右前往雅典，再把其他人打发走，驱逐出境；第五点，远处那些前来求援的阿富汗人，必须为他们找到解决办法，我在考虑安排额外的采访；第六点，你把手头工作做完后就可以放个长假。单独提一句，好处轮不到你的朋友奥米德。他到处惹麻烦，整天说什么和平与爱，和平与爱。总是我行我素。最主要的是，他没有帮忙调查纵火犯；最后一点，我们会让蛇头继续待一段时间，他们在这里很有用，有人脉，帮助人们逃跑，这对我们来说是好事。另外他们还相互狗咬狗。我说这些只是为了给你一个提醒，让你知道你现在手头有什么。调查结束后，我可能会给你新的指令。

迪米特里斯停止打字，陷入沉默中。米科站起来，从口袋里拿出车钥匙，确认枪还在身上，然后向门口走去。

指令？什么指令？我跟这些指令有什么关系？这算什么？我的工作是临时管理这片营地，勉强管理罢了。我不发号施令。据我所知，你也无权发号施令。

我比你想象中要管得多，多得多。我的一帮朋友想来这里搞次袭击，我都没告诉你。如果你想拯救其中一些人，可以，祝你玩得开心。但你要注意选择的是谁，别到头来自己替他们遭罪。

当米科摔门而去时，一种巨大的宁静笼罩着迪米特里斯。归根到底很简单，简单极了。下一个摔门而出的就是他自己，迪米特里斯，这个已经失去妻子、即将失去儿子的笨蛋，甚至不知道应该服从什么命令、以谁的名义服从。如果他拿起电话报告刚才发生的事情，他就完蛋了。米科的"那帮朋友"会毫不留情地对待他，可能更糟糕——对待他的儿子。如果他选择等待调查的正常开展，他完全可以袖手旁观，摔门而出。把营地和被困在那里的生命交给另一个人，一个更务实、更机敏，和米科一样有着文身和枪的人。呼吸。带着儿子逃到山上，没有电视，没有洗碗机，不考虑历史也不考虑当下。父子俩一起画画。他们什么都会画：风景、窗户、颜色、面孔、鬼脸、大海和光芒四射的太阳。像从前那样把颜料弄到对方身上。

同时，我不妨进行一次造反行动。这些狗娘养的不是想驱逐奥米德吗？他们不会得逞的。我是，我有价值，我可以，迪米特里斯朝自己内心喊道。

奥米德会得到面试机会，不管是不是他应得的。

然后他将带着雅尼逃到大山里，或者一起飞向远方。也许他可以请苏里的父亲允许苏里跟他们一起去，这样两个孩子可以在一起玩。雅尼、苏里、迪米特里斯在外面的世界撒欢。

山，儿子，想象一下连绵不绝的山。门口放一把椅子，阳光，无花果树，阿纳瓦托斯①的故事之家。

像迪米特里斯这样的工作人员是没有办法颠覆制度的。若想操纵这个系统，必须有一套运作良好的体系，但情况并非如此。决定太多，太高层。是的，他可以给一个朋友打电话，邀请他来这个宁静的小岛上过周末。现在没什么游客，只要一出市区，等待你的就是天堂。准备一瓶2012年的白葡萄酒，给他一个惊喜，跟他谈谈紧急的案子，包括奥米德的案子。他的朋友甚至可以利用这次机会完成几个面试。为什么不呢？这里有合格的翻译，只要给领导们打几个电话，就可以将手续办好。归根到底，不是说要给谁赋予特权，而是根据国际法建立秩序。处于人道主义危机中的人们不想要什么特权，同样不希望被异样的目光看待，因为这会使他们陷入危险之中。给他们发送一条短信，邀请他们参加面试，不

---

① 希俄斯岛上的一个中世纪村庄，现已废弃。

提供特殊待遇，最后安全登上渡轮，就这么简单。

这是一个秩序问题，换句话说，是规则的问题。我建议将具体案子做个别化处理，事先调查，考虑一个周全的名单。我们是最了解这个地区的人，每个个案都是我们从头跟到尾的。如果我们自己不做这件事，我们就得把一切交给官僚们，他们会搞得一团糟。你觉得呢？

来自北方葡萄园的希腊葡萄酒非常特别，要想在酒体和香味之间取得完美的平衡可不是那么容易的。其中一些白葡萄酒已经享有不错的口碑。不过他转念一想，也许有必要准备一瓶上好的法国香槟，尽管没什么可以敬酒的。

我们可以为留在欧洲而干杯。

或者为欧洲仍然在地图上而干杯。

或者为地图还没有爆炸而干杯。

迪米特里斯的朋友头发花白，黑皮肤，一年四季不管冷热都戴着帽子。他喜欢露台、香烟和迈尔斯·戴维斯[①]，他总是吹嘘自己收藏的唱片、演出之后的旅行、曼哈顿的一个酒吧、一场面向特别嘉宾的巴黎演奏会。事实上，他们并不

---

① 迈尔斯·戴维斯（Miles Davis，1926－1991），美国爵士乐演奏家、小号手、作曲家、指挥家。

是最好的朋友。格雷戈里曾与迪米特里斯的一位姨妈结婚，假期时陪他在海滩度过无数个下午，教他游泳，并搭乘颜色鲜艳的渔船航行，船上腐烂木头的气味和鱼的气味混杂在一起。后来，他把迪米特里斯的姨妈换成了一个来自美国的女游客。她很年轻就守寡，对英语糟糕的肌肉男情有独钟。再后来，他一会儿在这里做生意，一会儿去那里投资，好运和厄运相伴。处于低谷时，格雷戈里曾几次向他前外甥求助，让他回忆海边开心果口味的冰激凌。回到雅典时，他已经和美国妻子离婚，英语倒是流利了不少。他毫不费力地在政商界闯荡，竞选家乡的镇长，后来又转到市里，一路仕途高升。

迪米特里斯从来不接受恩惠，一直拒绝别人的帮助。不为别的，只是遵守母亲用温柔的声音给他讲故事时告诫他的规则。故事中，傲慢往往没有好下场，搞阴谋诡计会被惩罚，金币会变成尘土。但与那些希望他卑躬屈膝、安分守己的人的对峙中，却没有发现这种顾忌。有必要以旧时光的名义进行一场坦率的谈话。

为即将到来的事情干杯。

即将到来的事情是可怕的。

可怕就是恐惧，如果时间能带给我们勇气，那就值得敬

一杯。你的朋友叫什么名字?

他不是我的朋友。他只是一个不容易用标准衡量的人。好家伙,就像甘地就在这里,我们却不让他进来;就像把曼德拉驱逐出境。

你这么做也不是没有道理。我倒是想看看会发生什么,只是……万一他是骗子,或者恐怖分子呢?

格雷戈里喝下了第一瓶酒的三分之二。面包、无花果、开心果。没有什么比群山如磐石般的寂静更能衡量世界的大小,微小而又广袤,世间万物处于永恒的静止,同时又在一刻不停地变换,多么疯狂。细胞,颗粒,碎片,想法。下方的爱琴海,一条蓝色绸缎的飘带,将两个对抗的大陆隔开。那一头是土耳其,一团灰色;这一头是希俄斯的白色的小石子,一个任由众神摆布的小欧洲的地面。

如果他是个骗子,我希望你能揭穿他。面试的目的不就是为了找出烂苹果,然后把它们扔进垃圾桶吗?我不求宽容处理,只求一个机会。但愿面试不是一场为了赶走他而设的骗局。

好吧,你的朋友会得到面试机会。结果可能没那么快出来。这个部分我无权干涉,你知道的。

我从来不会要求令我自己或者令你难堪的事。你记不记得有一次你让我立刻给你汇两百美元？我问你："你要两百美元做什么？"

没错。我当时焦急不安，三天就靠热狗和自来水过活，而你却问："你要两百美元做什么？"你当时可能想象我打扮得整整齐齐坐在绿色桌子一角，或是在零售店外面排队购买早晨的第一杯饮料。仿佛我手上抓着一把骰子或一瓶威士忌，还向你要钱似的。

说得好像你不会这么干似的。

两人的笑声令整个下午都活跃起来。但笑声撞在炎热的墙壁上，没有回音。

他去叫奥米德和电影导演时，恰好打断一个可能走向失控的糟糕场景。他们来到位于苏达营地的集装箱办公室，被告知了上述谈话的内容。他说，他们应该继续拍摄这部电影，这是一个将来龙去脉传播出去的好主意，但奥米德要在电影最后，在"真正的欧洲"，自由、安全地向世界发声，不管这个"真正的欧洲"是什么。这将是影片的高潮部分。他随时可能收到通知面试的短信。

迪米特里斯传达着信息，但没有描述细节。他感到非常平静，也非常痛苦。仿佛一场战争已经发动，最终战败。仿佛他自己将在溃败后离开阿勒颇。他强烈地渴求独处,以至于像是把其他人赶出了集装箱。

去吧,继续拍。想拍多少就拍多少,下午很漫长,日子永远不会结束。

听着,迪米特里斯。你想帮我解决我的问题,我感激你。但我想解决的不只是我自己的问题,而是普遍的问题,这里所有人的问题,包括那些即将到达的人。我想解决我的故乡和其他地方的问题。我想解决的是一切战争的问题。

奥米德对全人类过度的博爱令人恼火。此时迪米特里斯想要的不过是一个人静一静,再来两片止痛药。即便如此,这似乎也成了一种奢求。

好好,为了解决别人的问题,你去拍电影,向世界发声,拿着扩音器爬上城墙,放飞成千上万的气球,甚至可以租一架直升机,你爱怎么做就怎么做。现在,为了解决你自己的问题,你得去参加该死的面试,把你的故事一五一十地讲出来,然后带着那个女孩逃离这里,明白吗?现在,拜托,让我一个人安静会儿。

好了,没有必要生气。我们知道你不想参与拍摄。走吧,奥米德,让他独自面对他的烦恼,我们还有一部电影要拍呢。现在你得进入状态，投入场景中，多一点观众意识，多一些创造力。我们走吧。

导演已经平静下来了。如果他是奥米德，他很清楚该如何控制自己的声音和身体，因此才会对这个习惯于为YouTube拍摄小视频的男孩的笨手笨脚感到恼火。他甚至想过自己扮演奥米德的角色，自导自演，但最后放弃了。奥米德的声音必须是真实的，而不仅仅是听起来真实。带有自身缺陷。再试一次吧。

集装箱的窗户是一条狭小的缝隙，只有手指和低垂的视线才能通过，很难看到远处。透过窗户，迪米特里斯看到午后在火焰中波动起伏，孩子们漫无目的地奔跑，有时追逐一个轮胎，有时推着婴儿车，有时用食物器皿将头盖住。嘿，我在这里；我现在不在这里了，在皮球后面。他看到儿子在一条狭窄的、无尽的道路上奔跑，一道光线，越来越小，一个星球，一个遥远的点，奔跑着。

取出最后一根烟后，他把烟盒揉成一团。不，哪怕他无法赶上儿子，他也必须沿着那条路跟随着他，不管是什么路，不管目的地在哪里。一周后？明天？就今天，沿着这条路走。

你不必等我，雅尼，我仍然可以追上你。我是你的爸爸。

他沿路向前,不为任何人停留。

几天后,奥米德在为期两天、共计十个小时的提问和回答后,结束了面试。他去敲迪米特里斯的集装箱办公室门,准备给对方一个拥抱。当时已经过了晚上八点,他对于还能在那里见到对方没抱太大希望。但迪米特里斯是除了阿米娜以外他唯一想要共同庆祝的人,庆祝解脱,庆祝在自由之路上迈出决定性的一步。

他敲了敲门,喊道:"迪米斯!"这是他第一次使用昵称,轻盈的感觉已经占据了他的双脚和语言,使其飘飘然了。但开门的人既不是迪米斯,也不是迪米特里斯。那个人的身材是迪米特里斯的两倍,看起来有些病态,既没有脖子也没有肩膀,不得不弓着背以便通过集装箱的门向外窥视。"迪米特里斯已经不在这里工作了。"巨人对他说。

他不在那里,也不在附近,甚至不在岛上。"岛屿是伪装成天堂的监狱。"奥米德想起,曾经有一次当他这样抱怨时,迪米特里斯的香烟烟雾飘散开来,直至消失。烟雾比这块沉没的土地上的任何居民都要自由。

迪米特里斯跟随着香烟的烟雾,跟随着他的儿子,跟随着他的想法。他不需要任何人祝他旅途愉快。

我从未寻找过话语，话语总是主动来找我，它们拥有女人般的手指。神奇的手指，湿润、柔软的舌头，全世界通行的语言。

从如此清晰的理解中，不可能诞生任何理性，至少不可能出现大写的理性。

我们在穿越边境前不断爬行和跌倒。我们在叫妈妈之前学习吸奶。

在话语出现以前，我们都是兄弟；话语出现后，我们仍将是兄弟。如果愿意与我交谈，再次共同嬉戏，我就在这里，拍打着球，躲避着恶意。

这个咖啡杯总是陪伴我一起旅行，液体四处飞溅。你们要来一杯吗？

咖啡杯（胡安篇）

一位怀抱孙子、恳求我们提供医疗救助的老人打断了我和迪米特里斯的谈话。我就是在那个时候认识翻译胡安的。他是一个高个子、皮肤黝黑的男孩，头发浓密微卷，跟我儿子很像，但比他大几岁。

没过几天，我就发现我们可以用西班牙语，甚至另一门我更熟悉的语言交谈。

此刻他正试着用阿拉伯语了解这个男孩有哪些症状。尽管这个孩子头上扎着发髻，穿着中性的服装——短裤和T恤，但可以看出是个男孩，名叫艾哈迈德。我猜想，这位志愿者一定掌握一些基本的急救或医疗常识，所以才能检查孩子的状况。当时我还不知道他毕业于国际关系专业，换句话说，立志于在世界各地宣传"团结"这个词。我甚至还不知道他的名字。他很快翻译完了，内容和我从孩子祖父的手势中解读出来的信息差不多：高烧、无力、呕吐。迪米特里斯想知道这些症状出现多久了，他试图直接问那位老人，但沟通遇到障碍。那位翻译帮忙解释道："昨天下午。"

现在该由迪米特里斯决定是否就地等待病情好转，毕竟病毒感染是很常见的。对于一些简单的疾病，他可以打电话给他的医生朋友，通过电话沟通，给病人服用退烧药和消炎药。他也可以把孩子送去医院。这个孩子还小，最好还是不要冒险了。这个男人已经失去了女儿，不能再失去唯一的孙子了。

那名翻译通过他的小组把消息传播出去。孩子情况危急，必须马上赶去医院。他取消了上午的所有安排，包括游泳课、派对和闲暇时光。

迪米特里斯叫了救护车。救护车在半小时后到达，就通常情况而言还不算慢。那是一辆橙色的汽车，上面写着我们认识的文字，而不是难懂的希腊文。谷歌地图上希腊文标注的街道和地名令我们头晕目眩，当地居民的交谈对我们而言仿佛是在听天书。

那位翻译已经习惯了各种紧急情况、交通方式和激烈场景。

在我看来，如有必要他甚至可以亲自驾驶救护车。他飞快地解释当时的情况，确保老人带齐了必要的文件，联系孩子的表兄弟——两个十八岁到二十岁的男孩。我们周围越来越嘈杂，有人远远地看着，还有人走过来，或是询问，或是建议，或是祝福。我对阿拉伯语一窍不通，这都是我根据超越文字的肢体语言所做的猜测罢了。肢体语言在表达痛苦、热情和快乐时是不分国界的，是超越时间和地点的人性诠释。

是的，如有必要他还会把孩子抱在怀里，像一位父亲、叔叔或兄长。如果医院满员，他甚至可以亲自为孩子做检查。"过来，艾哈迈德，你会没事的，可能就是扁桃体发炎,让我看看你的喉咙。你最近经常喝水吗?有没有在太阳下睡觉?你被老鼠咬过吗?"

阳光拍打在帐篷上,迟迟不离开。阳光吞噬着帐篷,火舌成倍增加,在敌军马匹曾经驰骋过的土地上抽打着试图四处躲避的人。德拉克洛瓦曾将这些马匹绘在《希俄斯大屠杀》中。

从阿勒颇到希俄斯岛,艾哈迈德一直被大火追赶。大火剥夺了他的和平,令他在恐惧中惶惶度日。

翻译简单告别。他跳到驾驶座一侧,然后转身继续跟老人说一些注意事项。老人将孙子紧紧抱在胸前,仿佛心跳能让他苏醒。

这位翻译一定在营地的某处听到过我和朋友的谈话,也许在北边的咖啡馆,也许在我们敲集装箱的门寻找迪米特里斯的时候。总之,在系上安全带之前,他用狡黠的笑容向我示意,并用葡萄牙语说:

再见,葡萄牙人,我们还会见面的。我叫胡安。

艾哈迈德,也就是萨伊德的孙子乘坐救护车从医院回来,马上就要到了。老人精神焕发,甚至比孩子的变化更明显。孩子挥舞着手臂,抬起头注视着周围等待他的人。不过，他很快又将脸藏了起来，额头靠在祖父的胸前。可能他只是受药物影响，想睡觉了。等待了一整个下午，用脆弱的身体和发烧斗争，他已经疲惫不堪。

翻译胡安也从救护车上下来，一副任务完成、准备下一个挑战的神情。他递给萨伊德一张纸，上面写着医生的指示，被翻译成了一种细小、难懂、令人着迷的图形文字。他向老人告别，轻轻拉了一下男孩的发髻。接着，他向营地的临时主管说明了诊疗的情况，告诉他不必担心暴发传染病或老鼠咬人的情况。扁桃体发炎不是什么大病。如果是麻疹或更糟的病，那才是一场灾难。目前，最坏的情况还没有发生，至少今天还没有发生，又是安全的一天。这就是在这片土地上计算时间的办法。不久前，这里只有爬虫光顾。

我想象着迪米特里斯和胡安之间的对话。希腊语、阿拉伯语，话语如同难以解读的音乐。如此不同的声音居然可以促成相互理解，这令我对人类无限的创造力深感惊讶。当我等着他用英语向我问好时，胡安开口道：

我们去下面喝杯咖啡吧。

就这样，如音乐般、贴近耳朵的葡萄牙语，很亲切。

咖啡杯（胡安篇）

酒吧在营地的北部，紧挨着海滩。我想象着，搭建帐篷以及集装箱之前，这里是度假者喝一杯晚间弗拉贝（有时是清晨。这个岛上的时间表很奇怪）和吃沙拉的地方。我想象他们用希腊语和土耳其语谈论经济危机和足球，因为土耳其位于爱琴海的另一端，搭乘渡轮的人不用二十分钟就能不紧不慢地完成一场旅程。

现在乘坐渡轮的人越来越少。土耳其人可不愿意来这样的一个地方度假：烦人的孩子们到处乱跑，手里拿着想象中的玩具，有时带着毫无血色的笑容窥视着，看是否有人会给他们买一杯果汁或一块巧克力。希腊人不愿意靠近码头，商业已经适应了严格的潜规则。

咖啡馆里有蓝色的桌子和椅子。中午时分，这片蓝色一直延伸到海滨，在阳光下熠熠闪烁，发出紫色的光。桌子和椅子大多是空空荡荡的。坐在阴凉处的三人没有在谈论足球，而是用不同口音的英语——这种语言已经侵占了整个岛——谈论着各种小事、趣事、谣言、旅行、小冲突、沮丧、小成功。话题本身只有一个，却从多个角度展开，永远聊不完。新来的志愿者和已经工作了一段时间的志愿者交谈着，其中有护理专业的学生、电影导演、幼儿导师、律师和教师。他们想要帮助精疲力竭到达那里的人减少痛苦；他们想要谴责欧洲在需要担负人道主义责任时却避而不见；他们想要克服欧洲人的敌意，因为欧洲人时刻准备放弃捍卫人权，抛弃弱者，屈从强者；他们想要用一句话或一个手势给这些生命一个未来；他们想要给予安慰。

当胡安和我到达咖啡馆时，空位很多，并且都在阴凉处。下午已经过半。一个女人正从窗口内看着我们。我感觉在别的地方见过她，虽然可能性不大。希腊人？叙利亚人？当她们不戴头巾时，差别就没那么大了。也许我自己看起来就像她们中的一员。在隔壁桌，一个胖胖的、戴着厚眼镜的男子正在向一群新人传授他的语言知识。他同时还在讲述希腊历史的一些片段，不断发生的冲突和侵占想来令当地居民无法安生。如果我当时是一个人，倒很愿意好奇地听他讲述。注意力的诉求如此之多，以至于脑袋无法一一应付，开始卷成一个痛苦的线球。

胡安一定注意到了，我正努力让自己依次专注于一件事情，而每件事都是巨大的，需要我全身心地投入。他为自己点了一杯弗拉贝咖啡。我告诉他，那么大的杯子中所含的咖啡因会让我失眠一整周，于是他为我点了一瓶水。

你是如何忍受高温的？你的血压不会一降到底吗？

巴西葡萄牙语的口音一直令我着迷。它把我的注意力从那位希腊历史学家身上移开，也几乎让我不再关注营地不远处闲逛的悲惨身影。我想听他的故事，听他自愿流浪的故事。他对故乡是否还有归属感？一次次的旅行是否已经切断他与故土的纽带？

我还记得小时候，我爸爸是派驻里约的领事，我在那里读中学，穿着制服，诸如此类。那是一所英国学校，所有课程都由来自伦敦和牛津的老师教授。学生人数不多，大多闷闷不乐。我经常从窗户跳出去，和公园里的男孩们踢球。母语唯一的作用就是让我假装服从父母。我从保姆特蕾莎那里学习了巴西葡萄牙语。有一天，她终于禁不住我的软磨硬泡，偷偷地把我带到了贫民窟。我跟那里的每个人都成了朋友。

你是不是从那时起产生了帮助弱势群体的愿望？

我不知道是从何时开始的。这不重要。甚至可以说不是帮助，更多的是为了理解。我需要理解他人，搞清楚他们是怎么样的，他们是如何变成现在的样子，以及他们在下一刻，或是在未来是什么样子。

为了什么？

你想说什么?

你为什么要理解他人,或者说,试图理解他人?这个不可能完成的任务能给你带来什么好处?

你知道吗,在这种疲惫中我很开心。当我决定来这里时,我就开始通过一个网上课程学习希腊语。我学过的单词数也数不清。一种语言特有的词汇能将我们引入新的感受,那是我们之前从未想过的东西。很美妙。

就像著名的葡萄牙语词"萨乌达德"[①]?

再比如"傲慢"[②],这个词我知道。英雄,神话。"奥林匹斯"在英语中指一个学究气的地方,好比大学教授的办公室。

他用吸管啜饮着咖啡,我小口喝着没有任何味道的水。我知道,水是最适合大热天的饮料,每年这个时候天气都是如此。但我还没到喜欢品尝纯净水的年龄。

你一定知道一些不可思议的故事。

---

① "萨乌达德"(saudade),被认为是葡萄牙语中不可译的词语之一。除了表示思念、怀念外,还可描述对已经失去或渴望得到的东西的复杂情感。
② "傲慢"一词来源于古希腊。古希腊神话中,傲慢,即过度的狂妄是一种致命的缺陷,会引起众神的愤怒,最终自取灭亡。

胡安从一个神秘的、隐藏在反光马甲下面的口袋里取出一支烟,像魔术师一般取出打火机,随后又藏好。就在这转瞬间,香烟已经点燃。我想抽烟的冲动如此强烈,以至于不得不压住嘴唇不向他要一根。我当时的表情一定很傻,渴求香烟、故事,渴求一切,除了面前的水。我强迫自己连续喝了五口水加以掩饰。还好他正忙着自言自语。

我不能把我周围发生的事情看作是一连串的故事。人们出生,拥有生命;人们死亡,顺应自然。有些人死得太早,我需要阻止上帝做这样的恶行。

我没有想到我们的谈话会以造物者为开端。我内心认为,比较合理的开头方式是无神论者离开舒适的土地,来到这个被遗忘的世界一角安慰受苦的人。信徒们则待在家里,或每周参加弥撒。有些人觉得世界的运行取决于神的意志,对此我难以理解。神的意志是根据人类的意志塑造的:任性、易变,对承诺和愠怒敏感。我明白,他人的苦难触动了有同情心的人,激怒了另外一些人,这与信仰和出身无关。尽管如此,我还是很难理解信仰绝对力量的人。几个世纪以来,绝对力量已经造成了可怕的事情。当然了,我非常尊重方济各教皇的慈爱之言,我尊重胡安,我在他身上看到了善意。他毫无例外地希望帮助每一个人，包括上帝，因为绝对力量有时会让上帝远离爱。

在此游荡的孩子们，没有家，没有未来，这是上帝的恶行吗？

我不知道。宇宙太大，我们看到的只是一粒面包屑。我们生活在一粒面包屑中，我们所知道的不过是麦粒被粉碎后所剩下的东西。

但你旅行的目的就是为了照顾迷失的麦粒。

哦，他们是我的同胞，我的邻居。我们都来自伟大的母细胞，一些人出来得早一点，另一些人晚一点，但几乎都在同一时段。一切都近在咫尺，只要伸出手就能触及。我在这里首先要解决的是沙特的问题，这个男孩带着自行车在岛上到处跑。你认识他吗？

我听说过他。

我回答道。那时我还没见过沙特，更不会想到之后我将不得不脱下他散发着呕吐物气味的球鞋。

我是在黎明时分到的，谁也不认识，包括无人不知、无人不晓的沙特。有人告诉我："沙特被抓住了，他需要帮助。"当我到达公园区域时，看到北边的入口处聚集着一小群人。三个警察正在斥责一个男孩。男孩坐在自行车上,像坐在宝座上,又像在某人怀中。周围有几个志愿者和两三个居民,乱成一团。志愿者们很想替沙特说话,但面对这个坐在偷来的自行车上的叛逆男孩,他们也不知道该怎么办。最重要的是,这个男孩没有家人,他应该留在维亚尔,就像其他无人陪伴的未成年人一样。警察有权把他从自行车上强行拉下来,然后带走。我出示了自己的身份,他们允许我跟那个孩子说话。我问他,自行车是谁的?他说是他的,是一位澳大利亚女士送给他的。那么那位女士在哪里呢?她在前一天就飞回去了,没有留下任何联系方式。他又告诉我,如果他们不让他保留自行车,他就放火烧掉维亚尔。当警察请我翻译他的话时,我杜撰了这位澳大利亚女士的名字,还杜撰了一个带有正确区号的电话号码。警察没有经费打电话,我就主动提出由我来打。我拨通了一个澳大利亚熟人的电话号码,开启免提。我的朋友明白了发生的事情,向警察确认了这个故事,说自行车是她儿子的,只是在说到牌子时有一点慌乱,于是挂了电话。我解释道,希腊岛屿和悉尼之间的通信不太稳定,这很正常。沙特保留了这辆自行车,他设法给车把上了漆,也许已经把自行车藏在维亚尔附近的某个山洞里。很容易辨认。如果你注意到一辆红色车把的自行车在城市里飞驰，那准没错。

我就是这样开始知道沙特的，后来才在艾莱妮的车里见到他发着脾气、全身臭烘烘的样子。岛上到处是故事和男孩，每一个说出的名字都是一段生活，有起点，有经过，但愿没有结局。

那里还有一个人，他鬼鬼祟祟地出现在我跟胡安所坐的椅子之间。整齐的刘海，灰色背心，牙齿长得东倒西歪。他走向胡安，拉了拉他的反光马甲。

你好，我的朋友。

你好，你好，你好，苏里。最近如何？

翻译胡安了解营地里每个家庭的故事。这些家庭都以这样或那样的方式得到过他的帮助。在一些最为顽固的记者所做的报道中也有他反对公众舆论和执政者的身影。他反对一系列的标签，例如难民是恐怖分子，外国人都是敌人，求助会带来威胁，以正视听。他将问题放在正确的位置：庇护权和申请庇护所缺乏的条件，人权和人权的侵犯。姓名、焦虑和私生活暴露得越多，报道就越有效。当数字累积到一定程度，就不再具有影响力。当数字超过五十，便很少有人会知晓或保持耐心。如果他们能一个一个地看下去，也许就不会立马换频道。胡安了解图像的力量，也知道过多的图像令人头昏目眩，相互切换时会造成视觉的饱和。充当翻译的过程中，他使用了奇妙的话语，那些能够划破冷漠的栅栏的话语：他们失去了什么？房子、孩子、男朋友。更重要的是，他们渴望什么？梦想、和平、工作、房子、孩子、新的开始。一滴眼泪，两张笑脸。

眼下，胡安抱起这个六七岁的男孩，把他放到背上，绕着桌子跑了几步，再把他放回地面。

哇，你太重了，我都抱不动你了。你想喝果汁吗？

我想喝可乐，谢谢。

可乐不行，对你的牙齿不好。橙汁，可以吗？

胡安向我眨眨眼。这孩子过来的时候悄无声息，低着头，眼神透露着不清楚自己具体想要什么，但就是想要某件特别的东西。他点点头，刚想笑，但意识到自己的牙齿才长到一半，就立刻放弃了。他的新牙还没有长全，需要戴上牙套。

胡安向服务员示意，点了一杯橙汁。

可乐和巧克力都不行，今天只能喝果汁。

我看着苏里的双腿摇晃着，大两号的人字拖在脚上摇摇欲坠。我意识到我的柔情随时可能爆发，但这样是不行的。

我必须控制眼泪、控制双手，尤其是控制自己不去拥抱那个脆弱的小身体。我不敢跟他说话，不知道有什么招数可以安慰他，更不知道该说什么。相反，胡安表现得很自如，这一点让我佩服。他询问苏里，为什么妹妹没有去上游泳课？爸妈不是已经答应了吗？苏里克制住笑，只是耸耸肩。他已经喝完了大部分的果汁，双手握着杯子，手指紧紧扣住。

你几乎是最强的，哪一天你甚至可以教比你小的人。你想教小朋友们游泳吗？

这一次，男孩终于笑了，露出长了一半的牙齿。我想给他拍照，但不知道是否合适。我从口袋里掏出手机，征求他的意见。他立即合上嘴巴，脸转向我，等我快点拍。他已经习惯别人用手机或相机给他拍照。小孩子最上镜，最能引起同情心。当然了，小狗小猫更胜一筹。但小孩子仍然比父母和祖父母更有优势。这个孩子的脸会出现在多少出版物上？他们也许会在他脸上贴上心形图案，或者放上他的名字。但谁会注意到他忍住的笑容？谁会注意到那双眼睛正在祈求某件特别的东西——回归正常的生活？我把照片给他看，他不怎么感兴趣。相反，我的记忆因为捕捉到那一瞬间而欢欣鼓舞，少了一个遗憾。我至少应该要为此而对他表示感谢。我对他的亏欠随年月增加,不知道如何偿还。

水下的东西。

苏里说话声音很轻,若不是胡安以问题的形式重复了一遍,我根本没法听懂,虽然我们说同一种语言。

你想看水下的东西对吗?鱼,还有植物?

苏里点点头。他啜吸着剩下的果汁,发出声响,没人责怪他。胡安从他手中轻轻拿走杯子。

已经喝完了。我们去买潜水镜吧?

现在轮到这个孩子没听懂了。翻译的作用就是如此,将一个人的话传递给其他人,解释欲望和恐惧。他出现的意义就在于此,让不确定性从人们恐惧的脸上散去,用区分他们的语言向他们解释希望。

我们去商店买潜水镜吧。你想要吗?先去征求你爸爸的意见。

胡安示意我一起去。他结了账,我们走出来。路上遇到了一群足球运动员和芭芭拉,她刚刚在公共水池帮一些母亲给婴儿洗澡。我们从集装箱前经过,那里人声嘈杂,要在晚餐分发完后才会平静下来。营地的主入口处有类似集体散步的活动,孩子们,尤其是一些年龄较小的坐在婴儿车里,由父母推着散步,他们穿好了衣服,梳好了头发,供人们欣赏、赞美和拍照。我无法理解这种展示背后的原因,这让我感觉不舒服,仿佛除了亲切感之外,还蕴含某种隐性交换。仿佛隐私的暴露并不令人不适。感到不好意思的人是我,而不是他们,这似乎不太正常。我想摆脱这个愚蠢、略带偏见的想法,于是询问胡安如何看待。

哦,你不要把刚才在入口处看到的和营地里发生的事情混为一谈。年轻夫妻在这里漫步,希望被接纳。他们明白图像的力量,渴望展现出可信的一面,家庭完美,对未来充满信心。失去最多的人通常待在帐篷中,他们打牌、听故土的广播、呆呆地望着天空。他们不关注脚下所踩的土地,只能从持久的枪击声中、从日常的恐惧中休息。噩梦和创伤后应激障碍折磨着每个人,仅凭这一点,他们就能成为符合庇护条件的弱势群体。

他们无所要求。这一点令人感动,也令人害怕。这很奇怪。

对你来说奇怪,对于西方人来说奇怪。很少有人认为他们能忍受这种屈辱,值得庆幸。但他们真的可以忍受。多人混住、夜晚的虫子、登记、登记号、排队领食物、饥饿、肮脏的厕所、老鼠、没有热水、身体下面的石头、蔑视。对于逃离战火的人来说，这一切似乎都是可以忍受的。但不应如此。

胡安和苏里父亲之间的对话很简短。这个男人抱着头戴公主皇冠的小女儿。由于最近发放的小饰品，所有的女孩都加冕了。我不知道男孩收到了什么，总之不是王子的皇冠。我不清楚区分女孩和男孩的礼物是为了拉近赠送者与被赠送者的距离，还是缘于常见的刻板印象。随着我对馈赠者的不断了解，我会自己找到答案的。除了值得赞扬的、帮助受难者的愿望之外，我对这些志愿者了解多少？是什么动机让他们坐上飞机到这样一个非旅游的目的地？连我自己都不清楚自己的动机是什么。

苏里抚摸着儿子的头发，同意了他的请求。苏里完全信任胡安。所有人都信任胡安。如何破译这种信任的秘密？是什么导致一个人相信对方传递给他的信号？这些信号是什么？如何产生这种信号？如何操纵它们？

我也开始信任胡安了。我看着他将手放在苏里的肩膀上，一只可塑的、灵活的、保护性的手。我们走在大街上。他穿过马路，我跟着他。他向右转，我继续跟着。我对这条街还不熟悉，如果是一个人的话我可能会迷路。街角有一家小饰品店，看起来也卖潜水镜。眼前是成堆的洋娃娃、手镯、耳环、笔记本、杂志、手推车、钢笔、铅笔、钥匙圈和纪念品，仿佛从地板上冒出来似的，和谐地堆在一起。这个地方会有潜水镜？真不可思议。柜台后面是一个微胖的中年妇女，轻轻摇晃着带花边的扇子，紫红色的指甲油很是抢眼。我们到的时候，她的眼睛从手机上抬起来。胡安请她找潜水镜。女人没有起身去拿，而是非常严肃地问了一个问题，胡安回答了。在这位店主的反驳中，我只听懂了"不"，这个词是我从对希腊实施紧缩政策的公投中学到的。我看到胡安脸色变白，搭在苏里肩膀上的手更用力了，接着提高了声音。这名妇女显然没有屈服。她连看都没看一眼孩子，也没有看我。她和胡安争吵起来，两人怒气越来越大。

不难明白发生了什么事情。我不能任由丑闻发生，不能让苏里受到羞辱。他把脸藏在胡安的反光马甲里面，什么都懂了，以他脆弱的理解方式。

潜水镜是我要买的。是我需要潜水镜，请去拿吧。

胡安责备地看着我。现在不是搪塞的时候，不能向偏见让步，绝对不行，无论何时。我知道，我知道，你是对的。

但苏里的小脑袋正在躲避来自世界的攻击,在向我求救。他自出生以来就从未停止求助。若不能立刻结束他的痛苦,或者说我的痛苦,我会难以忍受。那个泼妇仍然没有动。我坚持道:

你没听到吗?我要买潜水镜。

她尽可能缓慢地移动屁股,踩着高跟鞋走进一片乱糟糟的地方。她假装在寻找,手镯叮当作响,将数不清的塑料包装一个个叠在一起。胡安迅速走到里面的一个货架边。他知道潜水镜在哪里,这不是他第一次购买,只不过这一次是带着苏里一起来。我扶着苏里,蹲下来抱着他,用力地爱抚着他。幸好我没哭出来。胡安把钱放在柜台上,向我们走来。

我们走吧。你想现在去潜水吗?要不要问问你爸爸,让你多上一节游泳课?我们之间的小秘密,怎么样?

苏里走在我们之间,一手拉着我,一手拉着胡安。

好主意。你都无法想象水下会看到什么。有大胆的彩虹鱼和喜欢跳舞的小章鱼。我们走吧?

翻译胡安拿着一个咖啡杯不停地走来走去。他不睡觉,也不能睡觉。那晚火灾中的受害者还躺在医院,每天的凌晨时分新人还在不断到达，人们之间的利益分歧越来越大：营地居住者内部，营地居住者和当地居民，营地居住者和政府，志愿者和其他人——医生、记者、欧洲庇护支援办公室的工作人员、某位愿意将案件提交法庭的律师。

你的大脑是如何同时处理那么多语言的？每种语言都有独特的感受和概念，处理如此庞大的词汇量真令人难以置信。如何在面向世界以及接受不同文化和观点的同时，翻译这种多样性？当他用不同语言思考时，是否会有多个不同的自己？或者，如果可能的话，多个"他"通过叠加和调整作为一个整体而存在？

我想跟他聊一聊，但越来越难碰到他了，无论是在晨会，还是在越来越少的海滩酒吧派对。我通过WhatsApp上的信息关注他的近况，他令我感到疲倦。他本人似乎像他无限的词汇量一样成倍增加。有时我远远地看到他，拿着从不离身的咖啡杯，浓密的胡须，匆忙的眼神。招募更多的翻译在这座岛上显得越来越刻不容缓，但这并不容易。志愿者们一般可以自行选择任务，比如陪孩子玩，教游泳，教英语。翻译必须协助所有人，必须参与所有事情。

翻译的生活中有一些糟糕的插曲，就像我们当时经历的情况那样凄惨——我所说的不仅仅是死亡。几天后，在几起

咖啡杯（胡安篇）

突发事件的间隙，我在A la Crème面包店遇到了胡安，他带着一如既往的微笑。我刚刚去医院给一名叙利亚男子送去换洗的衣服，他在市中心遭到袭击，脸部犹如一块血饼，身上血迹斑斑。

为他找衣服是最难的。仓库那边让我提供尺寸。一个躺在担架上的人，我手上也没有卷尺，M码？还是L码？裤子大小呢？只能靠目测，就这样吧。打扮得不错，穿着方格衬衫，要是再戴个帽子就跟牛仔没什么两样了，就像《阳光下的决斗》中的约翰·韦恩。

我觉得约翰·韦恩不系背带的情况下穿XL码。另外，《阳光下的决斗》不是他参演的，而是格里高利·派克和约瑟夫·科顿。两人都不是演技派，更像偶像派。

是吗？好吧，说到这里，我甚至怀疑那部电影里并没有出现格子衬衫。我可能在比较的时候夸大了相似点。那个人中等身高，很瘦，喜欢吃沙拉和香料，不怎么吃肉。肥胖是西方人的专利。你吃过姜汁鸡吗？

没有，我想这里没有条件做这个。

这里什么条件都没有，人们命悬一线。当解脱感占主导地位时，他们能坚持一会儿；当他们开始认真思考现实生活时，地狱来临。

已经开始了。

没错。众所周知，这些孩子不可能上学了，社会系统无法承受，当地孩子的父母也会抗议，仇恨会在大街小巷蔓延。

似乎一切都有助于来自欧洲和全世界的仇恨蔓延。在这里，除特殊情况外，居民们一直很有耐心。但我相信这种状态不会持续很久。

我同意。关于孩子的问题更糟。西方的孩子是神圣的装饰品，只可观赏，不可触碰。

这些孩子对他们来说也是很重要的。

但方式不同。他们只是远远地看着，而非近距离关爱。我给你讲个故事，你想听吗？

我喜欢听故事，只要是听故事我就有时间。你的时间更宝贵，过不了多久又会有人需要你的帮助了。

一会儿再说，我先开始讲。这个故事就发生在这里，在希俄斯的医院，来了一位临产的妇女。她怀孕七个多月。故事开始于土耳其海岸，她沿着比爱琴海这头更陡峭的悬崖往下走。每一步都必须小心翼翼，精神高度紧张，下坡后等待他们的是更艰难的挑战。事后他们告诉我，那位准妈妈的叫喊声太大，他们不得不强行捂住她的嘴，直到离开土耳其水域。当他们靠近自由的此岸时,从这头的海岸都可以听到准妈妈痛苦的呻吟声。救援队一看到橡皮艇就立刻潜入水中向他们游去。救护车还未到达,小男孩就在岸边出生了,母亲给他取名为希克哈德。他太脆弱,处境太危险,必须住院。一个月后,他仍然没有出院,也无法预见何时能出院。他的父亲几个月前就到了德国,焦急地等待着他,却帮不上任何忙。那是2015年7月。如果我没记错的话,那位年轻的母亲名叫纳赫兰,或者纳赫丹。她每天从维亚尔赶去医院,付出了巨大的艰辛。联合国难民署的巴士内温度高达近五十摄氏度。此外,她并不是每次都能让巴士往北区绕一下路,有时她得从苏达步行过去。此外,北马其顿已经威胁说要关闭与希腊的边境线;9月,匈牙利和塞尔维亚之间的通道已经被画上句号。①总之,如果连医生都无法确保孩子的生命安全,纳赫兰不可能指望带着孩子踏上旅途。她决定把孩子留在这里,独自出发去找她的丈夫。我读了她写给儿子的信,可想而知是多么令人心碎。她的计划很清晰,那就是一有机会就立刻回来将儿子接走,一家团聚。而目前最紧迫的事情是安全到达德国。大约六个月后,我参与到这个故事中。不

---

① 2015年匈牙利为阻止非法移民入境,在塞尔维亚和匈牙利边境修建了围墙。

到六个月,我记得那是在圣诞节前,当时我的房间里有一棵小小的圣诞树。他们应该是在德国过了几天假期,我不确定。言归正传,当时法院打电话给我,让我翻译他们跟孩子母亲的对话。纳赫兰是来接儿子的,当时儿子受少年法庭监管。我以为很快就会有好结果。我去的时候心情很好,孩子母亲也是容光焕发。一切都会顺利结束,孩子安然无恙,家人可以平安团聚。但法庭内的面孔与喜悦不相符。光是听他们向纳赫兰传达的信息,就令我感到艰难。我在她身边,比她先听到这些信息,想着我曾宣誓忠实翻译对话,又想象着她听到这些内容时的绝望心情。我的大脑飞快地搜索着柔和的词语,试图阻止那些话可能带来的后果。但我做不到。总而言之,早产带来众多后遗症,孩子的生命得不到保障。疾病和待做的治疗清单无穷无尽,看不到明确的希望。更糟糕的是,法官说孩子的性别也无法保证。他们已经做了检查,还没有结果。希克哈德可能不是一个男孩,而是一个女孩,还需要等待。等待什么?等待时间的流逝,等待他或者她,完成自我构建。当我重复着纳赫兰怪异的、似乎不可翻译的话语时,我无法看向她。我把几个"如果"换成了"当……时",用确定和简洁的语句讲述事实,因为不公平的事情是很难控制的。我经历过不少战争和折磨,但那是我生命中最可怕的时刻之一。

你有他们母子俩的消息吗?

我只寻求我认为有能力了解的消息。我尽可能装作勇敢,保持好心情,等等,但我比想象中更脆弱。若得知孩子的父亲因失望而拒绝接受孩子,或拒绝妻子,或拒绝两者,我将无法承受。我不想知道。我宁愿假装存在奇迹。大多数人都是这样生活的,为什么我不这样呢?有人说,手是神和人之间的中介,对我来说,是语言,是无尽的话语。

能治愈的话语?

治愈是不行的,能稍稍抚平伤口就已经很好了。

神奇的话语,类似一种语言吗啡?

可以这么说。

胡安笑了。他向服务员示意再来一杯咖啡。我摆脱了一丝羡慕:我一直在寻找能改变事物黑暗部分的神奇话语,却总是求而不得。不过,胡安值得拥有这种力量。在我见过的这么多人中,胡安值得寻找到这种力量。不断有信息发来,四面八方都有人在找他。

我看着他站起身,一只手拿着咖啡杯和香烟,另一只手拿着手机。我这才想到,可以依靠他帮助阿米娜。但现在已经没有时间给他讲这个故事了。

还有一个危险的故事，也许是个美丽的故事，你应该会喜欢。

我等你的电话。

胡安在各种求助之间奔波，很难区分优先级。他翻译病人症状以及医生的诊断建议，在极端情况下能够决定生死。面对岛上不断增加的人口和特殊性，医生数量少得可怜。有机体在任何地方都是一样的，或者说几乎一样。如果你打开哺乳动物的身体，你会看到同样的血管组织，都因血液呈现出红色。但思想却在不同的波段运行，就像调整收音机的频率一样：短波中不同的电台挤在一起，相互碰撞，耳朵几乎无法辨别，但其内容可能截然不同，从巴赫到钙片广告。同理，不同病人对相同疾病的感受也会不一样，有些人感觉没什么，有些人则认为很严重。假如医生必须解读每一位病人的情况——假如所有人都得相互解读，将是一项永无止境的工作——语言和文化就会构成无法逾越的障碍，不利于生和死的对峙。翻译胡安的用武之地就在于此。但我相信，如果我问他救过多少人的生命，他一定会大笑起来，然后开玩笑似的假装用手指头数数，一直数到九为止。他会这样说："拯救的话语只存在于为数不多的书本中。此外，在这些书中也可以找到引向灭亡的话语。""不要夸大其词，"作为文学无害的坚定支持者,我反驳道,"书籍改变我们,让我们更好地活着。哪怕看看别的书,了解其他人的生活也是好的,这样可以拓宽我们自己的生活。"胡安在喝咖啡的间隙微笑着,最后简短地说:"好吧,看来你已扎根于西方规条之中。这样也好,很舒服。"我略感不快,思考如何反驳。

我越发频繁地想象着与胡安的对话。我想要进入他的大脑,在那里,语言无限延伸,相互交融,没有边境。这样的一个大脑如何与国境线联系在一起,并为之奋斗?胡安永远不会成为一名全副武装的士兵,永远不会使用枪支。这正是一种无可比拟的品质。

此刻,为了阿米娜的事,我正在与他通电话。阿米娜请我帮助她逃跑。先不说是否有可能逃出岛外——在我看来简直是天方夜谭,最要紧的是逃离那两个死死看守她的黑衣女人。阿米娜需要空间,哪怕只是在她的笔记本上写写画画。如果边上有人,她就无法在笔记本上写字,更别说是两个监视她的黑影了。

你需要跟她们谈谈吗?

胡安似乎很惊讶。

我想和她们谈谈。我不想用谷歌翻译。和女孩们在一起

还行,她们能听懂一点英语,但对于年纪大的人,我觉得行不通。在决定帮助阿米娜之前,我犹豫了很久,因为可能会惹上麻烦。但不知道为什么,从某种程度上来说,我觉得只有迈出这一步,我来到这个岛上才有意义。帮助她或许可以摆脱眼前展开的混乱局面,而无论在里斯本还是在这里,我都无法改变任何事情。我需要一位翻译。

没问题,用不了多少时间。明天早上,当她们和那个女孩出现在沙发上时,如何?

第二天的谈话很简短。我和阿米娜拥抱问好,向那两个女人做了自我介绍,她们不愿意长谈。胡安的工作仅仅是把我的话翻译给她们听,她们的回答简单而遥远。我告诉她们,我为女孩们安排了一个小型的艺术表达课程(事实上,在这方面阿米娜可以做我的老师),阿米娜将会是一个理想的学生,因为她已经表现出极大的兴趣。课程在妇女中心开设,如果阿米娜愿意的话可以带上阿斯玛。但课程只能安排在上午11点到12点之间,可以吗?

胡安如何翻译我的话,我不得而知。谈话过程中他没有吸烟,甚至戒掉了如影随形的咖啡。相反,他变魔术似的从口袋里掏出橘子送给她们,用小恩小惠取悦他人正是我欠缺的本领。阿米娜用逗趣的笑容看着这一切，眼睛眯成一条缝，正是这双眼睛令奥米德着迷。两个女人相互商量了一下，随后又跟阿米娜简单交谈。与此同时，胡安向我眨了眨眼睛。手机在荧光马甲的口袋里振动，但他无动于衷，仿佛手头的事情是所有任务中最重要的。

我怀疑他在执行每项任务时都是这样的。每一次执行任务都是独特、果断。我很喜欢胡安，没法找出他的缺点，原谅我。我对他的过去一无所知，他对于自己的角色不加选择，仅仅是遵从别人提出的请求，这两点促成了他的完美。了解一个人的方式是看他做出什么样的选择。我只知道他的一个选择，那就是和那些绝望的人在一起，为他们争取应有的生活。总而言之，他，或者我，或者我们俩共同说服了那两位女士。

课程——也就是阿米娜和奥米德的约会——第二天正式开始。阿斯玛说，有点像西方的约会，也许她说的时候还带有一丝羡慕之情，因为她从来没经历过这种约会。

后来我去找胡安，向他表示感谢。

他对我说：

你知道吗？大脑中混合那么多语言，脚下走过那么多不同的路，其好处在于你不再对一些事情大惊小怪。所谓奇迹是指从未被讲述过、很多年后才会再次发生的故事，就像许多其他从未被记录、也永远不会被记录下来的故事一样。你只要随便逮住一个人，就可以看到难以置信的、相互交织的故事，这些故事又会和其他故事交织在一起，形成一张没有起点也没有终点的网。聆听古希腊诸神和英雄的故事和聆听这些被遗弃的可怜人的故事没有区别。他们都出于同样的原因行走、战斗和重生。传说告诉我们，荷马曾在这里走过。他还继续留在这里。精神不会死，文字也不会死，即使它们发生改变。奥米德和阿米娜的故事就像其他故事一样难以实现，但我为什么不能产生兴趣呢？祈求神灵是无用的。他们很清楚该怎么做，他们并不理会祈祷或祭祀，反而对此尽情嘲笑，就像我们以捕捉神奇宝贝或宠物的趣事为乐。诸神总是在最合适的时间和地点决定将他们的力量与人类的力量相交合，无论是好事还是坏事。我不久前认识了这个奥米德。他很聪明，对不尊重他的事业的人视而不见，同时又学会了不树敌，所以他受惩罚的风险较小。对于一个有如此经历的人来说，他显得有些过于安静了。诚然爱情有风险，但经历众多回合的血腥战斗后，赢得胜利也不是不可能。你不这么认为吗？

我呆在那里，一个字也说不出来，更别说回答这个问题了。我突然想到，胡安说了那么多关于别人的话题，却从来没有谈论过自己。除了谈论他者时展现出来的天赋外，我对胡安了解多少？另外，他评论奥米德"对于一个有如此经历的人来说，他显得有些过于安静了"又是出于何种目的？

在我看来，你是一个狡猾的神派来的天使，要不就是神本身，伪装成了一个翻译，伪装得很不错。你立志理解他人这点令人感动。你从来不累吗？你从没做过丑陋的事情吗？

不存在所谓的"他人和我"，哪怕那个他人是神。一切存在之物都兼具神性和人性。我即是我所说的话。每个人所想的事情是一样的，方式不同罢了。我慢慢感到疲惫，也会做一些丑陋的事情，非常丑陋，你不会想知道的。一旦有了新消息，我立刻告诉你，如何？

这些人存在，我想。这些人存在，他们就在我们中间。他们存在，他们说话，世界通过他们的声音旋转。

胡安开始研究奥米德准备的档案材料。他不像迪米特里斯那样带着好奇心阅读，而是像个专业人士一样，思考如何改进的方法，强调大逃亡中最危险的片段，找出经受的威胁，试着填补残缺部分，想象威胁性的表情、迫害性的对话、圈套，搜寻暴力的经历对心理健康的影响。如果能得到创伤后应激障碍的诊断证明，那么就相当于成功了一半。但根据他的了解，奥米德几乎不符合这种症状。也许他专门训练过自制能力，也许他本来就是个坚韧不拔的人，也许仅仅是通过爱情得以治愈。

廉价旅馆中，嘈杂的人声和关门声从其他房间传来。胡安将逐步构建一个故事，比档案中的故事更宏大，更有活力，更有生命力。这是一个男人执着于爱的冒险故事。这个宏大计划的主人满世界寻找身边缺失的东西，一种可以避免兄弟间的仇恨、邻里间的战争和无辜者大屠杀的归属感。他不知疲倦地寻找，他的心在爆炸，同时还对爆炸心怀感激。

胡安感觉自己的心脏因这股突然出现的力量而狂跳。是的，他能够填补空间，建立对话，教奥米德成为他想象中的英雄人物，被不信任所包围。他会和奥米德一起检查档案，并翻译成比英语更具屈折变化的波斯语。前往雅典之时，奥米德将成为一个更强大的人，他将在胡安想象的故事角色中找到自己。

有一天，胡安告诉我，他通常不会梦到真实的人或真实的空间。在他的梦中，常常出现来自不同时代和年龄的面孔，游荡在夹杂着矛盾情感、冷热交替的风景中。他醒来时往往精神百倍，仿佛刚刚潜入雪山间的蓝色湖泊。奇怪的是，梦境中无人开口。欢声笑语、来自不同距离的目光交织、音乐、拥抱、战栗，欲望的秩序维持着心灵感应的宇宙。那天晚上，入睡前放映的故事——或者说电影——没有中断。奥米德徒步走在羊肠小道和山路上，有时滑行，有时飞翔，从未止步。远处始终可见水流，仿佛不是障碍，而是绿洲的承诺。

胡安醒来后热情依旧不减。他给奥米德打电话，邀请对方一同散步。接着又通知志愿者小组他将缺席一天，并关掉了手机。

他们在港口附近的一个露天咖啡厅见面。奥米德留着短发，穿着刚晒干的白衬衫，脸庞清澈。如果他伸着鼻子四处寻找美景以及自拍的角度，看起来就跟游客没什么区别了。胡安已经端着咖啡杯坐下，远远看到奥米德迈着轻盈的步伐走来，和梦中步伐一样，以天使的速度滑行；或像是在电影中，如滑翔飞行的仙鹤一样轻盈而不知疲倦。

来吧，朋友，我们要做的还有很多。首先，我想听你用你的语言讲你的故事。可以吗？

奥米德做了个鬼脸，试图解释他的英语很好，不需要翻译或翻译员来重构他所讲的内容以及他希望使用的讲述方式。

所有一切都在档案里。

朋友，这样的开头可不行。想象一下，如果我是面试官，我会怎么看待你的态度？

但你不是。难道不是这样吗？

我可是在帮你。

如果你只是想看到我顺从你的某种意愿，那你就无法帮我。

没必要因为意见不同而争吵。眼看着微不足道的小事即将引发争执，胡安理智地化解了这个问题。

好吧，你说得对。那么我就先用你的语言讲我的故事。如果我说得不对，请纠正我。

外交官的儿子，在最好的大学里念书。下午则在城市四处闲逛，或在郊区冒险，与此同时学会了从各个角度、各个层面、在各个地方观察和倾听。胡安说，一切都轻而易举，不管出现任何问题，一个电话就能解决。他去里约的贫民区踢球，被玉米须和椰子水弄得脏兮兮的，有人嘲笑说这个白人孩子是个傻瓜，有些女人把他抱到胸口，叫他好孩子，而他只想顺着她们往上爬，就像爬一棵温柔的树。还有那些墨西哥人，头靠在病态城市的黏稠地面上。性和龙舌兰酒。这些污点经历令父亲蒙羞，却也武装了儿子。他的手指不仅能够触摸伤口、汗水和破衣服，也能触摸沙龙的天鹅绒。接着他去了美国费城，这座城市的街道依然保留惩罚和死亡的记忆。巴塞罗那，它的恶习、色彩，以及自由。当他发现自己有能力成为一个男人时便开始独自旅行。世界是一个战场，花儿等待着闪耀的那一刻，也等待着被连根拔起的那一刻。男人的手同样也在等待、纠缠、绝望和闪耀。

胡安的故事与奥米德的故事在这个岛上交汇。一个人落难，另一个人收集落难者的话语，让它们飞翔，自由地到达目的地。

你明白吗，奥米德？我相信你，你很勇敢，很聪明，此外，你还充满激情。你过去的生活如何暂且不论，我相信你需要去属于你自己的地方，你值得去。相信我。让我们好好留意你要说的话吧，精心挑选，强调最好的几句。万一面试失败，他们会把你送回土耳其，你不能留在那里。这将是你的故事的一个关键点。在土耳其，你的每一步都像是走在雷区，他们必须明白这一点，你必须让他们明白这一点。

奥米德沉默了，又点了一杯咖啡。他开始用他觉得有些粗俗的语言讲述，但这种语言却将他带向怀念的声音。在自己的低声细语中，他听到了战争开始前父亲和叔叔们的声音。他听到了他祖父的声音，声音中浸透着烟雾和对星星的惊异。数百万年来，所有的星星都悬浮在同一片天空中。他听到一个更加亲切的声音，向世界散播开去。

"他们并非不相容。"胡安接着说。他们又点了一份汉堡，奥米德涂上大量番茄酱，把酱包挤到一滴不剩。

这种全球性的呼吁和你的母语并非不相容。你的语言足以表达一切，不需要贫瘠的英语帮忙。你看过贾法尔·帕纳希的《出租车》吗？另一个城市，另一种文化，另一种语言，在欧洲却能被理解。所有的语言都与画面相符合，所有可能发生的事情都可命名，每一个名字都对应一个熟悉或陌生的画面。沟通是另一回事。翻译员的存在是为了讲述。翻译总是涉及阅读和权力。我知道如何以对你有利的方式行使这种权力。相信我。

奥米德回答了几个从未想过，或者说从不愿意思考的艰难问题后，感觉状态不错。

在埃尔比勒，你说你曾躲藏好多天，只靠面包过活。你当时在躲着谁？

警察。政府认为我的组织与政权为敌，说得好像我是一个政治家，想利用这个平台取得权力似的。真是无稽之谈。我想要做的，不过是以反对各类歧视为原则，来传播一种基于爱的文化。如果我想成为政治家，今天就不会在这里了。

你的意思是，虽然你不是政治家，却像政治家一样遭受政治迫害。

是的，你可以这么表述。

那他们为什么不一开始就逮捕你？他们让你自由活动了多长时间？

直到他们意识到我永远不会参与他们的游戏，我拒绝被用来满足他们的利益。我不是一个政治家，我也不想成为政治家。

多长时间？

不到一年，也许是八个月或十个月。

你得试着回忆清楚，他们可以去确认的，并且他们一定会这么做。

也许是2月到10月。不，10月份天气已经很糟了。我记得我躲藏的那几天很冷，天气很糟。

你说你躲在一家商店的后面。那是家什么店？

陶器店。那里卖小瓷器雕塑，手工制品。

你能在地图上找到这家店吗？

我想应该没问题，但我从来没有试过。

谁给你面包？

他们会问我这个问题吗？这有什么意义？

谁给你面包？

经过那里的面包师。

他只给你带去面包？他不能偷偷地给你其他东西吗？

他骑着自行车经过，给我送东西时停也没停，将面包从窗户缝扔给我。

你是怎么离开那里的？

在一个晚上，我的朋友，也就是那家店的主人，已经没法找……

等等，奥米德，这不可能。你有一个面包师朋友和一个店主朋友，为什么那位店主没有给你送食物？

他当然给我送食物了。在他被逮捕审讯、关闭商店前，他一直给我送去食物。

他们抓走了那位店主，却没有找到你？

胡安，你的问题太多了。你到底是谁？为什么想知道这么多细节？

见鬼，奥米德，我以为我们已经跨过这个环节了。如果你不相信我，你就完了。相信我，他们会想知道细节，并且他们会向相关部门核实的。为什么警察逮捕了他而没有逮捕你？

他们不只是在找我。我当时也不是一个人，我们互相帮助。他们在一天晚上逮捕了他，我连续等了好几天，不知道他怎么样了。当他回来时，带来了蛇头的联系方式。我在凌晨冒险去找他们。就是那个早晨，我开始了欧洲之旅。

你知道你的朋友对警察说了什么吗？有没有对你下达逮捕令？

应该有。我不知道。从那晚起，我换了身份。直到来到这里，到了维亚尔时我才透露我的真实身份。

他们就这样持续了一整天，一直到夜深，服务员过来提醒说要下班休息了。他们之前甚至都没注意到这位服务员还在里面，靠在柜台上，眼睛时而闭上，当电视屏幕传出"进球了"时又睁开，那时体育频道正在连续播放着奥运会足球比赛。他们早已成为店里唯一的顾客，而服务员也已经放弃了每隔十分钟前去询问他们是否还需要点些什么。

胡安艰难地与奥米德告别。他不能邀请奥米德去他住的小旅馆,也不能去营地和奥米德共用一个帐篷,两人为准备采访而进行的谈话就此中断。这是一个荒谬的命运的玩笑,是人类强行创造的边界。人类也正是以这样的方式毁灭自己的星球。

奥米德面试的那个上午,第一场秋雨落下。雨水抚平了火灾的碎屑,将附在衣服上的刺鼻气味转化为这片福地的古老气味。但这场雨也预示了冬季即将到来的暴风雨,到那时营地会变得泥泞不堪,水会结冰,甚至连冷水澡都没法洗。

胡安行驶在岛上曲折的小路上,感觉到雨水即将到来。这场雨就像一件荆棘的斗篷,营地中所有无法逃脱岛屿诅咒的人都不得不穿上它,并且可能在接下来的旅程中都无法摆脱。他预感灾难即将到来,必须尽快提供援助,拯救迫在眉睫。他感觉每一分钟的浪费都是一种犯罪。汽车、心脏、话语,都必须加速前进。每次一个。现在是奥米德。

面试官、面试者、翻译、装满文件的桌子、装有录音程序的电脑。

奥米德穿着白衬衫和前一天从仓库取来的长裤,神采奕奕。他假装翻阅着档案,试图掩饰双手的颤抖,尽管文件早已下载完毕。

面试官则假装把注意力集中在屏幕上,避免关注面试者的紧张情绪,不然他就得在一刻钟内结束面试,无法完成他的任务。面试官是一个戴着小眼镜的男人,他的眼睛更小,像两个点,感谢老天没有让他的近视太过严重。

一个小时接着一个小时过去,午休,接着继续。胡安保持注意力集中,以免漏掉细节,包括奥米德逐渐摆脱的恐惧。他在逃离的国度曾受恐惧的摧残,若不幸遣返,他将被迫回到那里。他们谈到陶器店、干面包,谈到收留他的朋友被迫害,谈到在那个国家东躲西藏,无法生存。面试官要求奥米德以直接、可核实的方式讲述具体的迫害行为。胡安谨慎地翻译着奥米德的回答,准确地提及了时间和城市的街道。他提前研究了城市地图,凭借奥米德前一天回忆的细节描述了种种等待和陷阱。整整两天只为一个目标,那就是拯救奥米德。下一天,再拯救另一个人,以及更多人,直至话语将他抛弃——他希望这永远不会发生。

同样这一天,自行车男孩沙特被批准乘坐渡轮前往雅典。按照计划,这场旅行由阿米娜替他完成,帽舌遮住了她的半张脸。胡安把手搭在这位"小男孩"的肩膀上,他是这位"未成年人"的监护人。真正的沙特应该更高一些,但谁会注意到这一点呢？他们在最后一刻匆忙登船，胡安用坚定的声音请大家让一让，好让他们俩通过。在旅途中，阿米娜把头靠在渡轮的椅背上假装睡着了，她的脸被帽子完全遮住。胡安忙于处理WhatsApp上的信息，让身边这位"小男孩"安安静静地睡着。

阿米娜和胡安就这样悄无声息地到达了雅典。他们一离开人群就立刻拥抱在一起，庆祝成功逃脱。奥米德在手机的另一头与他们一同庆祝。

那天晚上，沙特和他的自行车最后一次在岛上的崎岖道路中穿梭。接近码头时，他们依然没有停下来。跟着我到森林里去，一个声音这样喊道。那辆红色的自行车带着穿兜帽的主人划出一道通往大海的蜿蜒线条。有些人确信看到他们滑行升空，在水面上翱翔，仿佛斯皮尔伯格①的电影转变成了现实，并将这种现实赋予梦想家。叙利亚儿童的歌曲《请给我们一个童年》②伴随着自行车的飞行，伴随着逃难者的欢呼和泪水，讲述着这个狡黠的男孩为了回家所经历的痛苦和

---

① 史蒂文·斯皮尔伯格（Steven Allan Spielberg, 1946 —　），美籍犹太裔导演、编剧、制片人。代表作有《夺宝奇兵》《E.T.外星人》《辛德勒的名单》等。
② 是黎巴嫩著名的阿拉伯语反战歌曲。

故事。

沙特乘坐渡船过海,首先到达土耳其,然后从那里回到被摧毁的家。艾莱妮通过她在那里的关系找到了孩子的祖父母,在老人的帮助下,他终于和父母作别。老人等候着孙子,热泪盈眶,不停地拥抱,然后回到他们破旧的家,在那里,阿格斯——那条幸存下来的狗也在等着他。我们曾经祈祷他不会因为固执而吃苦头。如今,我们希望他的固执可以让他开始新的生活。

我得知阿米娜等待奥米德的时间很长。尽管有胡安的帮助,但面试结果并不理想,必须提出上诉才能不被立即驱逐出境。

伪装成小男孩的阿米娜在雅典的街道上自由地穿行。她独自在港口看来来往往以及作业的船只,看容光焕发的旅客,这是她值得长期享有的特权。我打赌她的背包里一定放着笔记本、阿斯玛送的耳环,以及头发长长后可以帮她增加发量的小垫片。

几天前,我在YouTube上闲逛时看到一个视频。画面中是一群无家可归的孩子,在雅典港口附近的街道上。纸箱碎片点燃了篝火,冷空气和隐藏在一些目光中的刀口划伤了他们的手。他们的身体在影子和世界投下的夜色的驱使下缓缓移动。我就像第一次拜访亲戚一样，认真地看每一个人，寻找他们身上的家族特征。我把眼睛凑近屏幕，试着找出熟悉的面孔。苏里在不在里面？阿米娜在里面吗？会不会是那个背着双肩包的小男孩（包里装着粉色笔记本）？会不会是那个戴着条纹帽的女孩？那个扎着金棕色马尾的女孩？

就在这时，我注意到了旁白。那个声音呼唤着他们的名字，讲述他们每一小步的故事。他们走过如此长路，而前方的路却又那么短。

当那个声音开始讲述每个人的梦想时，我认出了她。当初她也是这样向我讲述她自己画在笔记本上的梦想。我回想起初到岛上时，听到她说的第一句话：你好！我是阿米娜，她是阿斯玛。

写在最后

这是一部虚构作品。除了J以外,没有一个角色与现实中的人物相对应。

感谢2016年夏天在希腊希俄斯岛上与我交谈的每一个人,他们令我情不自禁地想象他们的过去和未来,以及过去和未来之间的故事。

感谢莉莉安娜·帕里尼亚和凯斯特·拉特克里夫,他们在我之前来到岛上,帮助我准备那场旅行。感谢他们总能让我学到新的东西。

感谢陪伴我旅行的姐妹——塞莱斯特·佩德罗,那个拥抱让我们永远相连。

令我感到遗憾的是，自旅行至今，岛上寻求庇护者的生活条件不断恶化。与迪佩特营地一样，城墙周围的苏达营地也已关闭。此前在苏达营地的人以及不断新来的人都被转移到维亚尔营地——位于城区约十公里开外的荒漠地带，四周围绕着铁丝网，帐篷已经蔓延到营地边缘。临时厕所坏了，没有自来水，也没有电，人和爬虫都在淤泥上生活。他们从欧洲和欧洲人那里得到的最好的东西是被遗忘，最糟糕的东西是越来越普遍的蔑视。

还令我感到遗憾的是，希腊岛屿上的难民营仅仅是流亡潮的一个片段。这场大潮正在摧毁被人类掠夺一空的星球。

我仍然期盼庇护权在欧洲能够得以实现。我们要做的，就是调查清楚究竟是谁在边境内外威胁欧洲的安全——要知道，那些战争难民所逃离的正是袭击欧洲的恐怖主义；落实国际法，保障难民的安全以及家庭团聚的权利；以及认识到这个问题包含的社会和人道主义性质，这与促成《世界人权宣言》的价值观相符，同时也是欧洲建设的基础。

译者后记

这是一部围绕欧洲难民问题展开的小说。2016年夏天,作者茱丽叶塔·蒙吉尼奥赴希腊希俄斯岛一处难民营从事志愿者工作,结合所见所闻,加以丰富的想象和对现实问题的思考,最终以虚构故事的形式呈现给大众。

"孤岛"和"高墙"是小说中两个主要的意象,贯穿整个情节发展的过程。

在西方文学作品中,岛屿常常作为故事发生的背景,并具有一定象征意义。岛屿四面环海,意味着孤立、与世隔绝;远离大陆文明的岛屿具备重建秩序和规则的条件,为新生活或新文明的构建提供可能性;岛屿往往作为一个中转地而存在。它不是目的地,不是人们追求的终极乐土,只是一个临时的过渡点,是连接两段生命过程的一个插曲。无论是鲁滨孙·克鲁索（《鲁滨孙漂流记》）还是赛勒斯·史密斯及他的朋友们（《神秘岛》），在"征服"岛屿后，最终都设法离开，回归正常生活。温蒂·达令也没有留恋给她带来无限快乐的"永无岛"，义无反顾地回到家中（《彼得·潘》）。

在本书中，"孤岛"字面指来自中东的难民居住的希腊希俄斯岛。在作者的笔下，岛屿拥有蜿蜒曲折的海岸线，夏天热浪滚滚，令人难以忍受，而到了冬天则寒风阵阵，水管冻结成冰。从大众角度来看，希俄斯岛并非"孤岛"，这里曾是旅游胜地——尽管因为难民的到来，旅游业受到很大的打击。本地人、游客、志愿者乘坐飞机、渡轮自由来往。在晴朗的日子里，从岛屿的东岸可以眺望到土耳其，但对于居住在此的难民而言，这确确实实是一个"孤岛"。因为战争，或是为了逃避迫害，或仅仅为了追求更好的生活，他们搭乘橡皮艇，冒着被海浪吞噬的危险来到欧洲，沦为难民。几乎所有人都想前往富饶、强大的德国，那是来自福利社会无法抵抗的诱惑。然而，根据法律程序，他们必须在这个希腊岛屿上等待庇护资格面试。

译者后记

在处理结果出来之前，任何人都不得离开岛屿，擅自离开的代价是被驱逐出境。作者将其比喻成"伪装成天堂的监狱"亦可理解。难民营的居住条件极其恶劣，等待遥遥无期。对难民而言，希俄斯岛并不是欧洲——尽管从地理上看，这里已是欧洲领地——而是通往欧洲的途径之地。他们介于被切断的、无法回去的故乡和理想中的、无法到达的欧洲之间，进退两难。岛屿既是逃难之旅中"形而下"的中转点，亦是追求新生活、试图融入新的文化、社会和价值观过程中"形而上"的精神之岛。作者以各种方式想象故事中的人物如何离开岛屿：阿斯玛乘坐飞毯飞去德国；奥米德和阿米娜乘坐气球或纸飞机升空；沙特骑着自行车跨越爱琴海……

该作品的另一个关键词"高墙"亦有双重含义。希俄斯岛上有两处有形之墙。第一处是维亚尔难民营四周的铁丝网。难民登陆后，首先需要乘坐大巴前往维亚尔进行登记。那是岛上唯一的官方营地，位置偏远，到达那里需要途经崎岖的山路。营地四周矗立着铁丝网，难民未经允许不得离开。另一处是苏达营地附近的城墙。由于难民人数不断增加，超出维亚尔的承载能力，在市区建起两个临时营地：位于市中心的迪佩特营地（后被拆除，书中对此有描述）和沿着城墙兴建的苏达营地。根据书中的描述，营地最北部是一个酒吧，紧靠海滩，最南部是出入口，位于城堡大门附近，帐篷和集装箱沿着城墙不断延伸，一眼望去无穷无尽。除了两处有形之墙外，"高墙"亦指无形之墙。它可以被理解为阻挡难民前行的障碍，欧洲的官僚主义、大国未尽人道主义义务所带来的间接阻碍等。

小说以第一人称和第三人称交替叙事，每一个章节都以一个人物为中心，故事情节相互交叉，呈立体、螺旋式推进。作者表示，"这是一部虚构的作品。除了J以外，没有一个角色与现实中的人物相对应"。小说人物的构建主要依托作者的想象，其根基则是现实生活。每一个人物都栩栩如生，并具有一定的代表性，例如"我"代表抱有同情心的志愿者团体，阿米娜和阿斯玛代表年轻、对未来满怀憧憬的难民，沙特是难民中"无人陪伴的未成年人"的缩影，迪米特里斯则代表了官僚体制中的普通一员。多视角的叙事令小说结构更为立体、饱满，也使对难民问题的讨论和反思更为客观和全面。

　　本书的另一个特点是在叙事的同时夹杂了大量的反思。有时是"我"的内心活动，有时则是借他人之口表达的话语。作者的人道主义精神和理想主义情怀在书中展现得淋漓尽致。难民也曾是和"我们"一样的普通人，拥有体面的生活，有工作，孩子在学校上学。是战争和动乱令他们流离失所。换言之，他们是受害者，不应遭受排挤、歧视和攻击。借书中人物奥米德之口，作者表达了对跨越国界、跨越种族的平等和博爱的向往，即世界本为一体，四海之内皆兄弟。与此同时，矛盾心理又比比皆是。难民的到来在一定程度上扰乱了当地的社会秩序，影响了民众的生活。一些并不富裕的国家对外来者的承载和管理能力有限，社会因此承受压力。更有甚者，恐怖分子以此为契机向欧洲大陆渗透，并制造恐怖袭击事件，对欧洲人民的安定生活造成威胁。以希俄斯岛为例，难民的到来严重影响了当地旅游业的发展和社会治安，人们不敢出门，不再光顾公园等公共场所。小说中的"我"也感叹：没有人希望自己平静的生活被打扰。

小说还将目光聚焦在难民以外的普通人身上：希腊志愿者艾莱妮、来自比利时的英文老师安、苏达营地的临时主管迪米特里斯……他们都为岛上的苦难者服务，但他们自己又何尝没有痛苦？例如，安从比利时来到这个荒芜的小岛，声称是为了"帮助那些生活在两个世界的夹层中、不知道如何离开旧世界也不知道如何到达新世界的人"。然而，逃跑才是她真正的理由。丈夫和孩子离开了她，前往波士顿生活。她的世界轰然倒塌，仿佛经历了一场没有硝烟和战火的战争。她和她所帮助的人一样，为了逃离被摧毁的世界才来到希俄斯，深陷于旧世界的沼泽，同时又找不到前往新世界的路。她以帮助难民为己任，但真正需要帮助的人是她自己。从这个角度出发，"难民"的意义进一步扩大。或许每一个人，都有不堪重负的时刻；每一个人，在生命的某一时期，都会成为"难民"，困于一座孤岛，被高墙所围绕。这也是这部小说的特别之处：它围绕难民问题展开，实际在讲述的却是每一个普通人。

如何逃离孤岛和高墙？作者在书中已经给出了答案，每位读者也可以通过解读得出自己的答案。文学作品未必能直接解决现实问题,却可以激发人们的思考,这便是它的意义之一。

卢春晖

二〇二二年三月六日

于澳门大学